DIE SINCLAIRS, BUCH 4

J. S. SCOTT

So gut wie jeder hat wohl schon einmal eine Phase erlebt, in der viele Schicksalsschläge oder Enttäuschungen in einem kurzen Zeitraum passieren. Oder wir erfahren solch schlimme Verluste, die uns zu Boden werfen und uns das Gefühl geben, nie wieder aufstehen zu können. Unsere Leben sind voll von Höhen und Tiefen, doch manchmal gehen wir durch scheinbar hoffnungslose Zeiten, die unendlich zu sein scheinen und in denen wir uns fühlen, als würde das nächste negative Ereignis uns vollkommen zerstören.

Für alle, die eine dieser sehr dunklen, einsamen, schmerzhaften Zeiten überstehen mussten, dieses Buch ist für Euch.

~Jan

Inhalt

Prolog

Mit tränenverschleiertem Blick lief Tessa Sullivan aus dem feinen Bostoner Restaurant heraus. Sie war so durcheinander, dass sie, ohne sich umzusehen, auf die Straße trat und kurz darauf von einer starken, männlichen Hand am Arm gepackt wurde.

Ihr Kopf fuhr herum und sie reckte ihr Kinn in die Höhe – sehr hoch sogar – um einem Mann ins Gesicht zu blicken, den sie noch niemals zuvor gesehen hatte.

»Heute Abend herrscht viel Verkehr und ich habe mir Sorgen gemacht, dass du über die Straße laufen würdest. Du siehst so aus, als seist du mit deinen Gedanken ganz woanders. Es ist schwer vorstellbar, dass du all die Autos nicht gehört hast. Du musst wirklich abgelenkt gewesen sein. Ich hoffe, ich habe dir keine Angst eingejagt. Es tut mir leid.«

Sie musste zugeben, dass sie *sehr wahrscheinlich* weitergegangen wäre, wenn er sie nicht davon abgehalten hätte. In ihrem Kopf herrschte ein einziger Wirrwarr und die Welt, in der sie lebte, war so still, dass sie die Autos nicht hören konnte. »Danke«, sagte sie leise. »Ich bin gehörlos.«

Er war groß, breitschultrig und sah definitiv aus wie ein Halunke. Doch als er sie angrinste, fiel es Tessa schwer, nicht zurückzulächeln. Er mochte von außen noch so taff wirken, sein Blick jedoch war freundlich.

»Du kannst von den Lippen lesen?« Er ließ langsam ihren Arm los. Sie nickte und besah sich seine schwarze Lederjacke und seine Baseballkappe. Sie nahm an, dass er einige Jahre älter war als sie, doch es war wirklich schwer zu sagen. Unter seiner Mütze lugte drahtiges, schwarzes Haar hervor und seine liebevollen Augen hatten die Farbe von Milchschokolade, was ihn auf sie sehr anziehend wirken ließ, weil diese Augen Mitgefühl und Wärme ausstrahlten, das ihr gerade mehr als recht kam.

»Kann ich dich mitnehmen? Mein Wagen steht auf der anderen Straßenseite.« Er wies mit seinem Arm zu einer Limousine, die genau gegenüber geparkt war.

Tessa schüttelte energisch den Kopf. »Der Wagen meines Verlobten —« Sie hielt inne, ihre Stimme zitterte. »Ich meine, der Wagen meines *Ex*-Verlobten muss hier irgendwo sein.«

»Ihr habt euch gerade getrennt«, vermutete der Fremde und sein Lächeln verschwand.

»Ja.« Sie dachte kurz nach und entschied dann, dass sie ihre Probleme besser keinem Fremden anvertrauen sollte. »Nein.«

Sie blickte ihrem Retter in die Augen und fragte sich, warum sie sich überhaupt darüber Gedanken machte, ob sie irgendjemandem die Wahrheit sagte. Sie hatte doch sowieso nichts mehr zu verlieren. »Ja«, murmelte sie traurig. »Es tut mir leid. Ich glaube, weil es gerade erst passiert ist, bin ich noch nicht daran gewöhnt zuzugeben, dass ich soeben abserviert wurde.«

Der große Mann nahm ihre Hand. »Kein Grund, bei einem Arschloch mitzufahren. Komm mit mir!«

Bevor Tessa überhaupt Gelegenheit hatte, ihm zu sagen, dass Rick nicht mit ihr kommen würde, ließ sie sich bereits von ihm über die Straße führen. Ein Fahrer sprang heraus und öffnete die Limousinentür für sie, während der geheimnisvolle Mann auf der anderen Seite einstieg.

Sie sah sich hektisch um und konnte weder Ricks Wagen noch seinen Fahrer irgendwo erblicken. Wie jede normale Frau, der von einem Fremden angeboten wurde, in dessen Auto mitzufahren, zögerte sie zwar, doch sie war nicht wirklich besorgt. Der Typ hatte einen Chauffeur als Aufpasser und sie war sich ziemlich sicher, dass Serienmörder nicht in Limousinen umherfuhren, zumindest nicht wenn sie vorhatten, ein Verbrechen zu begehen.

Tessa grübelte noch immer darüber nach, was sie tun sollte, als plötzlich eine Gruppe Frauen auf der anderen Straßenseite anfing, ihrem Wagen aufgeregt zuzuwinken. Es war offensichtlich, dass sie schrien und versuchten, die Aufmerksamkeit des Mitfahrers zu erlangen, doch Tessa hatte keine Ahnung wieso.

Mr. Halunke schob sich mit seinem gesamten Körper über den Rücksitz und streckte seinen Kopf aus der Tür, damit sie seine Lippen lesen konnte. »Steig ein oder wir werden überrannt. Die Menschen erkennen mich und ich will nicht, dass sich irgendjemand verletzt. Bitte!«

Sein Blick war so überzeugend und dringlich, dass sie ohne einen weiteren Gedanken einstieg. Der Fahrer beeilte sich, ihre Tür zu schließen, und setzte den Wagen in Bewegung, bevor die Frauen die Straße überqueren und ihnen den Weg versperren konnten.

Der Mann schaltete das Licht im hinteren Bereich der Limousine ein. »Geschafft!« Er entledigte sich seiner Baseballkappe und fuhr sich mit den Händen durch sein kurzes, dunkles Haar. Nachdem er auch die Jacke ausgezogen hatte, lehnte er sich zurück und sah sie an.

Tessa konnte nicht anders, als sich über seinen erleichterten Gesichtsausdruck zu amüsieren. »Dein Fanclub?«, zog sie ihn auf.

»Das ist er tatsächlich. Zumindest einige von ihnen.« Er sah sie neugierig an. »Du erkennst mich immer noch nicht?«

Er trug ein T-Shirt, das den Blick auf einige kunstvolle Tätowierungen auf seinem Oberarm freigab. In der Regel machte sie sich bei Männern nichts aus Tätowierungen, doch irgendwie passten sie zu ihm und sahen nicht protzig aus. »Nein. Tue ich wirklich nicht. Sollte ich?«

»Mein Name ist Xander. Ich bin Musiker. Wir treten morgen Abend hier in Boston vor ausverkauftem Haus auf. Unser erstes Album hat sich millionenfach verkauft. Ich arbeite gerade an seinem Nachfolger.«

Tessa deutete auf ihre Ohren. »Gehörlos. Schon vergessen? Ich verfolge die Musiktrends nicht wirklich. Davon einmal abgesehen stehe ich mehr auf klassische Musik.«

»Woher willst du wissen, dass ich keine klassische Musik mache?«, fragte er.

Sie besah sich ihn einige Male von oben bis unten. »Gut. Vielleicht habe ich ein paar Vorurteile, aber du siehst aus wie ein Rocker. Tut mir leid. Spielst du klassische Musik? Wenn ja, dann habe ich noch nie von dir gehört.« Sie fügte hinzu: »Ich bin übrigens Tessa.« Sie war ebenfalls überrascht, dass er sie nicht erkannte, doch es war offensichtlich, dass zwischen ihnen Welten lagen.

Er grinste spitzbübisch. »Auf gar keinen Fall! Mir gefallen alle Arten von Musik, doch ich persönlich bringe das Haus zum Beben.«

Er fragte sie, wohin sie gefahren werden wollte, und gab seinem Fahrer dann entsprechende Anweisungen, bevor er das Fenster zum vorderen Teil des Wagens wieder schloss.

»Irgendein Idiot hat dich also heute Abend sitzen gelassen, Tessa?«, fragte er, nachdem er sich wieder in seinem Sitz zurückgelehnt hatte. »Warum?«

Bevor es Tessa überhaupt bewusst war, erzählte sie die gesamte Geschichte von ihrer und Ricks Trennung und sprach über einige der Dinge, die zu diesem Beziehungsaus geführt hatten.

»Was für ein Penner!«, entfuhr es Xander, als die Worte unter Tränen nur so aus ihr heraussprudelten. Er rückte ein Stück näher und legte ihr tröstend seine Hand auf die Schulter.

Sie schluchzte weiter: »Er hat ja Recht! Die Dinge haben sich verändert. Er wollte die *alte Tessa*, nicht die *gehörlose Tessa*!«

Er lehnte sich etwas zurück und blickte auf sie herab, damit sie sein Gesicht sehen konnte. »Wage es ja nicht, dich für ihn zu entschuldigen! Wenn du jemanden liebst, dann liebst du den ganzen Menschen. Dass du nicht mehr hören kannst, sollte keinen

Unterschied machen. Gut, ich wäre vielleicht traurig, wenn einem geliebten Menschen etwas passiert, das ihm das Leben erschwert, aber Liebe vergeht nicht einfach so. Ich bin davon überzeugt, dass die echte Liebe einen Mann bei den Eiern packt und ihn nie mehr loslässt. Solche Oberflächlichkeiten sollten nicht wichtig sein.«

Tessa würde den Verlust von einem ihrer wichtigsten Sinne zwar nicht gerade als Oberflächlichkeit bezeichnen, doch Xander bestätigte genau das, von dem sie dachte, das Liebe sein sollte. »Das denke ich auch«, entgegnete sie leise.

Xander drückte ihre Schulter. »Er war nicht der Richtige für dich. Irgendwann wirst du einem Mann so den Kopf verdrehen, dass er alles tun wird, damit du bei ihm bleibst.«

Tessa schnaubte. Xander sagte geradeheraus, was ihm in den Sinn kam, doch sie fing an, genau das an ihm zu mögen. Offenbar existierten auf der ganzen Welt Tausende anderer Frauen, die diese Eigenschaft ebenfalls anziehend fanden.

Als sie vor Ricks Haus anhielten, war Tessa schon weitaus gefasster. Irgendwie hatte Xander es geschafft, dass sie sich besser fühlte – auf seine eigene, einzigartige Weise.

»Wohin wirst du jetzt gehen?«, fragte er, nachdem der Wagen angehalten hatte.

»Nach Hause«, antwortete sie bestimmt. »Ich denke, es ist an der Zeit, dass ich herausfinde, wer ich wirklich bin.« Nachdem sie sich in einer Figur verloren hatte, um die Frau zu sein, die Rick an seiner Seite haben wollte, musste sie sich erst selbst wiederfinden. Sie fing an zu verstehen, dass ihre wahre Persönlichkeit irgendwo in der Beziehung verloren gegangen war.

»Wo ist Zuhause?«

»In Amesport, Maine. Ein kleines Küstenstädtchen. Meine Eltern leben noch dort.«

Xander zuckte mit seinen breiten Schultern. »Klingt nach einem Ort, an dem du einen guten Typen finden kannst.«

Sie lächelte ihn an. »Zuerst muss ich mich selbst finden.« Aus einem Impuls heraus lehnte sie sich zu ihm herüber und umarmte ihn.

Die freundliche Umarmung war nicht unangenehm. Tatsächlich drückte Xander sie fest an sich, bevor er sie endlich gehen ließ, und Tessa genoss den kurzen Moment menschlicher Verbindung.

»Danke«, murmelte sie, als sich die Tür der Limousine öffnete. Draußen stand der Fahrer und wartete darauf, dass sie ausstieg. Xander hielt sie am Arm zurück. »Lass dir von niemandem etwas gefallen, Tessa! Niemals. Du bist eine wunderschöne Frau. Jeder Mann könnte sich glücklich schätzen, dich als Freundin zu haben. Vergiss das nie. Finde heraus, wer du bist, bevor du deinen nächsten Mann auswählst. Lass ihn die echte Tessa lieben.«

Sie nickte und ihre Augen füllten sich mit Tränen, als sie einen letzten Blick auf sein ernstes Gesicht erhaschte. Es berührte sie, dass ein vollkommen Fremder, ein Rockstar, ihrer Geschichte gelauscht und ihr geholfen hatte, obwohl er sie nicht einmal kannte.

Dieses Erlebnis war beinahe ausreichend, um ihren Glauben an das Gute im Menschen wiederherzustellen.

»Viel Glück beim Konzert! Bring weiterhin die Häuser zum Beben!«, sagte sie schniefend.

»Keine Bange«, antwortete er mit einem spitzbübischen Lächeln. »Das tun wir immer.«

Als sie zusah, wie die Limousine davonfuhr, war ihr ein klein wenig leichter ums Herz. Es war eine merkwürdige Begegnung gewesen, doch sie hatte ihr Leben genau in dem Moment beeinflusst, als sie einen freundlichen Menschen gebraucht hatte. Es war eine positive Erfahrung gewesen, eine der ersten, die sie seit langer Zeit gehabt hatte, und sie war sich sicher, dass sie diese Fahrt in der Limousine niemals vergessen würde.

Sie brauchte nicht lange, um ihre Sachen zu packen. Ihren Eltern die Nachricht zu übermitteln war nicht ganz einfach gewesen, doch als Tessa am nächsten Morgen aufbrach, freute sie sich sogar darauf, nach Hause zu fahren.

Sie ließ den Schlüssel zur Villa und ihren riesigen Diamantring auf Ricks Nachttisch zurück.

Er war nicht nach Hause gekommen und hatte es ihr damit erspart, ihn noch einmal sehen zu müssen.

Der Taxifahrer half ihr dabei, ihr Gepäck zu verstauen, und Tessa sah sich kein einziges Mal mehr um, als der Wagen schließlich das Anwesen verließ.

Auf dem Weg zum Flughafen weinte sie ununterbrochen. Ihre Angst vor einer unbekannten Zukunft und ihre zerstörten Hoffnungen zehrten noch immer an ihr. Doch als sie endlich am Terminal ankam, waren ihre Tränen versiegt. Rick hatte sie verletzt, doch nach einer schlaflosen Nacht hatte sie begriffen, dass sie darüber hinwegkommen würde, weggeworfen worden zu sein, weil sie einen Makel hatte.

Er ist es nicht wert, dass ich weiter um ihn weine.

Tessa ließ Boston hinter sich und begrub ihren Schmerz. Sie war fest entschlossen, Zufriedenheit in dem kleinen, lebhaften Küstenstädtchen zu finden, das sie immer schon geliebt hatte.

Kapitel 1

Heute ...

Was sie an ihrer Gehörlosigkeit wirklich hasste war die Tatsache, dass die einzigen Geräusche, die sie hören konnte, wenn sie allein war, ihre eigenen Gedanken waren. Tessa Sullivan seufzte zufrieden, als das heiße Wasser über ihren nackten Körper strömte. Nachdem sie ihren morgendlichen Lauf beendet hatte, gab es für sie nichts Besseres als zu spüren, wie sich ihre Muskeln entspannten, während der Brausestrahl über ihrem Kopf sie sanft massierte. Obwohl ihr während des Laufens heiß geworden war, fühlte sich die Hitze dennoch fantastisch an.

»Ich bin überhaupt nicht mehr in Form«, murmelte sie und erinnerte sich daran, wie sehr außer Atem sie nach nur knapp fünf Kilometern gewesen war. Sie bezahlte nun den Preis dafür, dass sie während des hektischen Sommers mit ihrem Trainingsprogramm ausgesetzt hatte. Tessa wusste, dass es eine Weile dauern würde, bis sie wieder problemlos längere Strecken laufen konnte.

Komischerweise sprach sie *immer noch* mit sich selbst, obwohl sie nicht hören konnte. Es war schwer, alte Gewohnheiten abzulegen.

Seit ihrer Kindheit hatte sie immerzu vor sich hingeplappert, ganz egal ob jemand ihr zugehört hatte oder nicht. Vielleicht sprach sie auch laut, weil es ihr das Gefühl gab, so weniger isoliert zu sein. Gehörlos zu sein war manchmal sehr einsam und auch wenn sie sich selbst nicht hören konnte, so leisteten ihr ihre Worte dennoch Gesellschaft.

Sie seifte ihren Körper still ein und sog ein Gefühl des Friedens ein, das in ihre Seele strömte. In der letzten Zeit machte sie diese Erfahrung immer öfter. Jahrelang hatte sie über die Ungerechtigkeit ihres Gehörverlustes lamentiert. Jetzt begann sie endlich zu akzeptieren, dass Stimmen und Geräusche nicht mehr Teil ihres Lebens waren. Tessa würde zwar weiterhin die Laute vermissen, doch sie hatte endlich erkannt, dass ihre Gehörlosigkeit sie als Mensch nicht verändert hatte.

Ich bin immer noch … ich. Ich habe nur lernen müssen, die Welt um mich herum anders zu verstehen.

Jeder Mensch hatte eine Stimme, ob sie sich nun daran erinnerte, wie die einzelnen Personen geklungen hatten, oder ob sie sie vielleicht überhaupt nie getroffen hatte, bevor sie ihren Gehörsinn verloren hatte. Während sie Menschen beim Sprechen oder Gebärden beobachtete, konnte sie ihre Stimme hören, ein Laut in ihrem Kopf und ein Gefühl, das sie mit einer bestimmten Person verband.

Sie spülte ihre Haare aus und war froh, dass der Sommer endlich vorüber war. In dem Restaurant, das ihr und ihrem Bruder Liam gehörte, würde zwar nicht mehr so viel los sein, doch sie freute sich auf das ruhigere Tempo, das im Herbst in Amesport Einzug halten würde. Es war gerade erst Labor Day gewesen und die Atmosphäre der Küstenstadt in Maine würde sich nach Monaten des Touristenwahnsinns endlich wieder beruhigen. Der Sommer machte Spaß, es war viel los und die Besucher strömten zahlreich nach Amesport; die meisten Einwohner liebten jedoch den Herbst, weil die Dinge wieder ihren normalen Lauf nahmen und die Touristen nach Hause fuhren.

Das Haus ist immer noch nicht verkauft.

Aus einem egoistischen Grund war sie froh, dass Randi ihr altes Zuhause während des Sommers nicht hatte verkaufen können, auch wenn sie sich deswegen ein wenig schuldig fühlte. Irgendwann würde ihre Freundin ihr Haus verkaufen müssen, auch wenn sie einen Milliardär geheiratet hatte. In der Zwischenzeit genoss Tessa es jedoch, auf das kleine Landhaus aufzupassen, das abgeschieden einige Kilometer außerhalb der Stadt auf einem großen Grundstück gelegen war. Es ermöglichte ihr, den nötigen Abstand zu Liam, ihrem beschützerischen Bruder und Geschäftspartner, zu halten.

Ich werde mit Liam sprechen müssen ... noch einmal.

Es war bereits mehr als sechs Jahre her, seit sie ihr Gehör verloren hatte, doch ihr Bruder behandelte sie noch immer, als wäre sie klein und zerbrechlich. Er gab sich die Schuld für ihre Gehörlosigkeit, auch wenn es nicht sein Fehler gewesen war, der dazu geführt hatte. Er schien es sich zur Aufgabe gemacht zu haben, sie zu beschützen, doch mit einigen Dingen, die er tat, ging er einfach zu weit. Tessa fühlte sich, als würde sie ersticken. Sie war siebenundzwanzig, viel zu alt, um noch einen Babysitter zu benötigen. Sie wusste, dass Liam es nur gut meinte, doch irgendwann würde er sie ihr eigenes Leben führen lassen müssen. Er hatte bereits genug aufgegeben, um sich um sie zu kümmern und ihr so viele Jahre lang unterstützend zur Seite zu stehen. Es war an der Zeit, dass er sich wieder seinem eigenen Leben widmete und sie ihr Schicksal selbst in die Hand nahm.

Das Wasser schaltete sich geräuschlos ab, als sie auf den Hebel der Brausearmatur drückte. Tessa blieb einen Moment in der Duschkabine, um sich ihr nasses Haar auszuwringen, und trat dann hinaus. Sie streckte ihre Hand nach dem sauberen Handtuch aus, das sie über den Wäschekorb neben der Dusche geworfen hatte, nur um festzustellen, dass es dort nicht lag.

Erschrocken kreischte sie auf, als sie sich umdrehte und eine sehr große, sehr männliche Hand erblickte, die ihr das himmelblaue Handtuch hinhielt. Während sie schrie, sah sie dem Eindringling in die Augen – und erkannte ihn.

»Oh mein Gott! Was zum Teufel tust du hier?«, fragte sie Micah Sinclair, der langsam das Handtuch losließ, als sie mit zitternden

Händen danach griff. Er machte sich nicht die Mühe, die Hitze zu verbergen, die aus seinen dunkelbraunen Augen strömte, als er völlig schamlos ihren nackten Körper anstarrte. Endlich zerrte sie an dem Material und befreite das Handtuch aus seinen Händen. Eine feurige Röte überzog ihr Gesicht und ihren gesamten Körper. Sie wickelte das Handtuch schnell um sich und wünschte sich, sie hätte für ihre Dusche eines der größeren, weicheren aus dem Schrank genommen, doch sie hatte nicht Randis hübsche Sachen benutzen wollen. So bedeckte das Stückchen Baumwolle, das sie ausgewählt hatte, kaum ihren Hintern und andere intime Körperteile, die sie nicht zur Schau stellen wollte. Sie hatte keine andere Wahl, als Micah anzusehen – obwohl ihr die Situation schrecklich peinlich war – wenn sie seine Antwort wissen wollte.

Sein Blick war sowohl hungrig als auch spitzbübisch, eine Kombination, die fast schon unwiderstehlich war.

»Ich könnte dir die gleiche Frage stellen.« Er antwortete langsam und gebärdete in amerikanischer Gebärdensprache – kurz ASL – während er sprach. »Nicht dass es mir etwas ausmacht, jetzt, wo wir uns beide einmal nackt gesehen haben.«

Tief, seidig, weich und sündig. So *hörte sie Micahs Stimme.* So hatte sie sie gehört, seit sie ihm zum ersten Mal begegnet war.

Tessa war eine gute Lippenleserin, doch bei Menschen, die ihr vertraut waren, fiel es ihr sehr viel leichter. Auch wenn sie mit Micah nicht unbedingt gut bekannt war, hatte sie ihn aus irgendeinem Grund doch *immer* verstehen können. Seit ihrem ersten Aufeinandertreffen hatte sie sehr schnell den Großteil seiner Worte erfassen können und diese Begegnung war ähnlich peinlich abgelaufen. Nur war *er* dabei derjenige gewesen, der nackt in einem Badezimmer gestanden und solch einen verlockenden Anblick geboten hatte, dass Tessa dieses Bild nie aus dem Kopf bekommen hatte, ganz egal wie sehr sie es auch versucht hatte. »Ich passe auf das Haus auf«, teilte sie ihm hastig mit und versuchte, das Handtuch noch enger um ihren Körper zu wickeln. »Ich bin vor einigen Monaten hier eingezogen. Nach der Hochzeit von Evan und Randi. Was machst du hier?«

Sie zitterte, doch ihr war nicht wirklich kalt. Die Wärme in Micahs Augen reichte aus, um das kleine Haus einen ganzen langen Winter in Maine zu heizen. Doch irgendetwas an ihm war ... anders.

Micah Sinclair war für gewöhnlich etwas arrogant, ein Charakterzug, den alle Sinclair-Männer gemein hatten. Tessa wollte nicht unfreundlich sein, doch sie begann langsam zu glauben, dass dieses Verhalten allen männlichen Sinclairs bereits in die Wiege gelegt worden war. Jeder von ihnen strahlte ein fast schon unerträgliches Selbstbewusstsein aus, das ebenfalls als Arroganz interpretiert werden konnte.

Still ließ sie ihre Augen über ihn wandern und prägte sich jedes Detail ein. Er trug eine weiche, ausgewaschene Jeans, die seinen Körper liebevoll umschloss. Sein T-Shirt stammte vermutlich aus seiner Zeit auf dem College, denn auf dem blauen Stoff war das Logo einer Eliteuniversität zu sehen. Es war nicht seine Kleidung, die merkwürdig wirkte; irgendetwas anderes schien nicht so zu sein wie bisher. Es war nicht ungewöhnlich, ihn in legeren Anziehsachen zu sehen. Abgesehen von dem Smoking, den er bei Evans Hochzeit und Hopes Winterball getragen hatte, war Tessa aufgefallen, dass er nicht viel Wert auf edle Kleidung legte, obwohl er nicht weniger wohlhabend war als seine Brüder oder Cousins.

Für gewöhnlich machte er den Eindruck, ein robuster Kerl zu sein, der seine Zeit gern draußen verbringt. Vermutlich weil er genau das war: ein Extremsport-Mogul. Doch heute strahlte er nicht die kaum zu verbergende Energie aus, wie er es sonst tat.

Er sieht ... erschöpft aus.

Sie sah ihm erneut ins Gesicht und ihr fielen sein müder Blick und die dunklen Ringe unter seinen Augen auf.

»Ich habe das Haus gekauft«, verkündete er plötzlich.

Tessa war froh, dass Micah zusätzlich zu seiner Aussage gebärdet hatte, weil sie so sehr in seine Augen versunken war, dass sie nicht auf seine Lippen geachtet hatte. »Dieses Haus?«, kreischte sie.

Er nickte.

»Wie ist das möglich? Randi hat mir nichts gesagt. Sie und Evan befinden sich auf verspäteter Hochzeitsreise im Orient.« Ihre

Freundin würde noch einige Wochen unterwegs sein und sie hatte Tessa schon seit ein paar Tagen keine Nachricht mehr geschickt. Randi hätte sie mit Sicherheit wissen lassen, wenn das Haus verkauft worden wäre, damit sie ausziehen konnte, bevor der neue Inhaber eintrifft.

Micah grinste sie an, was ihn auf einmal sehr viel offener wirken ließ. »Wir sind uns schnell einig geworden. Evan und Randi glauben, dass ich noch eine ganze Weile nicht einziehen werde. Sie hätten nicht gewollt, dass du gehst.«

»Warum bist du dann hier?«, fragte sie. Sie fühlte sich unwohl, wie sie da im Badezimmer stand und außer einem um den Körper geschlungenen Handtuch nichts anderes anhatte, während sie sich gleichzeitig mit dem schärfsten Typen unterhielt, den sie jemals getroffen hatte.

Um ehrlich zu sein war es ziemlich peinlich.

Er zuckte mit den Schultern. »Eine spontane Reise. Ich habe mich dazu entschlossen, mir das Haus einmal anzusehen, nachdem alles unter Dach und Fach war.«

Tessa wusste instinktiv, dass seine Entscheidung, hierherzukommen, nicht gänzlich spontan gewesen war. Sie konnte zwar nicht hören, doch ihre anderen Sinne und Instinkte waren dafür umso ausgeprägter und sie spürte, dass irgendetwas nicht stimmte. »Und? Hast du dir das Haus angesehen?«, fragte sie unbeholfen.

»Nicht ganz. Ich habe nicht nur dieses Haus gekauft. Ich habe zahlreiche weitere Parzellen erworben, die alle zu diesem Haus gehören. Das ist eine ziemlich große Fläche, die ich mir anschauen muss.« Er hielt inne, bevor er hinzufügte: »Aber eigentlich bin ich froh, dass ich mir dieses Haus zuerst angesehen habe. Mein Timing war vorzüglich.«

Er neckte sie, doch Tessa lief erneut knallrot an. »Ich bin nicht froh darüber, dass du hier bist. Ich bin nackt«, sagte sie geradeheraus.

»Wie schade für mich, dass du es eigentlich nicht mehr bist.« Sein Grinsen wurde breiter und seine Augen streichelten sie voller Begehren.

Er flirtet.

Der Gedanke daran machte sie sprachlos, obwohl sie sich sicher war, dass Micah vermutlich mit jeder Frau flirtete, die er traf. Männer sahen sie nicht als eine sexuelle Person. Sie war gehörlos und damit für die meisten von ihnen behindert. Andere Männer mochten sie zwar als eine Freundin, doch sie sahen sie nicht so an, als sei sie die schärfste Braut der Ostküste. Und dennoch ... aus irgendeinem Grund ... tat dieser Mann hier genau das.

»Ich muss mir etwas anziehen«, murmelte Tessa und versuchte, um Micah Sinclairs muskulösen Körper, der die Badezimmertür versperrte, herumzugehen. Die Luft im Raum füllte sich mehr und mehr mit sexueller Spannung und es war ihr unangenehm. Besonders weil man ihr vermutlich an der Nasenspitze ablesen konnte, wie attraktiv sie Micah fand.

Er hielt sie an ihrem nackten Oberarm fest und drehte sie zu sich, damit er ihr ins Gesicht blicken konnte. »Tessa?«

Sie fühlte, wie ihr Herz ins Stottern geriet, als sie seinen betörenden männlichen Geruch einatmete. Er befand sich zu nahe, so nahe, dass sie die Hitze seines Körpers spüren konnte, der sich gegen ihre Hüfte drückte.

»Ja?«, presste sie heraus. Sie wollte nur diesem kleinen Raum entfliehen, in dem es mit einem Mal viel zu heiß und viel zu eng war.

»Ich wollte dich nicht erschrecken. Es tut mir leid.« Dieses Mal gebärdete er nicht, doch sie verstand seine Worte.

»Wenn es stimmt, was du sagst, dann bin *ich* diejenige, die in *deine* Privatsphäre eingedrungen ist«, erinnerte sie ihn und starrte auf seine Lippen, weil er nicht gebärdete. »Ich wünschte, ich hätte gewusst, dass das Haus verkauft worden ist. Ich wäre sofort gegangen.«

»Du bist kein Eindringling. Tatsächlich ist dein Anblick das Beste, was mir seit langer Zeit widerfahren ist.«

Verdammt. Er muss sich sehr nach Unterhaltung sehnen, wenn es eine gute Sache ist, mich in seinem neuen Haus zu sehen.

Da sie nicht wusste, was sie tun sollte, drängelte sie sich an ihm vorbei und zog ihren Arm aus seinem Griff. »Ich werde so schnell wie möglich gehen«, teilte sie ihm eilig mit und verschwand aus dem Badezimmer.

»Ich hoffe nicht!« Micah sah ihr lächelnd nach und sein leiser, tiefer Kommentar blieb von der davonlaufenden Frau ungehört und unbemerkt.

Es war eine Eingebung gewesen, die Micah hierher nach Amesport geführt hatte. Gut, der Arzt hatte ihm angeordnet, sich auszuruhen und zu entspannen, doch als er ihm mitgeteilt hatte, dass er eine totale Auszeit brauchen würde, war der erste Ort, der ihm in den Sinn gekommen war, sein neues Anwesen in Maine gewesen.

Als er gesagt hatte, dass er sehr viel Land erworben hatte, war das die Wahrheit gewesen. Ein Großteil der Waldfläche auf dieser Seite außerhalb der Stadtgrenze gehörte nun ihm. Die Grundstücke entlang der Küste waren am schwierigsten und teuersten zu kaufen gewesen. Sie hatten einem auswärtigen Bauunternehmer gehört, der an der Küste hatte bauen wollen, sobald sich die wirtschaftliche Lage verbessert hätte. Doch es hatte nur etwas mehr Geld und etwas Verhandlungsgeschick bedurft, um den Mann umzustimmen. Nachdem er den Typen beobachtet hatte, wusste Micah ganz genau, wie viel Geld er ihm bieten musste, damit er einknickte und ihm die Grundstücke überließ. Der Einfall, Randis Haus abseits der Küste zu kaufen, war ihm erst später gekommen. Er hatte Randi damit helfen können und sich selbst ein Zuhause zugelegt, in dem eines Tages vielleicht ein Verwalter seines nun riesigen Landbesitzes wohnen würde.

Micah setzte sich auf das Sofa im Wohnzimmer und wartete auf Tessa. Er rieb sich die Stirn, als er darüber nachdachte, wie entschlossen er gewesen war, den Ratschlag seines Arztes zu ignorieren. Fehlzeiten in seiner Firma konnte er nun wirklich nicht gebrauchen. Doch dann hatte er einen noch schlimmeren Schwächeanfall erlitten als zuvor. Dieser Vorfall war schließlich ausreichend gewesen, um ihn davon zu überzeugen, der Stadt für eine kurze Zeit den Rücken zu kehren.

Ich habe seit Jahren keinen Schub mehr gehabt. Warum jetzt?

Laut seinem Arzt in New York waren die Gründe zahlreich: seine Sorge um seinen jüngsten Bruder Xander; zu viel Koffein; zu wenig Schlaf; zu viele Reisen; unregelmäßiges Essen; und so weiter, und so weiter. Obwohl es ihm sehr schwergefallen war, das Tagesgeschäft an seine Manager abzugeben, hatte er es getan. Er konnte nicht länger abstreiten, dass er immer unbeherrschter wurde und unter Konzentrationsstörungen litt. Als seine Schübe, von denen er gedacht hatte, dass sie lange vorüber seien, überraschend heftig zurückgekehrt waren, hatte er sich endlich eingestanden, dass er einen Tapetenwechsel brauchte.

Während Micah sich auf dem alten Sofa zurücklehnte, musste er sich im Stillen eingestehen, dass schon allein der Flug hierher ihm eine Erleichterung verschafft hatte, die er schon lange nicht mehr so empfunden hatte. Er hatte sich erst vor Kurzem eine Cessna gekauft und beim Flug nach Maine war ihm aufgefallen, wie sehr er das Hochgefühl des Alleinseins vermisst hatte, nur er und die endlose Weite des Himmels.

Tessa hier zu finden war ein weiterer Pluspunkt gewesen, auch wenn er seinen ungehorsamen Schwanz verfluchte, der von innen gegen den unnachgiebigen Stoff seiner Jeans drückte.

Sie ist noch genauso schön, wie ich sie in Erinnerung habe.

Als würde er jemals ihre erste Begegnung vergessen, bei der sie ihn angestarrt hatte, als sei er eine Geistererscheinung, als er aus der Dusche in Jareds Gästehaus gekommen war. Ihr Gesichtsausdruck war erst ängstlich, dann peinlich berührt und schließlich neugierig gewesen, als sie seinen Körper begutachtet hatte. Scheiße, er wurde immer noch ganz verrückt bei dem Gedanken an ihren faszinierten Blick.

Aus irgendeinem Grund hatte es Tessa ihm vom ersten Tag an angetan und die Gedanken an sie wurden mit jedem neuen Aufeinandertreffen stärker.

Bei Evans Hochzeit hatte er nur wenig Gelegenheit gehabt, mit ihr zu sprechen. Micah war der einzige Cousin der Sinclair-Familie gewesen, der es geschafft hatte, für die offizielle Trauung von Evan und Miranda »Randi« Tyler nach Amesport zu kommen. Julian hatte sich für Filmaufnahmen außer Landes befunden und Xander war nicht in der Lage gewesen zu reisen. Bedauernswerterweise hatte Micah direkt nach dem Empfang wieder abreisen müssen und an diesem Tag nur wenige Worte mit Tessa gewechselt.

Das heißt jedoch nicht, dass ich nicht an sie gedacht habe.

Er dachte sogar öfter an sie als ihm lieb war.

Zurück in Amesport zu sein fühlte sich gut, echt an. Er hatte sich etwas vorgemacht, als er Randis altes Haus und einen Großteil der umliegenden Ländereien erworben hatte, und störrisch argumentiert, dass es sich aus Unternehmenssicht um einen guten Kauf handeln würde. Gut, ja, vermutlich wäre es *tatsächlich* eine gute Investition, weil die Stadt mehr Zulauf erhielt. Vielleicht wäre es sogar klug gewesen, wenn er die gekauften Grundstücke kommerziell bebauen wollte. Sein Cousin Jared hatte eine Frau geheiratet, die ein stetig wachsendes Unternehmen in Amesport besaß, und Randis Schule für Kinder mit Lernschwierigkeiten würde vermutlich nächstes Jahr ihre Türen öffnen. Die Stadt würde zwangsläufig irgendwann größer werden und in diese Richtung zu spekulieren würde Sinn ergeben. Doch das war nicht der Grund, warum er das Land gekauft hatte. Er war nicht ehrlich zu sich selbst und versuchte damit, das Unvernünftige zu rechtfertigen. In Wahrheit waren seine Gründe sehr viel persönlicher.

Sein Schwanz wurde wieder steif, als Tessa atemlos und zerzaust aus dem Schlafzimmer kam.

Sie war einfach unfassbar sinnlich, auch wenn sie so aussah, als sei sie gerade erst aufgestanden. Er fragte sich, ob sie wohl so aussehen würde, nachdem sie für ihn zum Orgasmus gekommen war, und das Verlangen, es herauszufinden, war beinahe überwältigend.

Micah stöhnte innerlich auf, als ihm die schlichte kurze Hose und das T-Shirt auffielen, die sie trug. Ihr Haar war vermutlich noch etwas feucht, doch die dichten Locken waren bereits sichtbar und erweckten in ihm das Verlangen, seine Finger in den blonden, unordentlichen Kringeln zu vergraben, um zu fühlen, ob sie wirklich so weich und seidig waren wie sie aussahen. Bei näherer Betrachtung erkannte er keinerlei Make-up auf ihrem Gesicht, trotzdem strahlte ihre Haut. Die hellgrünen Augen, die ihn erwartungsvoll anschauten, brachten ihn fast um den Verstand. Wieder überkam ihn das Gefühl, dass er ihr Gesicht schon einmal gesehen hatte, bevor sie sich begegnet waren. Sie war ihm immer schon bekannt vorgekommen, doch vielleicht war es einfach so, dass er sie kennen *wollte*.

Er begehrte Tessa Sullivan – hatte sie seit ihrer ersten Begegnung begehrt – und das Verlangen, sich in ihr zu vergraben, wurde nahezu unmöglich zu ignorieren. Verdammt, er dachte die ganze Zeit an sie und sie verfolgte ihn bis in seine schmutzigen Träume, obwohl er sie kaum kannte. Er musste ehrlich zugeben, dass *sie* einer der Gründe war, warum er nach Amesport gekommen war. Er musste seine verrückte Besessenheit mit dieser zierlichen Blondine loswerden, genügend Zeit mit ihr verbringen, um zu erkennen, dass seine Fantasie und die Realität sehr weit auseinanderlagen. Sobald er Tessa erst einmal kennengelernt hatte, davon war Micah überzeugt, würde damit Schluss sein, dass ihn die Faszination von dieser Frau bis nach New York verfolgte.

Die Art und Weise, wie sie auf seine Lippen starrte, hatte etwas merkwürdig Erotisches, auch wenn er genau wusste, warum ihre Augen auf seinen Mund gerichtet waren. Er verfluchte sich dafür, von einer Handlung erregt zu werden, die für sie von unbedingter Notwendigkeit war.

»Ich bin fertig. Ich musste nicht viel packen. Meine Sachen stehen alle in Liams Garage und ich habe nur das mitgebracht, was ich brauchen würde. Ich wusste ja, dass ich nicht ewig hierbleiben kann«, sagte sie leise.

Micah gebärdete, während er sprach: »Du hast deine Wohnung aufgegeben?«

Insgeheim war er froh, dass er seine ASL-Kenntnisse aufgefrischt hatte. Die Frage, *warum* er es getan hatte, stellte sich selbstverständlich gar nicht erst. Micah würde sich nicht mehr selbst belügen oder leugnen, dass Tessa der Grund für seine Erektion war. Die Wahrheit war … er wollte dazu in der Lage sein, mit ihr zu kommunizieren, ohne lächerlich dabei auszusehen. Und er wollte über diesen Wahnsinn hinwegkommen, den Tessa Sullivan in ihn hineingetrieben hatte. Er war es leid, dass sein Schwanz jedes Mal, wenn er nur an sie dachte, wie ein Schachtelteufel heraussprang.

Jetzt wusste er allerdings, dass es nichts half, sie persönlich zu sehen. Es machte seinen peinlichen Zustand nur noch schlimmer.

Sie nickte. »Ich wollte den Sommer über etwas Geld sparen, weil die Mieten einfach unbezahlbar sind. Während der Touristensaison verdreifachen sich die Preise.«

Micah wusste, dass sie während der Wintermonate, wenn die Geschäfte in dem Restaurant, das sie gemeinsam mit ihrem Bruder Liam führte, langsamer gingen, bei seinen Cousins putzte, die auf der exklusiven Amesport-Halbinsel wohnten. Offenbar war sie auch dazu bereit, auf Häuser aufzupassen, während die Besitzer abwesend waren. »Musst du nicht jeden Tag ins Restaurant fahren?«

»Nach den Sommermonaten brauche ich nicht mehr täglich zu arbeiten«, sagte sie. »Unsere Öffnungszeiten sind kürzer und wir haben an mehr Tagen geschlossen. Wir haben Angestellte, die wir gern halten würden, auch wenn sie weniger Stunden arbeiten. Liam kümmert sich im Winter um den Großteil der Geschäftsführung und er ist sehr penibel, wenn es darum geht, wie die Dinge gehandhabt werden. Ich arbeite nur, wenn das Restaurant sehr voll ist, und springe für andere Mitarbeiter ein, wenn sie mich brauchen.«

»Wohin wirst du gehen, wenn du hier ausziehst? Leben deine Eltern noch?«

»Nein«, antwortete Tessa traurig. »Sie sind beide schon tot, aber Liam wohnt in unserem alten Elternhaus. Ich werde wieder bei ihm einziehen. Ich muss versuchen, in diesem Winter mehr Geld zu verdienen. Wir müssen das Restaurant renovieren.«

Micah war Tessas überfürsorglichem Bruder bereits begegnet. Er konnte gut verstehen, warum sie nicht gerade glücklich darüber schien, ihren einzigen Bruder als Mitbewohner zu haben. Er hatte das *Sullivan's Steak and Seafood* besucht und dort zu Abend gegessen und das Essen war wirklich sensationell gut. Dennoch musste die Bretterbude in der Nähe der Strandpromenade dringend instand gesetzt werden, er verstand also sehr gut, warum Tessa Geld sparen wollte.

»Du hattest gehofft, den Winter über hierbleiben zu können, nicht wahr?« Er gebärdete automatisch, während er sprach.

»Ja«, gestand sie. »Doch ich wusste auch, dass das Haus jederzeit verkauft werden könnte.«

»Hast du noch weitere Jobs?«, fragte er neugierig.

»Nur die Reinigungsarbeiten auf der Halbinsel, aber ich bin mir sicher, dass ich noch weitere Arbeit finden kann. Ich habe gerade erst angefangen zu suchen.« Sie wurde nervös und ihre Augen bekamen einen besorgten Blick.

Micah erhob sich. »Dann geh nicht, Tessa. Bleib hier. Ich werde nicht lange hierbleiben und auch ich brauche jemanden, der auf das Haus aufpasst.« Die Worte kamen ganz plötzlich aus seinem Mund, doch Micah wusste, dass er nie irgendetwas mehr gewollt hatte. Tessa brauchte Arbeit und er wollte sie ihr geben … auf mehr als nur eine Art.

Wie konnte er schneller jemanden kennenlernen, als wenn dieser Mensch in demselben Haus wohnte, das ihm gehörte und das er besuchen konnte, wann immer ihm der Sinn danach stand? Die Situation war perfekt und Micah war niemand, der sich solch eine Gelegenheit entgehen ließ.

Das Leben war verdammt nochmal zu kurz und er wollte ein für alle Mal das Verlangen loswerden, Tessa Sullivan zu vögeln.

Kapitel 2

»Was? Hierbleiben? Warum?« Micah hatte seine Aussage gebärdet. Er hatte die Worte ausgesprochen. Und doch konnte Tessa immer noch nicht glauben, dass sie richtig verstanden hatte, was er ihr vorschlug.

»Ich will, dass du bleibst. Ich werde für einige Wochen in Amesport bleiben, doch ich kann bei Jared im Gästehaus wohnen. Du kannst weiterhin auf das Haus aufpassen. Ich könnte etwas Hilfe gebrauchen, mich hier zurechtzufinden. Ich kenne weder die Gegend noch das Gebäude. Und wenn ich wieder abreise, brauche ich jemanden, der ein Auge auf mein Haus hat.«

Oh Gott! Jetzt, da das Haus ihm gehört, kann ich nicht hierbleiben!

Es war nicht nur lächerlich zu glauben, dass er Hilfe benötigen würde, sie wusste ebenfalls, dass Liam ausflippen würde. Ihr Bruder hatte erwähnt, dass er glaubte, Micah würde sie attraktiv finden, und er war sehr deutlich geworden, als er ihr erklärt hatte, dass sie sich insbesondere von diesem Sinclair fernhalten sollte. Sie hatte bei dieser Aussage nur mit den Augen gerollt und ihn stehengelassen. *Als würde einer der Sinclair-Milliardäre sexuell an mir interessiert sein!* Sie hatte sich Sorgen gemacht, dass Liam den Verstand verloren haben könnte. Micah flirtete vielleicht mit ihr, doch Tessa hatte keinen Zweifel, dass er jeder Frau, die er traf, Komplimente machte, sogar den gehörlosen.

»Ich bin bereit, dich gut zu bezahlen«, erwähnte er beiläufig. »Jetzt, da ich der Besitzer bin, liegt es in meiner Verantwortung, jemanden einzustellen, der auf das Haus Acht gibt. Es handelt sich um ein sehr großes Grundstück. Ich werde jemanden brauchen, der hierbleibt, wenn ich wieder abreise.«

Er nannte einen monatlichen Betrag, der Tessa die Knie weich werden ließ. Auch wenn er sie nur während des Winters behielt, würde es ihr sehr helfen, um das Restaurant wieder auf Vordermann zu bringen. Seit ihre Großeltern das Lokal vor mehreren Jahrzehnten eröffnet hatten, befand es sich in Familienbesitz. Das Restaurant bedeutete ihr alles.

»Mein Bruder hasst dich«, gestand sie ihm.

Micah grinste. »Ich weiß. Aber ich frage nicht deinen Bruder. Ich frage dich.«

Liam war nicht ihr Aufpasser, aber er hielt sich dafür. Sie hatte keine Angst davor, zu rebellieren und das zu tun, was sie wollte. Aber sie wollte ihrem Bruder auf keinen Fall wehtun. Liam war an ihrer Seite gewesen, als sie ihr Gehör verloren hatte, und dann erneut, nachdem ihre Eltern gestorben waren. Er war nicht gerade begeistert darüber gewesen, als sie die Stadt verlassen hatte, um sich um Randis Haus zu kümmern, doch sie wusste, dass er sich sehr gefreut hatte, dass sie ihre eigene Wohnung aufgegeben hatte. Es bedeutete, dass sie früher oder später wieder zu ihm ziehen musste, wenn Randis Haus verkauft wurde.

Es wird Zeit, dass Liam aufhört, mich wie ein kleines Kind zu behandeln. Ich meistere mein Leben schon eine ganze Weile allein. Er muss einsehen, dass er sein Leben nicht weiterhin für mich aufopfern muss.

»Gut. Ich bleibe.« Die Worte kamen aus ihrem Mund, bevor sie sie aufhalten konnte. Sie wollte *wirklich* bleiben, und das nicht nur wegen des Geldes.

Tessa wollte unbedingt den wahren Grund erfahren, warum Micah hierher nach Maine gekommen war und warum er so müde aussah.

Irgendetwas stimmte nicht. Sie konnte es spüren. Leider war es so, dass ihre Neugier sie so gut wie immer in Schwierigkeiten brachte.

»Gut.« Er lächelte erleichtert.

»Ich könnte vollkommen kostenlos für dich kochen«, schlug sie vor.

»Ich erwarte nicht, dass du kochst.«

Sie zwinkerte ihm zu. »Ich liebe es zu essen und du bezahlst mich gut, also kann ich auch kochen, wenn du hier bist. Hast du Hunger?«

Er nickte langsam. »Ehrlich gesagt … ja. Ich habe heute Morgen nur Kaffee getrunken. Ich wollte so schnell wie möglich losfliegen. Es soll später Gewitter geben und ich bin die Cessna selbst geflogen.«

Warum überrascht es mich nicht, dass er Pilot ist?

Das Fliegen gehörte nun wirklich zu seinen eher ruhigeren Aktivitäten.

Sie begab sich in die Küche und machte sich an die Arbeit. Micah folgte ihr. Nachdem er sie gefragt hatte, ob er ihr helfen könnte, und sie seine Hilfe abgelehnt hatte, nahm er an dem kleinen Küchentisch Platz. In einer Küche zu arbeiten war für sie so normal wie zu atmen. Während sie ihm den Rücken zugekehrt hatte, um Kaffee zu machen, fragte sie sich, was er wohl gerade dachte. Wenn es eine Sache gab, die ihr an ihrer Gehörlosigkeit immer noch befremdlich vorkam, dann war es die, dass sie sich ausgeschlossen fühlte, wenn sie sich mit jemandem im selben Raum befand und den Menschen nicht direkt ansehen konnte. Doch während sie arbeitete, bemerkte Tessa, dass die Stille nicht unangenehm war. Auf eine gewisse Weise konnte sie Micahs Anwesenheit *spüren* und obwohl sie ihn nicht sehen konnte, fühlte sie sich nicht allein. Es war ein ungewöhnliches Gefühl, denn seit sie ihr Gehör verloren hatte, hatte sie nicht mehr so etwas empfunden.

Sie konzentrierte sich auf ihre Aufgaben und hatte im Handumdrehen das Frühstück bereitet. Es war ihr gar nicht aufgefallen, wie Micah sich die Zeit vertrieben hatte, bis sie den Kaffee und die Teller auf den Tisch stellte.

»Das ist privat!«, sagte sie wütend und riss ihm ein Blatt Papier aus der Hand. »Liest du immer die Post anderer Leute?«

Er sah zu ihr auf. »Nur wenn das Logo meiner Wohltätigkeitsorganisation auf dem Briefkopf ist. Streng genommen ist es auch meine Post.« Sie brauchte nicht lange, um den Brief in einer Küchenschublade verschwinden zu lassen und sie mit einem lauten Geräusch zu schließen. Sie hätte dieses alberne Angebot schon vor einer Woche wegwerfen sollen. Das Schreiben trug zwar *wirklich* den Namen der Sinclair-Stiftung, doch sie war noch immer sauer, dass er es einfach so genommen hatte und dabei gewesen war, es zu lesen, als sie ihm den Brief weggenommen hatte.

»Er ist an mich adressiert«, verteidigte sie sich und verschränkte die Arme vor der Brust.

»Ich hätte dich erkennen sollen«, sagte er und sah Tessa nun neugierig an. »Du bist Theresa Sullivan. Ich habe dein Gesicht nie zuordnen können, aber ich wusste, dass ich dich von irgendwoher kenne. Ich habe dich eislaufen sehen.«

Es war keine Überraschung, dass ihm nicht eingefallen war, wo er sie schon einmal gesehen hatte. So gut wie niemand stellte die Verbindung zwischen ihrem vorigen und ihrem jetzigen Leben her. Die Gewinnerin einer olympischen Goldmedaille im Eiskunstlauf vor beinahe zehn Jahren gab es schon lange nicht mehr. Wer würde sie jetzt noch erkennen? Die behinderte, gehörlose Frau, die dabei half, ein heruntergekommenes Restaurant in einer kleinen Küstenstadt zu führen, unterschied sich sehr von dem achtzehnjährigen Mädchen, das einst als aufsteigender Stern am Eislaufhimmel erstrahlte. Sie trug kein aufwändig gearbeitetes Kostüm, kein schweres Make-up, und ihr Haar war ein wirres Durcheinander, dem sie kaum Zeit widmete, um es in irgendeiner Art und Weise hübsch zu frisieren. Sie sah überhaupt nicht mehr so aus wie früher, als sie bei Eiskunstlaufwettkämpfen angetreten war.

Tessa drehte ihm wieder den Rücken zu und hantierte nervös mit Besteck und Servietten, bevor sie alles auf den Tisch legte.

»Diese Frau bin ich nicht mehr«, antwortete sie schließlich und setzte sich ihm gegenüber auf einen Stuhl.

»Natürlich bist du das. Du bist immer noch Theresa Sullivan, oder?«

»Tessa«, sagte sie knapp. »Jeder, der mich kennt, hat mich immer schon Tessa genannt.« *Offiziell* war ihr Name Theresa, doch sie hatte ihn nur bei Wettbewerben und auf rechtskräftigen Dokumenten benutzt.

»Okay. Tessa«, sagte er. Er sah sie noch immer mit einem berechnenden Blick an, der ihr beinahe schon Angst machte. Micah war kein Dummkopf und ihr war bewusst, dass er ihre Wut und Frustration spüren konnte. »Wirst du es tun?« Er suchte ihren Blick und sah sie neugierig an.

Machte er Witze? »Ich kann nicht. Ich bin gehörlos. Ich habe nicht mehr auf dem Eis gestanden, seit ich mein Gehör verloren habe.«

Der Brief, in dem sie gebeten wurde, bei einer Wiedersehensveranstaltung von ehemaligen Olympia-Medaillengewinnern zu laufen, hatte sie traurig gestimmt. Sie würde nie wieder dieselbe Frau sein wie vor zehn Jahren. Um ehrlich zu sein war sie sich nicht einmal sicher, woher das Stiftungskomitee überhaupt gewusst hatte, wo sie sich aufhielt. Liam hatte sie von der Außenwelt abgeschirmt und dafür Sorge getragen, dass sie nicht in den Medien auftauchte. Außerhalb ihres Freundeskreises und abgesehen von einigen Einwohnern der Stadt wusste niemand, dass sie einst eine der besten Eiskunstläuferinnen der Welt gewesen war. Das kleine Städtchen Amesport hatte ihr Geheimnis bewahrt. In den vergangenen zehn Jahren war es immer größer geworden, doch die eingeweihten Einwohner hatten nichts gesagt und den Umstand respektiert, dass sie Zeit brauchte, um sich zu erholen. Als es ihr endlich besser gegangen war, hatte Rick sie verlassen und sie war endgültig nach Hause zurückgekehrt. Ihr Unfall war zu dem Zeitpunkt schon Geschichte gewesen und niemand hatte sich mehr dafür interessiert.

Micah zuckte mit den Schultern, nahm einen Schluck von seinem Kaffee und machte sich daran, sich die Eier mit Speck und Toast einzuverleiben. »Du könntest es immer noch tun.«

Sie hob ihre Tasse an, doch erstarrte mitten in der Bewegung, als sie seine Aussage verstand. »Ich kann nicht laufen. Ich habe seit Jahren keine Schlittschuhe mehr angehabt und ich kann nicht einmal die Musik hören. Die Sinclair-Stiftung weiß offensichtlich nicht, dass ich gehörlos bin!«

Das andere Problem war, dass die Veranstaltung in New York stattfinden würde. Tessa fühlte sich hier in Amesport sehr wohl. Sie wollte nicht nach New York reisen.

Micah kaute seinen Toast und sah sie dabei sehr lange an, bevor er sagte: »Ich hatte dich nicht für die Art Frau gehalten, die einfach so aufgibt.«

Er bezeichnete sie als willensschwach und das brachte sie auf die Palme. »Ich habe meine Karriere beendet. Mir blieb keine Wahl. Gehörlose Menschen treten nicht beim Eiskunstlauf auf.« Tessa nahm einen Schluck von ihrem Kaffee. Sie war verstimmt, weil er den Anschein erweckte, als hätte sie irgendeine andere Möglichkeit gehabt, als ihre Schlittschuhe an den Nagel zu hängen.

»Die Stiftung macht dir ein sehr lukratives Angebot und es ist für einen guten Zweck.«

Tessa fühlte, wie ihr die Tränen der Enttäuschung in die Augen stiegen, doch sie blinzelte sie fort und trank weiter ihren Kaffee. Es war nicht so, als würde sie nicht auftreten *wollen*; es war einfach unmöglich. Ihr war ein gutes Honorar angeboten worden, das sie dringend brauchen könnte. Darüber hinaus würden alle Einnahmen der Veranstaltung an eine Wohltätigkeitsorganisation für Kinder gespendet werden, die sie gern unterstützen wollte.

Als sie die Tasse abstellte, rollte ihr eine einzelne Träne die Wange herunter, doch sie nahm ihre Gabel und fing an, ihre Eier zu essen. Während sie langsam kaute, vermied sie es, Micah in die Augen zu sehen.

Sie konnte es nicht tun … basta! Tessa wollte Micah nicht ansehen, um nicht seinen enttäuschten Gesichtsausdruck ertragen zu müssen. Es war ihr klar, dass er *wirklich* dachte, sie könnte einfach so ohne Weiteres wieder aufs Eis gehen und loslaufen. Er hatte vielleicht solch großes Vertrauen in sie, wenn es darum ging, das Unmögliche zu tun. Und sie war beinahe schon wütend auf ihn, dass er es so darstellte, als wäre das erneute Eislaufen keine große Sache für sie.

Er konnte vielleicht alles tun und musste sich keine Gedanken darüber machen, wenn er sein Leben beim Sprung von Orten riskierte, die nicht dafür geschaffen worden waren, als Absprungrampen zu dienen.

Er war vielleicht arrogant genug zu denken, dass er unverwundbar war.

Sie ... war es nicht.

Sie konnte es wirklich nicht gebrauchen, sich wie eine Versagerin zu fühlen ... schon wieder. Nicht jetzt, wo sie gerade erst die Kontrolle über ihr eigenes Leben wiedererlangte.

Die meiste Zeit konnte sie vergessen, wer sie gewesen war, bevor sie ihr Gehör verloren hatte, doch dieses blöde Angebot der Sinclair-Stiftung hatte die Vergangenheit wieder zurückgebracht und sie mit voller Wucht erwischt. Nach ihrem Gehörverlust hatte sie alle Hoffnungen begraben, jemals wieder Schlittschuh zu laufen. Wo lag der Sinn? Es war ein Karriereweg, den sie nie hatte weiterverfolgen können, und alles damit Zusammenhängende zu vergessen war das Vernünftigste, das sie damals hatte tun können. Wegen ihrer Behinderung hatte sie ihren Verlobten verloren und einige emotionale Tiefschläge einstecken müssen, seit sie Boston und den Mann, den sie einst angebetet hatte, verlassen hatte.

Nachdem Tessas Vater gestorben war, hatte ihre Mutter Hilfe im Restaurant benötigt. Als ihre Mutter dann kurz nach dem Tod ihres Vaters krank wurde und nur ein Jahr später ebenfalls verstarb, war Tessa sehr schnell in die Rolle der Restaurantbesitzerin hineingewachsen. Liam hatte eine gute und lukrative Karriere aufgegeben, um zurück nach Hause zu kommen und bei ihr in Amesport zu bleiben. Damals hatte sie ihren Bruder gebraucht und an ihm gehangen wie eine Ertrinkende an einem Rettungsring. Jetzt »half« er ihr so viel, dass es sie fast wahnsinnig machte.

Es wird Zeit weiterzumachen. Ich bin endlich mit meinem Leben zufrieden. Ich kann nicht zurückgehen. Ich will nicht zurückgehen.

Endlich antwortete sie: »Du verstehst das nicht. Du hast keine Ahnung, wie das ist, wenn man plötzlich alles verliert, das man kannte und das einem wichtig war.« Sie war mit ihrer plötzlichen

Behinderung unwahrscheinlich isoliert und nicht dazu in der Lage gewesen, das zu tun, was sie auf der Welt am meisten liebte.

Sie hatte in fünf oder sechs Jahren so viele Verluste wegstecken müssen, dass sie einfach nicht noch einen Schicksalsschlag hätte hinnehmen können. Sie hatte nie Zeit gehabt, sich zu erholen. Sie hatte in relativ kurzer Zeit ihr Gehör, ihren Verlobten, ihre Eislaufkarriere, ihren Vater und schließlich ihre Mutter verloren und es hatte sie fast umgebracht.

Mit der Zeit hatte sie gelernt, in einer geräuschlosen Welt zu funktionieren. Nun hatte sie mit ihrer Behinderung endlich ihren Frieden gefunden. Sie wollte wirklich keine alten Wunden mehr aufreißen. Sie war zu weit gekommen, um jetzt noch einmal umzukehren.

In ihrer Umgebung existierte leider keine Gehörlosengemeinde, darüber hinaus hatte sie bereits Freunde. Für sie war es nur darum gegangen zu lernen, wieder mit ihnen in Verbindung zu treten. Das Bedürfnis, kommunizieren zu können und sich nicht so isoliert zu fühlen, war fast schon zu einer Besessenheit geworden. Als sie noch mit Rick zusammen gewesen war, hatte sie so schnell wie möglich das Lippenlesen gelernt und war nach Jahren der Übung zu einer Expertin geworden. ASL war zwar einfacher, doch mit Ausnahme von Liam, ihren Eltern und ihrer besten Freundin Randi kannte niemand die Gebärdensprache. Aus diesem Grund hatte ihre einzige Möglichkeit darin bestanden, eine sehr gute Lippenleserin zu werden. Und sie war gut darin, so gut sogar, dass einige Menschen nicht einmal bemerkten, dass sie gehörlos war, wenn sie direkt mit ihnen sprach.

Liam hatte ihr gesagt, dass ihre Sprechstimme sich beinahe genauso anhörte wie ihre Stimme, als sie noch hatte hören können. Ihre Freunde hatten das ebenfalls bestätigt. Doch Tessa würde niemals wissen, ob sie sie nur beruhigten oder ihr wirklich die Wahrheit sagten. Es war nicht so, dass sie ihnen nicht vertraute, doch jeder von ihnen hatte ein gutes Herz und was für ein Mensch, dem sie etwas bedeutete, würde einer gehörlosen Frau schon sagen, dass sich ihre Stimme merkwürdig anhörte?

Langsam hatte sie den Kontakt zu den meisten ihrer alten Freunde in der Umgebung verloren, weil sie sich von ihnen abgegrenzt fühlte. Es tat weh, anders zu sein, doch sie hatte gelernt, mit der Distanz zwischen sich und ihren alten Freunden zu leben; die meisten von ihnen waren immer noch ein Teil ihres Bekanntenkreises und sehr freundlich zu ihr.

Tessa schreckte zusammen, als sie die Wärme von Micas großer, starker Hand spürte, die er auf ihre gelegt hatte. Ihre Augen blickten in sein Gesicht.

»Ich werde dir helfen, Tessa.« Sein Gesichtsausdruck war angestrengt, während er sprach. »Du musst das nicht alles alleine machen.«

»Ich kann es überhaupt nicht tun«, murmelte sie und war nicht dazu in der Lage, ihre Hand unter seiner wegzuziehen. Dieser kleine Kontakt wärmte sie und ihr Bedürfnis nach menschlicher Nähe nagte an ihrer Seele.

»Doch, das kannst du! Wir haben getanzt und du bewegst dich immer noch mit der gleichen Eleganz wie damals. Irgendwie bringst du es fertig, den Rhythmus der Musik zu spüren. Du musst es tun!«

Tatsächlich konnte sie keine Musik *hören*, die gespielt wurde. Aber sie konnte Schwingungen wahrnehmen. Wenn sie einmal das Tempo verstanden hatte, fügte sie in ihrem Kopf einen Teil der Musik zu dieser Geschwindigkeit hinzu. Dank Micahs selbstbewusster Führung war es ihr leichtgefallen, mit ihm Walzer zu tanzen. Jener Abend bei Hopes Ball im vergangenen Winter war ihr im Gedächtnis geblieben. Sie hatte sich wie Aschenputtel gefühlt und sich nie mehr aus Micahs Armen lösen wollen. Leider war der Tanz irgendwann vorüber gewesen, doch Tessa hatte immer noch nicht das Gefühl seines kräftigen Körpers vergessen, wie er sie geführt hatte und sie in diese Empfindung eingetaucht war.

Langsam schüttelte sie den Kopf. »Ich kann nichts hören.«

Während Micah aufmerksam zuhörte, erklärte sie ihm, wie sie mit ihm hatte tanzen können.

Seine Hand umschloss ihre fester. »Ich bin mir sicher, dass du auf die gleiche Weise eine Kür laufen könntest, wie du getanzt hast«, sagte er und ließ ihre Hand los, um den Satz zu gebärden.

Diese Handlung war unnötig gewesen. Tessa hatte ihn verstanden und ihr Herz hatte sofort angefangen zu schmerzen, als der Körperkontakt unterbrochen wurde. »Ich kann nicht«, beharrte sie.

Sie war nicht willens, sich erneut einem Teil ihres Lebens zu stellen, der in der Vergangenheit vergraben bleiben musste.

»Du kannst nicht oder du willst nicht?«, fragte er.

Micah war unwahrscheinlich hartnäckig und Tessa wurde dieses Gespräch langsam unangenehm. Sie war nicht erpicht darauf, einem Typen, den sie kaum kannte, ihr Herz auszuschütten. Ihre Lippen verzogen sich zu einem Lächeln, als sie über die Ironie nachdachte, dass sie beide wussten, wie der jeweils andere nackt aussah, obwohl sie bisher nur wenige Sätze miteinander gesprochen hatten. »Ich will nicht«, gab sie zu.

»Warum nicht?« Er sah jetzt ehrlich verblüfft aus.

Sie hätte ihm auf diese kurze Frage so viele Antworten geben können. Das beste Argument war, dass sie in beinahe zehn Jahren nicht einmal versucht hatte, wieder aufs Eis zu gehen. Sie könnte sagen, dass sie komplett außer Form war, und es würde der Wahrheit entsprechen. Oder sie könnte versuchen, ihm ein weiteres Mal zu erklären, dass sie die Musik nicht hören konnte. Auch das wäre keine Lüge. Doch sie sagte nichts davon.

»Ich habe Angst«, platzte sie plötzlich heraus und gestand ihm damit den wahren Grund, warum sie nie wieder ihre Schlittschuhe angezogen hatte. In den vergangenen Jahren war ihr Leben sehr schwierig gewesen und sie hatte sehr viele emotionale Rückschläge und Verluste erlitten. Wenn sie wieder auf das Eis gegangen wäre und versagt hätte, hätte ihr das endgültig den Rest gegeben und sie zerstört zurückgelassen.

Er zuckte mit den Schultern. »Ich denke, das ist normal. Aber du warst die Beste der Welt. Eine einfache Kür zu laufen wäre ein Kinderspiel für dich. Die Stiftung erwartet von dir nicht, dass du perfekt bist. Alle eingeladenen Athleten sind ehemalige

Olympiateilnehmer und haben schon lange ihr wettbewerbsfähiges Alter überschritten.«

Sie musterte ihn misstrauisch und fragte:»Ich habe immer noch nicht verstanden, wie die Stiftung mich gefunden hat. Hast du ihnen gesagt, wo ich lebe?«

»Bis ich den Brief las hatte ich keine Ahnung, wer du bist. Ich schwöre es dir. Ich wusste zwar, dass die Stiftung vorhat, diese Veranstaltung durchzuführen, doch ich wusste nicht, dass du damit zu tun haben würdest.«

»Das tue ich nicht«, beeilte sie sich zu sagen.

»Du könntest aber.« Er sah sie mit hochgezogener Augenbraue herausfordernd an.

Verdammt! Verdammt! Verdammt! Es gab nichts Schwierigeres für sie, als solch eine Provokation zu ignorieren, und Micah stellte sie gerade auf eine harte Geduldsprobe.»Es ist unmöglich. Ich muss arbeiten.«

Er schüttelte den Kopf.»Das ist eine lahme Ausrede. Für den Auftritt müsstest du nicht länger als ein paar Tage in New York verbringen und du hast bereits zugegeben, dass du im Restaurant nicht mehr so dringend gebraucht wirst. Deine Aufgaben kann jemand anderes übernehmen.«

»Mir würden nur sechs Wochen bleiben, um mich vorzubereiten. In dieser kurzen Zeit kann ich nicht in Form kommen und mir wieder die Dinge aneignen, die ich vermutlich schon lange vergessen habe.«

»Du hast gar nichts vergessen; du hast nur das Verlangen begraben, dir wieder die Schlittschuhe anzuziehen.«

Micah durchbohrte sie noch immer mit einem wissenden Blick und gab ihr das Gefühl, dass er beinahe schon ihre Gedanken lesen konnte. In Wahrheit wollte sie *unbedingt* wieder eislaufen. Das wäre ein Verlust und ein gähnendes Loch weniger in ihrem Herzen. Als sie den Sport endgültig aufgegeben hatte, war ihr das Leben auf einmal sehr leer vorgekommen.

Der Gedanke daran aufzustehen, es zu versuchen und auf dem Hintern zu landen, machte ihr Angst.»Du verstehst es *wirklich* nicht«, murmelte sie.»Du bist ein Sportler in Topform. Du besitzt alle deine Sinne. Du gehst nicht mit einem Nachteil ins Rennen. Es ist einfach, mutig zu sein, wenn du nichts zu befürchten hast.«

»Ich verstehe ja, dass du Angst hast zu versagen, aber das wirst du nicht. Außerdem liegst du falsch. Mein Leben ist nicht so perfekt wie du vielleicht denkst. Ich habe mit meinem Hinterteil viel zu viel Zeit in einem Bürostuhl verbracht und ich bin nicht gerade in der besten Form, aber ich werde mit dir trainieren. Wir machen es gemeinsam. Mir fehlen meine Läufe.«

Bevor sie vor einigen Wochen wieder angefangen hatte zu joggen, hatte Tessa ihre Laufroutine ebenfalls vermisst. Und bis sie endlich wieder jeden Tag nach draußen gegangen war, hatte sie vergessen wie sehr.

»*Du* versagst nie bei irgendetwas. Das kannst du dir nicht leisten, weil du sonst tot wärst.« Sie wollte nicht zugeben, dass einige der Dinge, die er in der Vergangenheit getan hatte, sie fasziniert und gleichzeitig in Schrecken versetzt hatten.

Er runzelte die Stirn. »Da liegst du schon wieder falsch. Ich habe bei vielen Dingen versagt. Manchmal habe ich mir erst eine Menge Knochen brechen müssen, bevor ich es richtig gemacht habe. Und jetzt sieht es so aus, als hätte ich tatsächlich meine Bestform eingebüßt. Mein Arzt hat mich krankgeschrieben.«

»Bist du denn krank?« Sie sah besorgt in sein müdes Gesicht.

»Nein. Laut meinem Arzt bin ich nur … erschöpft und ausgebrannt.« Er warf ihr einen Blick zu, der sagte, dass er es hasste, *irgendwelche* Schwächen zu haben. »Ich persönlich denke ja, dass er nur Scheiße erzählt, aber ich habe mich dazu entschieden, eine Pause einzulegen. Ich kann nur eine begrenzte Zeit in einem Büro verbringen, bevor ich anfange durchzudrehen.«

Er versteckte sich also auch vor dem Rest der Welt. Tessa wollte gern noch mehr erfahren, doch sein versteinerter Gesichtsausdruck hielt sie davon ab, weitere Fragen zu stellen. Es war offensichtlich, dass er nicht darüber sprechen wollte, also kehrte sie zum eigentlichen Thema zurück.

»Mit deinem ersten Vorschlag gibt es allerdings ein Problem«, erklärte sie ihm selbstsicher.

»Was?«

»Ich kann nicht trainieren. Die Eishalle, an deren Bau mein Vater mitgeholfen hat, ist geschlossen. Sie ist vor einigen Jahren pleite gegangen, nachdem er seinen Anteil an der Arena verkauft hatte.« Kurz nachdem sie ihr Gehör verloren hatte, hatte ihr Vater seinen Teil an seine Partner abgetreten.

Micah grinste. »Kein Problem.« Er wühlte in seiner Tasche und zog einen Schlüsselbund hervor. »Ich bin mir nicht sicher, welcher von ihnen passt, aber es sieht ganz so aus, als sei ich jetzt der stolze Besitzer einer Eishalle außer Betrieb.«

Ihr Herz begann, wie wild in ihrer Brust zu klopfen. Die Arena lag nicht weit von Randis Haus entfernt. War es möglich, dass ihm die Eishalle nun *wirklich* gehörte, dass er das geschlossene Gebäude mitsamt den anderen Immobilien, die er vor Kurzem aufgekauft hatte, auch erworben hatte? Es war sehr wahrscheinlich, weil das große Landstück gemeinsam mit dem Großteil des restlichen Landes außerhalb der Stadtgrenze in dieser Richtung zum Verkauf gestanden hatte.

Verdammt!

Sie sah alarmiert in sein attraktives, grinsendes Gesicht und starrte dann auf die Schlüssel, die er nun an einem Finger vor ihrer Nase herum baumeln ließ. Wenn er es ernst meinte, dann war sie geliefert.

Kapitel 3

Einige Tage später nahm sich Micah endlich die Zeit, darüber nachzudenken, ob er tatsächlich das Richtige tat, indem er Tessa beinahe dazu überredet hatte, zurück aufs Eis zu gehen. Sein Instinkt, sein Bauchgefühl sagte ihm, dass Tessa wieder eislaufen musste und es auch wollte. Doch als sie sich für ihr erstes Training nach dieser langen Zeit fertigmachte, zweifelte er an seiner Taktik. In den letzten Tagen hatte er sie herausgefordert, beschwatzt und geradezu gegen sich aufgebracht, weil er nicht wollte, dass sie die Chance wegwarf zu entdecken, dass ihr Talent nicht gemeinsam mit ihrem Gehör verschwunden war.

Er fühlte sich wie ein absoluter Wichser, der er vermutlich auch war, doch er wollte es nicht zugeben. Im Grunde genommen hatte er Tessa bewusst in Rage gebracht und sie so lange angestachelt, bis ihr Stolz es wahrscheinlich von ihr verlangte, dass sie aufs Eis ging.

Mit einem Protein-Shake in der Hand ließ er sich aufs Sofa fallen und runzelte die Stirn, als er über ihr Geständnis nachdachte, seit Jahren nicht mehr Schlittschuh gelaufen zu sein. Was, wenn er vollkommen danebenlag, was, wenn sein Bauchgefühl ihn im Stich ließ? Es könnte passieren – auch wenn es das normalerweise nicht tat. Er könnte sich bei ihr total falsch verhalten haben. Zum Teufel, er kannte sie doch kaum!

Sie hatte Angst und er hatte in den letzten Tagen erkannt, dass es nur sehr wenige Dinge gab, zu denen Tessa *nicht* in der Lage war. Sie war keine Mimose und trotz ihrer zierlichen Figur schaffte sie es, ihn so gut wie jeden Tag bei ihren gemeinsamen morgendlichen Läufen, die nach seiner Ankunft angefangen hatten, abzuhängen. Sie joggten immer erst fünf Kilometer zum Aufwärmen und wenn es dem Ende zuging, schnaufte er jedes Mal. Ja, er hatte zwar weiterhin mit seinen Gewichten trainiert, den Großteil seiner Zeit jedoch damit verbracht, in seinem Büro zu sitzen und sich Sorgen um seine Firma zu machen. Darüber hinaus hatte er dank Xanders unberechenbaren Verhaltens ebenfalls einige ungeplante Reisen nach Kalifornien unternehmen müssen. Er war abgelenkt gewesen und hatte deshalb sein Ausdauertraining in den letzten Monaten vernachlässigt. Jetzt zahlte er den Preis dafür.

Es hatte eine Zeit gegeben, da hätte er mit Leichtigkeit Marathonstrecken zurücklegen können, doch jetzt musste er sich einer Eiskunstläuferin, die ihre Karriere schon lange beendet hatte, geschlagen geben. Das war nichts, worüber er ausgesprochen glücklich war.

Nichtsdestotrotz bewunderte er Tessas Mut. Abgesehen von ihrem Widerwillen, zurück aufs Eis zu gehen, ließ sie ihre Gehörlosigkeit nicht die Oberhand in ihrem Alltag gewinnen und tat all das, was ein hörender Mensch auch tat. Sie passte sich an und glich ihren Nachteil aus, indem sie die Dinge lernte, die notwendig waren, um in der Welt der Hörenden zu funktionieren.

Er bewunderte sie; er mochte sie.

Leider jedoch wollte er ihr *immer noch* so sehr an die Wäsche, dass er sich kaum zurückhalten konnte. Anstatt eine Besserung seiner Besessenheit zu erfahren, machte die Tatsache, dass er ständig mit ihr zusammen war, das Ganze nur noch schlimmer. Jedes schelmische Lächeln, das sie ihm zuwarf, fuhr ihm durch den Körper und direkt in seinen Schwanz. Er konnte seine Reaktion nicht verstehen. Tessa war hübsch, doch seit Anna ihn vor einigen Jahren verlassen hatte, war er mit zahllosen schönen Frauen zusammen gewesen. Aber keine von ihnen hatte es geschafft, sein Innerstes mit nur einem einzigen Blick nach außen zu kehren. Er war nicht einmal so verrückt nach Anna gewesen, obwohl er viele Jahre mit ihr verbracht hatte. Die Frau, von der er dachte, dass er den Rest seines Lebens an ihrer Seite bleiben würde.

Was zum Teufel stimmt mit mir nicht?

»Ich glaube, ich habe etwas … zugenommen.« Tessas unglückliche Stimme kam aus dem Eingang zum Wohnzimmer.

Ihre Worte brachten Micah in die Realität zurück. Er sah auf und ließ beinahe das Glas fallen, das er in der Hand hielt, als er sie in einem einfachen, roten Eislaufkleid sah.

Es war schlichte Trainingskleidung mit langen Ärmeln und einem sehr hohen Saum, unter dem ihre schlanken Beine hervorschauten. Sie hatte definitiv an den richtigen Stellen zugenommen, seit sie dieses Kostüm vor Jahren getragen hatte. Das enge Material umschloss zwei volle Brüste, die er zu gern berührt hätte, und Kurven, die er an seinem Körper spüren wollte. Er würde es nur bevorzugen, wenn sie dabei nackt wäre und ihn anflehte, sie zum Orgasmus zu bringen, wobei diese definierten Beine um ihn herumgeschlungen sein würden, während er in sie hineinstieß und sie beide zur Ekstase bringen würde.

»Du siehst … gut aus«, brummte er.

Du siehst aus wie Unschuld und Sünde, süß und verführerisch. Du siehst aus wie eine verdammte Göttin, die ich einfangen und vögeln muss, bevor ich den Verstand verliere!

»Findest du nicht, dass es ein wenig zu eng ist?« Sie drehte sich nach links und rechts und zog dabei an dem Stoff, der eng an ihrem Körper anlag.

Er leerte sein Glas und wünschte sich, es würde etwas wesentlich Stärkeres als nur einen Protein-Shake enthalten. Er sah ihr dabei zu, wie sie sich vor ihm im Kreis drehte und dabei immer wieder versuchte, das Material zu richten, das ihre Kurven so liebevoll umschlang. Als er einen kurzen Blick auf ihren wohlgeformten Hintern erhaschte, der kaum von dem dünnen Höschen, das an das

Kleid angefügt war, bedeckt wurde, verschluckte er sich beinahe an dem letzten Rest der Flüssigkeit in seinem Mund.

Micah hustete und versuchte, sein wildes Verlangen zu überspielen, sie an ihrem Pferdeschwanz zu packen und über das nächstbeste Möbelstück zu beugen, damit er sich endlich Erlösung von dem Dauerständer verschaffen konnte, den er seit Tagen mit sich herumtrug. Tatsächlich wusste er nach diesen wenigen Tagen in ihrer Gesellschaft jedoch, dass er so bald nicht über seine Gier nach ihr hinwegkommen würde.

Vielleicht lag das einzige Heilmittel darin, aufzugeben und zu versuchen, sie zu verführen. Mittlerweile sollte er erkannt haben, dass seine Erektion nicht einfach so verschwinden würde. Tessa musste ihm langweilig werden, um endlich dieses Gefühl loszuwerden. Dann würde er anfangen, Rastlosigkeit zu verspüren, so wie er es immer tat, und Micah könnte seinem Leben wieder normal nachgehen.

Er hustete ein letztes Mal, bevor er sprach: »Wir können dir für deinen Lauf ein neues Kostüm kaufen. Du siehst gut aus. Keiner wird dich sehen.« *Gott sei Dank!* Wenn irgendein anderer Kerl anfangen würde, Tessa so hinterher zu geifern, wie er es gerade tat – was die normale Reaktion eines Mannes sein würde, der einen Puls besaß – dann wusste Micah, dass er diesen Wichser auf der Stelle erwürgen würde.

»Ich hole meine Schlittschuhe«, sagte sie leise und ging zurück ins Schlafzimmer.

Nachdem sie in den anderen Raum verschwunden war, atmete er tief aus. *Mein Gott!* Wie würde er ihr noch länger so nahe sein können, ohne ihr die Kleider vom Leib zu reißen und es ihr ordentlich zu besorgen?

War das etwa ein besitzergreifender Gedanke gewesen, den er da vor einigen Sekunden gehabt hatte? Was zum Teufel war das? Er war nicht eifersüchtig. Ihm war bisher nicht bewusst gewesen, dass sich dieses Gefühl überhaupt in seiner DNA befand.

Er fuhr sich mit einer Hand durch sein störrisches Haar und dachte über die Möglichkeit nach, Maine zu verlassen, verwarf

F. A. Scott

den Gedanken jedoch schnell wieder. Das Verlangen, mit Tessa zusammen zu sein, war einfach zu stark und es ging um weitaus mehr als nur die Tatsache, dass er sie attraktiv fand. Außerdem hatte er ihr versprochen, für sie da zu sein, damit sie sich ihren Ängsten nicht allein stellen musste. Er würde für seinen unkooperativen Schwanz und seine Begierde, sie zu vögeln, nicht sein Wort brechen – ein Versprechen, das er ihr aus irgendeinem Grund automatisch und ohne nachzudenken gegeben hatte.

Das Problem war nur ... er mochte sie *tatsächlich*. Tessa hatte einen eigenartigen Sinn für Humor, der ihn zum Lachen brachte. Darüber hinaus war sie ebenfalls sehr klug. Das wiederum brachte ihn auf andere Gedanken und lenkte ihn davon ab, ständig nur über sein Unternehmen und die Probleme mit seinem jüngsten Bruder nachzudenken. Tessa verdiente etwas Besseres als nur eine wilde Bettgeschichte. Er konnte spüren, dass auch sie sich von ihm angezogen fühlte, doch er wollte sie nicht verletzen. Früher oder später würde er abreisen und nach New York zurückkehren, und er hatte bereits verstanden, dass er kein »Beziehungsmensch« war. Tessa war die Art Frau, die von einem Mann nicht verlassen wurde. Micah jedoch war immer unterwegs und auf der Suche nach dem nächsten Adrenalinrausch.

Sie braucht einen Mann, der sich um sie sorgt, ein Mann, der an ihrer Seite ist.

Er stand mit einem Gefühl von Unruhe und Gereiztheit auf. Vielleicht brauchte Tessa eine andere Art von Mann in ihrem Leben, doch der Gedanke daran, dass irgendjemand anderes als er sie berühren könnte, machte ihn verrückt.

Verdammt! Noch ein besitzergreifender Gedanke?

»Ich bin soweit. Bringen wir es hinter uns«, sagte Tessa düster, als sie das kleine Wohnzimmer betrat.

Ihre Worte brachten ihn zum Lächeln und er drehte sich zu ihr um. Diese Handlung hatte sich schon so sehr automatisiert, dass er nicht einmal mehr darüber nachdachte. »So schlimm wird es schon nicht werden.« Er gebärdete beim Sprechen, obwohl er wusste, dass dazu eigentlich kein Bedarf bestand. Es kam selten vor, dass sie nicht genug erkannte, um seine Worte zu verstehen.

»Ich werde dich dafür hassen«, warnte sie ihn.

Bei ihren Worten hielt Micah plötzlich inne. Vielleicht hatte er sie wirklich *zu sehr* gedrängt. Jetzt kamen ihm Zweifel an seinem Verhalten, etwas, das sonst nie passierte. Er wusste, dass sie ihn nur aufzog, doch steckte in ihrer Aussage vielleicht doch ein kleines bisschen Wahrheit?

»Hasse mich nicht«, sagte er mit rauer Stimme und streckte den Arm aus, um ihr eine ihrer blonden Haarsträhnen hinter das Ohr zu streichen. »Ich glaube, dass du es willst, aber du hast Angst davor, es allein zu tun.«

Er fand ihren Blick und hielt ihm stand. Micah erstarrte, als er die Verletzlichkeit in ihren ungewöhnlich hellgrünen Augen sah. Er fühlte sich, als hätte ihm jemand einen unerwarteten Schlag in den Magen verpasst, und stellte erneut seine Gründe und Handlungen infrage. Er hatte das Gefühl, dass Tessa diesen Schritt gehen musste, doch er fühlte sich wie ein Tyrann, weil er sie dazu drängte, etwas zu tun, das sie nicht wollte. Eigentlich wollte er sie nur in die Arme nehmen und sie dort fest und sicher halten. Tessa hatte so viel durchgemacht und so viele Verluste erlitten. Dennoch war sie lebendiger als jede Frau, die er bisher gekannt hatte.

»Ich werde dich nicht hassen. Versprochen«, sagte sie leise und legte eine Hand auf seinen Unterarm, als er seine Finger aus ihrem Haar nahm. »Du hast Recht. Dies ist das letzte Gespenst meiner Vergangenheit, das ich endlich begraben muss. Glaub mir, ich würde das hier nicht tun, wenn ich es nicht wirklich wollte.«

»Bist du dir sicher?«, fragte er und fühlte noch immer die Zweifel an sich nagen.

Sie nickte langsam und Micah spürte, wie er sich entspannte. Er ergriff ihre Hand. »Dann lass uns gehen!« Auf einmal hatte er, genau wie Tessa, das Bedürfnis, diesen ersten Schritt so schnell wie möglich hinter sich zu bringen.

»Bist du dir sicher, dass die Eishalle fertig ist?«, fragte sie nervös, als er sie in Richtung Tür zog.

Er nickte. Micah war sich ganz sicher, dass die Arena für ihr Training präpariert worden war. Kurz nachdem er in Amesport angekommen war, hatte er Arbeiter dorthin geschickt. Die Halle war gut genug, um darin zu trainieren, und das Eis war komplett instand gesetzt worden, damit Tessa sicher war. Die Halle selbst war zwar nicht mehr im besten Zustand, doch sie war stabil.

Micah nahm seine eigenen Schlittschuhe von dem Stuhl neben der Tür und sie traten nach draußen in die feuchtwarme Luft, wo er ihre Hand losließ. Es war noch nicht ganz Herbst in Amesport und das Wetter war ungewöhnlich warm, wenn die Mittagssonne so kräftig vom Himmel schien.

Er schloss die Tür ab und Tessa ging zu seinem Wagen, einem riesigen schwarzen Pritschenwagen, den er gemietet hatte, als er in Maine angekommen war.

Auf dem kurzen Weg zur Eishalle sprach Tessa kein Wort, was Micah mehr Zeit zum Nachdenken gab als er benötigte.

Was, wenn sie sich verletzt?

Er zog eine Grimasse. Früher oder später würde Tessa nicht darum herumkommen, einige riskantere Sprünge zu trainieren, die dazu führen könnten, dass sie blutend und mit blauen Flecken auf dem Eis landete. Micah war eigentlich ein Ingenieur und sorgte dafür, dass seine eigenen Aktivitäten so sicher wie möglich waren. Sein Team entwickelte ständig neue Sicherheitsvorkehrungen für seine Ausrüstung, die sein Unternehmen zum Branchenführer gemacht hatte. Sicher hatte er sich einige Knochenbrüche zugezogen und war öfter gestürzt als er zählen konnte. Ein Risikoelement gab es jedoch immer und einige Dinge lagen einfach außerhalb seiner Kontrolle, doch er lebte von der Aufregung und war sich seiner technischen Fähigkeiten ziemlich sicher. Sein Hauptziel bestand darin, seine Ausrüstung stetig zu verbessern. Es würde immer Menschen geben, wie er einer war, die gefährliche Sportarten ausübten, doch er wollte das Risiko so weit wie möglich eindämmen.

Aber dieses Mal geht es nicht um mich.

Er ging das Risiko nicht ein und genau *das* machte ihm unheimliche Angst.

Die Sorge nagte weiter an ihm, als er den Wagen parkte und sie die alte Eishalle betraten.

Tessa nahm sofort auf einer der Holzbänke Platz und begann, sich ihre Schlittschuhe anzuziehen. »Ich wusste nicht, dass du Schlittschuh laufen kannst«, sagte sie mit neugierigem Blick.

Er wartete mit seiner Antwort, bis sie ihn wieder ansah, und sagte dann: »Als Jugendlicher habe ich viel Eishockey gespielt und auch später auf dem College.« Er war nicht mehr so gut auf dem Eis wie er es einst gewesen war und ihm fehlte die Technik, doch er konnte sich weiterhin ganz gut auf den Beinen halten, ohne zu stürzen.

Er zog sich die Schlittschuhe an, die seine Assistentin ihm zugeschickt hatte. Seine Stimmung verschlechterte sich weiterhin und er wünschte sich, dass er Tessas Post niemals gelesen hätte. Wie hatte seine Stiftung Tessa überhaupt gefunden? Micah hatte von der geplanten Wiedersehensfeier gewusst, doch er hatte keine Ahnung, wie die Organisatoren die ehemaligen olympischen Athleten ausfindig gemacht hatten. Tessa hielt sich von den Medien fern, zumindest hatte sie das gesagt, und er bezweifelte, dass das Komitee überhaupt gewusst hatte, dass sie gehörlos war. Ihnen war nur bekannt gewesen, dass sie ihre Karriere beendet hatte, was in der Welt des Sports nichts Ungewöhnliches war. Niemandem waren Details zu ihrem plötzlichen Rückzug bekannt und weil es schon so lange her war, hatte es auch so gut wie niemanden mehr interessiert.

Er musste ehrlich zugeben, dass er sich größtenteils aus der Arbeit der Sinclair-Stiftung heraushielt. Die Organisation war riesig und hatte genügend Mitarbeiter, die sich um das Tagesgeschäft kümmerten. Alle Sinclairs spendeten selbst große Geldsummen und empfahlen die Stiftung an andere Unternehmer weiter, doch keiner von ihnen war aktiv an der Stiftungsarbeit beteiligt. Weil alle von ihnen ihre eigenen, hektischen Berufe ausübten, war dies auch gar nicht möglich.

»Ich bin bereit«, sagte sie stoisch, nachdem sie endlich ihren zweiten Schlittschuh fertig geschnürt hatte.

Micah band sich selbst hastig die Schnürsenkel zu, erhob sich zur gleichen Zeit wie sie und folgte ihr, als sie entschlossenen

Schrittes zum Eis stapfte. Sie entfernte den Kufenschutz von ihren Schlittschuhen und warf ihn auf eine Bank. »Ich kann das!«, flüsterte sie leise.

Micahs Herz zog sich zusammen, als er die Unentschlossenheit und Angst in ihrem Gesicht erkannte. Er war kurz davor, sie zurück in seinen Wagen zu zerren und ihr zu sagen, sie sollte das blöde Eislaufen vergessen.

Doch ihre Worte waren nicht für ihn bestimmt; sie versuchte, *sich selbst* Mut zuzusprechen.

Die Tatsache, dass sie sich dazu motivieren musste, das Eis zu betreten, war für Micah Grund genug, die ganze Sache abzublasen. Tessa musste sich verdammt nochmal niemandem beweisen.

Sie trat schnell aufs Eis, so schnell, dass er nicht einmal Zeit hatte, mit ihr zu sprechen und nachzufragen, ob sie nicht vielleicht wieder gehen wollte. Er dachte sich, dass sie entweder einen Schritt nach vorn tun oder zurück zum Wagen laufen musste. Als er sah, wie sie sich ihrer Angst stellte, schwoll sein Herz an.

Tessa begann langsam und stand etwas wackelig auf den Beinen, während sie ihre erste Runde in der Arena drehte. Er beobachtete sie, wie sie mehr als nur ein bisschen ängstlich schneller wurde und während des Laufens die Richtung änderte.

Vorwärts.

Rückwärts.

Vorwärts.

Rückwärts.

Während Micah am Rand des Eises stand und ihr zusah, verlor er komplett jegliches Zeitgefühl. Er umklammerte die hölzerne, hüfthohe Bande so stark, dass das Blut aus seinen Fingern entwich.

»Mein Gott!«, entfuhr es ihm, als Tessa einige elegante Sprünge wagte. Er schnappte nach Luft und atmete so lange nicht aus, bis sie wieder sicher auf dem Eis gelandet war.

Seine Augen verfolgten jede ihrer bezaubernden Bewegungen und jeder Gedanke, ihr zu Hilfe zu eilen, verschwand aus seinem Kopf. Sie brauchte ihn nicht. Sie war einst die beste Eiskunstläuferin der Welt gewesen und gerade dabei, ihr Selbstbewusstsein sehr schnell wiederzuerlangen. Ihr Talent hatte sich nicht in Luft aufgelöst. Es hatte bis zu diesem Moment nur ungenutzt in ihr geschlummert und er war verdammt stolz, ihr bei ihrem Trainingsdebüt nach so langer Zeit zusehen zu dürfen.

Sie bewegte sich, als würde sie eine ihrer Küren laufen, und wechselte einfachere und schwerere Elemente und Sprünge miteinander ab, die sehr wahrscheinlich einmal Teil ihrer Laufroutine gewesen waren. Als Tessa an ihm vorbeisauste, erhaschte Micah einen kurzen Blick auf ihr Gesicht: Ihre Haut strahlte und sie sah fröhlich und stark aus.

Tessa war zu diesen Auftritten geboren worden, doch diese Chance war ihr zu früh wieder weggenommen worden. Sie hatte ihm erzählt, dass sie als Goldmedaillengewinnerin für die nächsten Olympischen Spiele trainiert hatte, als sie ihr Gehör verlor. Leider hatte sie nie die Gelegenheit bekommen, ihren Titel zu verteidigen.

Während sie zurück in die Mitte der Eisfläche lief, wurde sie im wahrsten Sinne des Wortes zu einem verschwommenen Farbklecks. Sie führte eine Pirouette aus, drehte sich schneller und immer schneller, bevor sie endlich abrupt anhielt und ihren wunderschönen Körper einen atemberaubenden Moment lang in einer eleganten Pose präsentierte. Danach senkte sie die Arme.

»Ich habe es getan! Ich kann es!« Sie keuchte, während sie sprach.

Micah konnte ihre Worte von der Bande aus hören und war überrascht über die Aufregung in ihrer Stimme. War sie wirklich davon überzeugt gewesen, dass sie das Eislaufen *verlernt* hatte? Ein Mensch verlor solch ein Talent nicht einfach. Tessa – Theresa Sullivan – hatte auf dem Eis gestanden, seit sie gerade einmal laufen konnte, und das Training während ihrer Kindheit und Jugend war sehr intensiv gewesen.

Er applaudierte, während Tessa sich elegant verbeugte, hörte jedoch auf, als sie auf die Knie fiel und die Hände vors Gesicht schlug.

Sie weint.

Er trat aufs Eis und legte die Entfernung zu ihr in wenigen Sekunden zurück, um vor ihr auf die Knie zu gehen. Die Kälte unter seinen Beinen spürte er dabei überhaupt nicht. »Tessa. Was ist passiert?«, fragte er besorgt, auch wenn sie ihn nicht hören konnte. Er versuchte, ihr die Hände vom Gesicht wegzuziehen.

Laute, herzzerreißende Schluchzer erfüllten die Eishalle und Micahs Herz begann, vor Angst laut zu klopfen. »Bist du verletzt?«

»Nein«, weinte sie und ihre Schultern hoben und senkten sich, während sie weiter ihren Gefühlen freien Lauf ließ. »Ich habe es getan, Micah. Ich bin Schlittschuh gelaufen«, antwortete sie unter Tränen, nahm dann endlich die Hände hinunter und legte sie auf ihren Oberschenkeln ab. »In meinem Kopf habe ich die Musik gehört. Ich erinnere mich immer noch daran.«

»Natürlich tust du das, Süße. Du warst großartig!«, sagte Micah in beruhigendem Ton und war unheimlich erleichtert festzustellen, dass sie nicht verletzt war.

Er war überrascht, als sie sich schließlich vollkommen unbekümmert in seine Arme warf und dort weiter weinte.

Er fasste sich schnell wieder, schlang seine Arme um sie und hielt sie fest, während die Jahre der Unsicherheit und Angst an seiner Schulter in Tränenform von Tessa abfielen.

Micah schauderte. Er war zwar ein Arschloch, doch es war unmöglich, nicht davon berührt zu sein, einer Frau wie Tessa beim Weinen zuzusehen. Es war, als würden die Tränen der Freude und Erleichterung die Jahre der emotionalen Angespanntheit mit einem Schlag aus ihrem Körper hinaus spülen.

»Danke«, presste sie zwischen den einzelnen Schluchzern hervor.

Er streichelte ihr über das Haar und war sich sicher, dass dies vermutlich das süßeste Wort war, das er je gehört hatte.

Kapitel 4

Irgendwann versiegten Tessas Tränen und sie beruhigte sich, doch sie befreite sich nicht aus Micahs Armen. Ihr gesamter Körper zitterte und es war ihr so verdammt schwergefallen, sich selbst zurück aufs Eis zu zwingen. Doch nachdem sie es einmal betreten hatte, existierte für sie nichts, das magischer hätte sein können.

Ihr Körper hatte übernommen und die Bewegungsabläufe ausgeführt, die sich in ihr Gehirn eingebrannt haben mussten. Es war nicht wirklich notwendig gewesen, lange darüber nachzudenken, was sie tat. Sie hatte nur der Musik in ihrem Kopf zuhören und eislaufen müssen.

Sie entspannte an Micahs starkem und wohlgeformtem Körper, während sie das Gefühl seiner harten Muskeln an ihrer weicheren Figur spürte. Die Verbindung zwischen ihnen beiden entlockte ihr einen zufriedenen Seufzer. Ihre Welt war vielleicht still, doch die restlichen ihrer Sinne befanden sich in Alarmbereitschaft.

Micah roch nach rauer, männlicher Versuchung und fühlte sich an wie eine sinnliche Sünde. Was für ihn nur eine tröstende Umarmung war, war für sie etwas ganz anderes.

Denk gar nicht erst daran, Tessa! Micah Sinclair ist nur ein Freund.

Schließlich richtete sie sich auf und sah ihn an. »Ich glaube, dass ich es schaffe. Ich muss die schwierigeren Sprünge trainieren und irgendwie herausfinden, ob die Musik, die ich in meinem Kopf höre, die gleiche ist wie die der Aufnahme, die gespielt wird, doch ich denke nicht, dass es unmöglich ist. Ich muss einfach nur Handzeichen einführen, die mir jemand von der Bande aus geben kann, damit ich im Tempo der Musik bleibe.«

Er grinste sie an. Eine widerspenstige Locke auf seiner Stirn ließ ihn noch unbekümmerter erscheinen, als sie ihn seit seiner Ankunft in Amesport erlebt hatte. »So gut wie nichts ist unmöglich«, antwortete er.

»Für dich vielleicht nicht«, neckte sie ihn.

Einige der Dinge, die Micah in der Vergangenheit getan hatte, nur um zu beweisen, dass es sich dabei nicht um unmögliche Kunststücke handelte, ließen ihr schwindelig werden. Sie hatte die Fernsehsendung mit angehaltenem Atem angeschaut, in der Micah und sein bekanntes Team von Elite-Fallschirmspringern Stunts gezeigt hatten, die noch nie zuvor versucht worden waren, und vor Erleichterung geseufzt, als die Männer schließlich wieder sicher und wohlbehalten auf der Erde gelandet waren. Als er jünger gewesen war, schien es, als hätte sein einziges Ziel darin bestanden, Weltrekorde aufzustellen, von denen viele immer noch unübertroffen waren. Es gab nicht viele verrückte Dinge, die in der Vergangenheit nicht von Micah Sinclair – einem der reichsten und bekanntesten Draufgänger der Welt – in Angriff genommen worden waren.

Er stand auf und zog sie mit sich nach oben. »Für dich auch nicht«, antwortete er sprechend und gebärdend, damit sie ihn verstehen würde.

Verdammt, er ist sogar gut in ASL. Gibt es irgendetwas, zu dem er nicht imstande ist?

Micah hatte ihr von dem gehörlosen Freund erzählt, den er während seiner Collegezeit kennengelernt hatte. Er war der Grund, warum er so vertraut mit ASL war. Doch er hatte auch gesagt, dass er seit Jahren nicht mehr gebärdet hatte, weil sein Kumpel Cochlea-Implantate erhalten hatte und nicht mehr über ASL kommunizierte.

Dennoch sah er überhaupt nicht eingerostet oder zögerlich aus. Er gebärdete selbstbewusst und mit genau demselben Hochmut, mit dem er alles andere ebenfalls tat.

Sie könnte argumentieren, dass durchaus sehr viele Dinge existierten, die unmöglich für sie waren, doch sie war einfach nur erleichtert, die Erfahrung, zurück aufs Eis zu gehen, hinter sich gebracht zu haben. So viele Jahre hatte sie Angst gehabt, dass sie nie wieder Schlittschuh laufen würde. Egal ob dieses Gefühl unrealistisch war oder nicht, sie hatte sich zu sehr davor gefürchtet herauszufinden, ob mit ihrem Gehör auch ihr Talent verschwunden war. Die zwei Dinge waren miteinander verbunden: Eislaufen und Musik. Wenn sie nicht in der Lage sein würde, die Töne zu hören, so hatte sie angenommen, dass sie ebenfalls nicht auf demselben Niveau würde Leistungen zeigen können, wie sie es in der Vergangenheit getan hatte.

Ich bin außer Form, doch ich kann mich an die schwierigeren Sprünge heranarbeiten.

Tessa hatte es einmal getan und sie wusste, dass sie es wieder tun könnte. Vielleicht würde sie nicht zu alter Stärke zurückfinden. Sie wär älter, gehörlos und hatte seit Jahren keine Eislaufküren mehr ausgearbeitet. Doch ihre Eislauffähigkeiten waren immer noch da und sie würde es schaffen, eine gute Darbietung zu präsentieren. Sie brauchte einfach nur genügend Zeit auf dem Eis.

Als sie Micah ansah und lächelte, klopfte ihr Herz vor Anstrengung und Euphorie noch immer wie wild. Sie war ihm dankbar dafür, dass er sie gedrängt hatte, etwas, das sie einst geliebt hatte, wieder zu einem Teil ihres Lebens zu machen.

Der köstliche, gefährliche und hungrige Blick in seinen Augen ließ ihr Lächeln verschwinden. Ihr Körper sehnte sich mit einem Mal nach etwas anderem als nur einer Umarmung.

Ich darf ihn nicht begehren! Er ist ein Sinclair und ich bin eine gescheiterte, ehemalige Olympiasiegerin. Er geht mit Supermodels aus, verdammt nochmal! Ich darf seine Freundlichkeit nicht mit Verlangen verwechseln.

Seit Tagen hatte Tessa nun schon versucht, ihre Instinkte zu unterdrücken, und es fiel ihr immer schwerer, nicht an Micahs harten, muskulösen, vollkommen nackten Körper zu denken. Oh Gott, er war so perfekt gewesen, dass es ihr den Atem geraubt hatte, eine makellose Spezies der Männlichkeit, die einfach nicht aus ihrem Kopf verschwinden wollte. Leider war dieses Bild nie verblasst und wenn er sie ansah, als wollte er *sie* zum Abendessen verspeisen, hätte sie sich ihm am liebsten an den Hals werfen und ihn anbetteln wollen, sie mit Haut und Haar zu vernaschen.

Sie erstarrte und konnte den Blick nicht abwenden von seinen wunderschönen dunklen Augen, in denen sich das Verlangen, das sie spürte, widerspiegelte.

Er kann mich nicht begehren. Er kann mich nicht begehren. Er kann mich nicht begehren.

Sie wiederholte dieses Mantra in ihrem Kopf und beugte sich dennoch zu ihm hin, als sich sein Kopf senkte, ihren Mund umschloss und damit die Worte aus ihrem Gehirn löschte.

Er *begehrte* sie in diesem Moment und ihr erging es genauso.

Tessa stöhnte, weil seine Umarmung jeden Gedanken aus ihrem Kopf vertrieb und sie nur darum bemüht war, ihm noch näher zu kommen und noch mehr von dieser süßen, besonderen Dominanz seines Mundes zu erfahren. Seine Zunge war forsch und erkundete ihre Mundhöhle, als wollte er sie vereinnahmen. Sie öffnete sich seinen Wünschen und ergab sich der zügellosen Lust, die Micah durch seinen Kuss in ihr erweckte.

Unaufhaltsam machte er sich daran, ihr Haar zu befreien, und vergrub seine Finger in den Locken, die sich über ihre Schultern ergossen. Er neigte ihren Kopf zur Seite, um sie noch tiefer und inniger zu küssen.

Ja! Ja! Ja!

Ihr Körper vibrierte mit sinnlicher Lust, als sie ihre Arme um seinen Hals schlang. So gerne wäre sie in ihn hineingekrochen! Ihre Hände fuhren durch sein Haar und ihr Herz klopfte vor Aufregung so heftig, als sie das Gefühl seiner rauen Locken an ihren Fingern spürte. Ihre Welt war still, weshalb sie sich viel besser auf die

Empfindungen konzentrieren konnte, die so nur noch sinnlicher und köstlicher wurden.

Tessa schloss die Augen und konzentrierte sich voll und ganz auf das Gefühl von Micah. Sie versank in seiner immer leidenschaftlicher werdenden Umarmung und ihre Brustwarzen wurden härter, je näher er sie an sich zog, um ihren Körper gegen seine festere Statur zu pressen. Ihre Muschi zog sich sehnsüchtig zusammen, als er eine seiner starken Hände unter ihren Hintern schob und sie hochhob, sodass sie ihre Beine um seine Taille schlingen und ihre Hüfte sich an ihm reiben konnte.

Er bewegte sich auf dem Eis, doch sie bemerkte kaum, wie er sie auf der Bande niederließ. Während der ganzen Zeit küsste er sie weiter und wanderte mit seiner Zunge schließlich hinter ihrem Ohr am Hals entlang, um dort den süßen Geschmack ihrer Haut zu kosten.

»Mehr, Micah! Ich brauche mehr!«, wimmerte sie und zerrte verzweifelt an seinem Haar, als sie seinen Mund nicht mehr auf ihrer Haut spürte. Sanft bog er ihren Kopf zurück, um sie anzusehen.

Wie automatisch öffnete sie die Augen und sah ihm auf den Mund. »Ich muss dich berühren, Tessa. Ich will sehen, wie du zum Orgasmus kommst.«

Der Blick in seinen Augen war drängend und animalisch. »Dann berühre mich«, bettelte sie. »Bitte!«

Sie konnte es nicht ertragen, dass dieses intensive Gefühl schon vorüber war.

Sie begehrte …

Sie brannte …

Sie brauchte etwas, um den feurigen Schmerz zwischen ihren Beinen zu stoppen, das schmerzhafte Pulsieren in ihren Brustwarzen, die wilde Sehnsucht in ihrer Seele.

Es war schon so lange her, seit jemand sie auf solch intime Weise berührt hatte, und sie war von dieser Art der Leidenschaft noch nie so überwältigt gewesen.

Die erste Berührung seiner Finger an ihrer Muschi entlockte ihr ein tiefes Stöhnen. Micah streichelte sanft über den dünnen Stoff ihres Kleides und schob seine Finger dann darunter, um das nackte Fleisch zu berühren.

Tessa zitterte, als sie die kalte Luft der Eishalle zwischen ihren Schenkeln spürte, doch sie empfand es als äußerst erotisch. Aus der Gewohnheit heraus hatte sie ihre Schamhaare mit Wachs entfernt, um sich darauf vorzubereiten, wieder Eislaufkleidung zu tragen. Sie fühlte sich verletzlich und erregt zugleich, als Micah über ihre empfindliche Haut zwischen ihren Beinen strich.

Sie krallte sich noch fester in sein Haar und versuchte, die Augen zu schließen, doch er hielt inne, bis sie sie wieder öffnete. »Bitte.« Es war das einzige Wort, das sie zu sagen imstande war. Sowohl ihr Körper als auch ihr Verstand waren von Sinnen und gierig und wollten nichts anderes, als Micahs Hände auf sich zu spüren.

»Schließe nicht deine Augen«, sagte er. »Sieh mir zu. Sieh dir an, wer dich gleich zum Höhepunkt bringen wird.«

Als ob sie das vergessen könnte! Tessa schauderte, als seine Finger geschickt zwischen ihre Schamlippen tauchten, um ihnen jedes noch so kleine Geheimnis zu entlocken.

»Oh Gott«, stöhnte sie. Ihr Körper reagierte auf jede seiner Bewegungen.

Micah fand mühelos ihre Klitoris und rieb mit seinem Daumen wieder und wieder darüber, während seine Finger sich auf tiefere Erkundungsreise begaben.

Als er einen Finger schließlich in ihre heiße Muschi schob, stockte ihr der Atem. Ihre Muskeln zogen sich so heftig um ihn zusammen, als hätten sie ihren eigenen Willen.

»Ja! Bitte Micah!«, schluchzte sie und versuchte, ihre Hüften so zu bewegen, dass sie gegen seine Hand rieben.

»Ich werde mich um dich kümmern, Tessa«, sagte er und sah sie noch immer wie gebannt an. »Mein Gott! Du bist so eng, aber auch so feucht, nur für mich! Du fühlst dich so gut an.«

»Ich will dich!«, schrie sie und war beinahe nicht dazu in der Lage, ihre Augen offen und auf sein Gesicht gerichtet zu halten.

»Gut. Denn ich begehre dich schon, seit ich dich zum ersten Mal gesehen habe.« In seinen Augen tobte ein Sturm, während er sie an den Rand des Wahnsinns trieb.

Würde ihr Gehirn funktionieren, so hätte sie seine Aussage angezweifelt, doch ihr Körper befand sich unter seiner Kontrolle und Micah spielte darauf wie auf einem Instrument, das ihm gehörte.

Sie bewegte sich in dem schnellen Rhythmus, in welchem er sie fingerte, während er gleichzeitig weiterhin ihre Klitoris mit seinem Daumen stimulierte.

In ihrem Bauch begann es zu rumoren und der Knoten, den sie dort gespürt hatte, löste sich langsam, während er sie weiter und schneller befriedigte.

Seine Augen waren mit einem entschlossenen Ausdruck fest auf ihr Gesicht gerichtet. Sein wilder, aufgeheizter Blick ließ sie entzweibrechen. Ihre Gehörlosigkeit machte seinen stürmischen Blick noch viel heißer. Für sie existierten nur Micahs Anblick und ihr Gefühl, und in Kombination waren beide extrem erotisch.

Ihr Orgasmus wusch über sie hinweg wie Wellen auf stürmischer See, die ihren Körper haltlos werden ließen, während die Zuckungen ihres Höhepunktes sie ergriffen und schüttelten.

»Ja! Oh Gott!« Mit geschlossenen Augen erzitterte sie unter dem Nachbeben dieses Orgasmus.

Als Micah seinen Mund auf ihre Lippen presste und das letzte bisschen Atem, das ihr noch geblieben war, weg küsste, erschauderte sie. Und doch erwiderte sie seinen Kuss in dem Versuch, ihm jede Empfindung, die sie besaß, auf diese Weise mitzuteilen.

Schließlich schlang er beide Arme um sie und hielt sie fest, während sie schwer atmend in seiner Umarmung zusammensackte.

Sein einzigartiger, männlicher Geruch drang in ihre Nasenlöcher und sie lehnte ihren Kopf erschöpft gegen seine Schulter. Dieser Mann hatte gerade ihre Welt aus den Angeln gehoben, dabei hatte er nicht einmal ein einziges seiner eigenen Kleidungsstücke ausgezogen.

Sanft zog er ihren Kopf an den Haaren zurück. »Du hast so wunderschön ausgesehen, als du gekommen bist, Tessa. Du tust es noch immer.«

Sie schüttelte den Kopf. »Ich sehe fürchterlich aus«, sagte sie.

»Ich will dich so sehr! Aber nicht hier. Nicht so.« Er hielt kurz inne, bevor er fragte: »Bist du schon länger Single? Du bist so verdammt eng.«

Tessa begehrte Micah so sehr, dass sie lügen wollte, es jedoch nicht übers Herz brachte. Sie mochte ihn zu sehr und schuldete ihm zu viel, um nicht ehrlich zu sein. »Ich habe keinen Sex mehr gehabt, seit ich mein Gehör verloren habe«, gestand sie ihm. »Davor hat es nur einen einzigen Mann gegeben.«

Sie beobachtete, wie sein Gesichtsausdruck sich von ungläubig zu skeptisch veränderte.

»So lange schon?«, fragte er. »Wie? Warum?«

Tessa schüttelte den Kopf. »Als ich gehörlos wurde, war ich kaum zweiundzwanzig. Ich war mit einem Mann verlobt, den ich bei den Olympischen Spielen kennengelernt hatte. Er war älter als ich, ein einflussreicher Geschäftsmann. Ich glaube, ich habe mich von seinem Interesse an mir geschmeichelt und angezogen gefühlt. Irgendwann habe ich dann begriffen, dass er nur eine Athletin als Armschmuck haben wollte, um sein Geschäft und Ego zur Schau stellen zu können. Eine Olympiasiegerin. Ihm gehört eine Sportausrüstungsfirma und als ich für ihn nicht mehr das Vorzeigeobjekt sein konnte, hat er mich verlassen.« Sie pausierte und erinnerte sich daran, wie sie sich vollkommen verbogen hatte, um die Frau zu sein, die Rick sich gewünscht hatte, sogar *bevor* sie ihr Gehör verloren hatte. Sie hatte sich angezogen, war gegangen und hatte gesprochen ganz so, wie er es von ihr erwartet hatte, und sie hatte ihm diesen Gefallen getan, weil sie immer noch beeindruckt davon gewesen war, dass ein Mann, der so erfolgreich und wohlhabend wie Richard Barlow war, Interesse an ihr gezeigt hatte.

Am Anfang hatte Rick sie unheimlich verwöhnt, sie ständig zum Essen in teure Restaurants ausgeführt, bis sie von seiner übermächtigen Präsenz völlig fasziniert gewesen war. Doch am Ende hatte sie dann herausgefunden, was sich wirklich hinter dieser Fassade verborgen hatte – ein riesiger Haufen Scheiße. Nichts an Rick war echt gewesen und darüber hinaus war sie auch nicht die Liebe seines Lebens gewesen. Sie war seine Sklavin gewesen und er hatte sie so manipuliert, damit sie perfekt dem entsprach, was er hatte haben wollen. Leider war die von ihm geformte Theresa Sullivan auseinandergebrochen und ihr Ex-Verlobter hatte keinen Teil der echten Tessa haben wollen. Ihn hatte immer nur die Spitzensportlerin interessiert.

Seine Ablehnung war wie ein Schlag ins Gesicht für eine Frau gewesen, die immer noch versuchte, die Welt auf eine komplett neue Art und Weise zu begreifen. Sie war zurück nach Amesport gezogen und hatte angefangen, sich ihr neues Leben als gehörlose Frau aufzubauen. Doch das Leben hatte noch weitere und schmerzhaftere Schicksalsschläge für sie bereitgehalten, bevor sie überhaupt damit beginnen konnte, die Tatsachen zu verarbeiten, nun gehörlos zu sein und den Mann verloren zu haben, der sie zu ihrer ersten und einzigen Beziehung verführt hatte.

Sie erklärte Micah kurz ihre Gedanken und teilte ihm mit, dass kein anderer Mann Interesse an ihr gezeigt hatte, seit sie ihren Gehörsinn verloren und Rick ihre Verlobung aufgelöst hatte.

Sie musste ehrlich zugeben, dass kein anderer Mann sich überhaupt die Mühe gemacht hatte, sie kennenzulernen, nachdem sie gehörlos geworden war.

»Glaub mir, sie sind an dir interessiert. Du bist einfach zu hübsch, um an *irgendeinem* Kerl vorbeizugehen, ohne dass er dich begehrt.«

Tessa hörte seine *Stimme* in ihrem Kopf.

In ihrer Vorstellung knurrte Micah fast schon. Der Laut, den sie sich einbildete, war tief und böse und passte zu seinem wilden Gesichtsausdruck.

Sie wollte sich nicht unbedingt selbstkritisch äußern, doch es war nun einmal eine Tatsache, dass sie in Liebesangelegenheiten einen Nachteil hatte.

Sie zuckte mit den Schultern. »Mir sind keine dieser Männer begegnet«, antwortete sie düster, wohlwissend, dass es durchaus an ihrer ablehnenden Haltung liegen könnte, dass sich das andere Geschlecht von ihr fernhielt. Sie wollte einfach nicht noch einmal den Liebeskummer erleben, den sie in der Vergangenheit hatte erleiden müssen. In diesem Moment fühlte sie sich sicher und so gefiel es ihr.

»Doch, du bist einem begegnet«, widersprach Micah und bohrte sich den Finger in die Brust. »Mich. Ich will dich!«

Micah war eine Ausnahme. Tessa wusste, dass er sie begehrte, doch sie verstand nicht warum. »Du erweckst in mir Gefühle, die ich noch niemals empfunden habe«, gestand sie ihm.

Nur ein Blick von Micah reichte aus, um ihren Körper in Flammen aufgehen zu lassen. Genau wie der gefährliche Blick, mit dem er sie jetzt gerade ansah.

Tessa ließ zu, dass er sie von der Bande hob und vorsichtig auf dem Eis absetzte. Er hielt ihre Hand, als sie die Eisfläche verließ und sich auf eine Bank setzte, um ihre Schlittschuhe auszuziehen.

Vielleicht fühlte er sich nicht wohl mit ihrem Geständnis, doch in den letzten Tagen hatte sich zwischen den beiden eine angehende Freundschaft entwickelt. Sie war wegen ihrer Vergangenheit zwar nicht immer so offen, wie sie es einmal gewesen war, doch sie log ihre Freunde nicht an. Auch wenn es offensichtlich war, dass Micah sie begehrte, so empfand sie mehr für ihn als nur pures Verlangen.

Als sie beide bereit waren zu gehen, griff Micah nach ihrer Hand, zögerte jedoch, bevor er sie zur Tür führte.

»Warum hast du keine Cochlea-Implantate ausprobiert? Bist du dafür nicht geeignet?«

Tessas Körper versteifte sich und sie zog ihre Hand weg. »Ich bin geeignet. Und ich habe es versucht. Es hat nicht funktioniert.« Er sprach gerade das Thema an, über das sie momentan überhaupt nicht reden wollte.

»Warum nicht?«

Sie seufzte, weil sie wusste, dass er sich mit einer halbherzigen Erklärung nicht zufriedengeben würde. »Ich war überglücklich, als ich die Operation für das erste Implantat überstanden und wieder angefangen hatte zu hören. Die Stimmen waren irgendwie roboterartig und überhaupt nicht so, wie ich sie in Erinnerung hatte, doch ich hatte mich daran gewöhnt und die Laute hatten sich nach einer Weile normaler angehört.« Sie hielt inne und erinnerte sich an den Schmerz ihres erneuten Gehörverlustes. »Dann hatte ich eine Infektion und das Gerät funktionierte nicht mehr. Die Ärzte mussten das Implantat entfernen und ich war wieder gehörlos, bevor ich überhaupt die Gelegenheit hatte, mir das zweite einsetzen zu lassen.«

Vielleicht war es besser, dass sie nie mehr das volle Hörerlebnis erfahren hatte. Vielleicht hatte es den Verlust einfacher gemacht. Doch sie kam einfach nicht umhin, sich an die brutale Enttäuschung zu erinnern, die sie empfunden hatte, als festgestellt worden war, dass das Implantat nicht funktionierte. Sie konnte sich nichts vorstellen, das sehr viel schlimmer hätte sein können.

»Kannst du es nicht noch einmal versuchen?«

Tessa ging zur Tür und Micah folgte ihr auf dem Fuße. »Das könnte ich schon, doch das Infektionsrisiko ist immer noch gegeben, außerdem ist dieser Eingriff sehr teuer. Im Moment brauchen wir das Restaurant mehr als eine hörende Tessa.«

»Aber die Versicherung –«

»Übernimmt nicht alles«, unterbrach sie ihn, als sie sich umdrehte und die Worte von seinen Lippen las. »Die Implantate kosten ein Vermögen, rund einhunderttausend Dollar für beide Ohren. Liam und ich haben dieses Geld nicht, um einen neuen Versuch zu wagen. Wenn es nicht klappt, hätten wir das Geld zum Fenster hinausgeworfen. Bevor ich überhaupt über eine neue Operation nachdenke, will ich das Restaurant renoviert haben. Damit verdienen wir unseren Lebensunterhalt und es ist das, was unsere Eltern uns hinterlassen haben. Wir können es nicht noch länger vernachlässigen.«

»Aber wenn es dir dein Gehör zurückgeben würde, denkst du nicht, dass es eines Tages das Risiko wert wäre?«

»Nein!« Tessa kehrte ihm den Rücken zu, stieß die Tür auf und trat nach draußen. Micah blieb zurück, um die Eishalle abzuschließen.

Kapitel 5

Später am Abend lag Tessa im Bett und versuchte zu lesen, doch ihre Gedanken schweiften immer wieder ab. Sie hatte sich Micah gegenüber wie eine Zicke verhalten. Eigentlich hatte er ihr doch nur helfen wollen. Tessa wusste das zwar, doch die schmerzliche Enttäuschung des missglückten Implantats verfolgten sie noch immer. Die Versicherung zahlte zwar sehr viel, doch sie wusste, dass Liam Geld aufgetrieben hatte, das sie nicht besaßen, um ihr dabei zu helfen, wieder hören zu können. Sie hatte nach ihrem Goldmedaillengewinn einige Werbeverträge erhalten, doch Rick hatte ihr immer alles ausgeredet, das sie vom Schlittschuhlaufen hätte abhalten können. Er hatte gesagt, dass ihr später noch genug Zeit bliebe, um Geld zu verdienen, doch dieser Zeitpunkt war nie gekommen. Sie hatte die Gelegenheiten verpasst, um Ricks ganz persönlicher Star zu sein. Tessa bedauerte so viele Dinge, die sie getan und wie sie sich in den Jahren nach dem Olympiasieg verhalten hatte. Sie hatte Zeit verschwendet und Angebote ausgeschlagen – alles für einen Mann, der es nicht wert gewesen war.

Ich war so jung und blauäugig.

Sie seufzte, als sie an den gescheiterten Eingriff ihres Cochlea-Implantats dachte. Sie hatte ihr Gehör wiedererlangt, auch wenn sich die Dinge mit dem eingesetzten Gerät anders angehört hatten. Ihre Hoffnung hatte darauf beruht, das andere Ohr auch behandeln zu lassen und ihr Leben vollständig wiederherzustellen.

Doch das war nicht passiert.

Stattdessen war sie in eine Welt der Stille eingetaucht, dieselbe Welt, in der sie bereits vor dem Implantat gelebt hatte. Manchmal war sie davon überzeugt, dass es besser wäre, diese Erfahrung nie mehr machen zu müssen, zufrieden zu sein, dass sie sicher war, anstatt diese Art von Enttäuschung zu erleben. Nach dem gescheiterten Eingriff war sie kopfüber in eine Depression gestürzt, die sie beinahe aufgefressen hätte. Es war der finale Schlag gewesen, der sie zu Boden befördert hatte, nachdem ihre Eltern verstorben waren, und es war etwas, das sie nie wieder durchmachen wollte.

Gut, sie musste zugeben, dass sie mit der Situation heutzutage vermutlich viel besser umgehen würde. Sie litt nicht mehr an einem gebrochenen Herzen, doch es existierte immer noch eine Skepsis, die sie nicht abschütteln konnte. Es war das Verlangen, sich selbst davor zu schützen, noch einmal so tief zu fallen, dass sie nicht mehr aufstehen konnte.

Tessa erschauderte und warf ihr Buch achtlos auf den Nachttisch. Sie schob die Bettdecke zurück und stand auf. Schlafen würde sie in der nächsten Zeit sowieso nicht können.

Indem sie versuchen würde, noch einmal aufzutreten, ging sie bereits ein Risiko ein. Es bestand eine große Chance, dass sie auf ihrem Hintern landen und sich zur Lachnummer machen würde, doch dieses Risiko hatte immer schon bestanden, selbst als mit ihrem Gehör noch alles in Ordnung gewesen war. Tessa wusste, dass sie mit diesem Druck gut umgehen konnte. Sie kannte das Gefühl bereits.

Das Unbekannte hingegen machte ihr viel mehr Angst.

Sie spürte, wie es in ihrem Magen rumorte, und erkannte, dass sie Hunger hatte. Weil sie nicht wusste, was sie mit ihrer Rastlosigkeit anstellen sollte, ging sie in die Küche und machte sich ein Sandwich. Sie war von Micahs Fragen nach ihren Implantaten so durcheinander gewesen, dass sie einfach aus seinem Wagen gestiegen war, nachdem er sie zu Hause abgesetzt hatte, und ihn nicht zum Abendessen hereingebeten hatte, wie sie es für gewöhnlich getan hätte.

Tessa runzelte angestrengt die Stirn, während sie ein Fladenbrot mit Thunfisch füllte, und musste zugeben, dass ihr seine Gesellschaft fehlte. Jetzt bereute sie es, ihn nicht eingeladen zu haben, um mit ihr zu essen. Sie gewöhnte sich langsam daran, dass er sich in ihrer Nähe aufhielt, und ihr Herz machte einen kleinen Hüpfer, als sie darüber nachdachte, was in der Eishalle passiert war. Micah hatte ihre Welt mit solch einer Leichtigkeit auf den Kopf gestellt und dafür kaum mehr als einen Kuss und eine intime Berührung benötigt.

Ich bereue es nicht, aber das mit ihm darf auf keinen Fall so weitergehen.

Micah Sinclair war gefährlich – ein Mann, von dem sie wusste, dass er ihr zu viel bedeuten würde. Doch wenn sie jetzt nicht ihre Schutzmauern errichtete, würde es in Zukunft nichts als Herzschmerz für sie geben. Das Problem war nur ... er war ein Mensch, der sich nur sehr schwer Grenzen aufzeigen ließ. Er war etwas herrschsüchtig, doch das war nicht der Grund, warum sie Schwierigkeiten hatte, ihn auf Abstand zu halten.

Es ist die Verbindung, die ich zwischen uns spüre.

Aus irgendeinem unbekannten Grund fiel es ihr unheimlich leicht, Micah ihre Gefühle darzulegen. Verdammt, er könnte sie dazu bringen, ihm das Herz auszuschütten, wenn sie nicht aufpasste. Er war fantastisch darin, die Wahrheit aus ihr herauszupressen, und er tat es, ohne sie zu verurteilen. Mit ihm konnte sie sich einfach sehr gut unterhalten. Für einen Mann, der aus Berufsgründen dem Tod regelmäßig von der Schippe sprang, stand er in der echten Welt erstaunlicherweise mit beiden Beinen fest im Leben.

Tessa verschlang ihr Sandwich über die Spüle gelehnt und grinste beim Anblick der Schokoladenriegel, die sie im Supermarkt gekauft hatte. Micah ernährte sich zwar ziemlich gesund, doch bei Schokolade wurde er schwach. Es war auch Tessas liebste Süßigkeit, doch sie blieb davon fern, weil sie wieder in ihr Konditionstraining eingestiegen war. Nichts ließ sie schneller Gewicht zunehmen als Schokolade. Sie könnte genauso gut einen Riegel aus der Verpackung nehmen und ihn sich auf den Hintern kleben, so schnell setzte sie von diesem Zeug Gewicht an. Und weil sie jahrelang einen großen Bogen um Schokolade gemacht hatte, aß sie sie nur zu besonderen Anlässen.

Ich glaube, heute Abend ist ein solcher Anlass.

Sie schnappte sich ein Snickers von dem Haufen, der auf der Anrichte lag, und wickelte es gerade in genüsslicher Vorfreude aus, als sie sah, wie das Display ihres Mobiltelefons in der spärlich beleuchteten Küche aufleuchtete. Sie nahm mit einem Lustseufzer einen großen Bissen von dem Riegel, der Schokolade, Erdnüsse und Karamell enthielt, und entsperrte dann mit einem Finger ihr Telefon, das neben der Spüle lag.

Sie sah, dass sie eine Nachricht von Micah erhalten hatte, und öffnete sie neugierig. Sie hatten Nummern ausgetauscht für den Fall, dass einer von ihnen ein Treffen in der Eishalle oder zum gemeinsamen Laufen absagen musste, hatten jedoch bis jetzt noch nie auf diese Weise kommuniziert. Es hatte bisher keinen Grund gegeben.

Micah: Ich habe Hunger. Ich glaube, du hast mich zu sehr verwöhnt, indem du jeden Tag für mich gekocht hast.

Tessa schnaubte und verschluckte sich beinahe an ihrem Schokoriegel. Dann lächelte sie. Diese Beschwerde war so typisch für Micah, dass es lustig war. Und es amüsierte sie, dass Nahrung der Grund für seine Kontaktaufnahme gewesen war.

Doch in diesem Augenblick war sie erleichtert, dass er versuchte, die Lücke zu schließen, die sich zwischen ihnen in der Eishalle aufgetan hatte.

Während sie ihr Snickers aufaß, tippte sie mit einem Finger eine schnelle Antwort und warf danach die Verpackung in den Mülleimer unter der Spüle.

Tessa: Ab und zu musst du dich eben allein durchschlagen. Übrigens ... ich esse gerade deine Schokolade.

Sie wusste, dass er in der Nähe seines Telefons war, weil er ihr sofort zurückschrieb.

Micah: Ich hoffe, es ist nicht das Snickers. Das mag ich am liebsten!

Sie leckte sich mit einem hämischen Grinsen die Finger, bevor sie sie abspülte und sich die Hände trocknete.

Tessa: Es war das Snickers und es war köstlich. Ist auch mein Favorit.

Micah: Ich werde morgen die gesamte Schokolade konfiszieren, wenn du dich nicht beherrschen kannst.

Sie nahm ihr Telefon in die Hand und ging zurück ins Schlafzimmer. Nachdem sie sich im Schneidersitz auf ihrem Bett niedergelassen hatte, tippte sie ihre Antwort.

Tessa: Es tut mir leid wegen vorhin. Ich bin nicht besonders freundlich gewesen, dabei weiß ich doch, dass du nur versucht hast, mir zu helfen.

Es dauerte einige Minuten, bis er antwortete.

Micah: Ich verstehe schon. Es war offensichtlich keine sehr tolle Erfahrung.

Selbstverständlich verstand er. Er verstand sie immer. Bevor sie ihm zurückschreiben konnte, erhielt sie eine weitere Nachricht.

Micah: Nimm mir nur nie wieder die Gelegenheit auf ein Abendessen. Dann werde ich sauer.

Sie rollte mit den Augen.

Tessa: Denkst du immer nur die ganze Zeit ans Essen?

Micah: Nein. Wenn ich in deiner Nähe bin, denke ich meistens daran, dich zu vögeln.

Seine Antwort war sehr direkt, doch sie musste trotzdem lachen.

Tessa: Das darf nicht noch einmal passieren.

Micah: Okay. Ich benutze sowieso lieber meinen Mund.

Sie atmete hörbar ein. Das Bild von Micas Kopf zwischen ihren Schenkeln reichte aus, um sie nervös zu machen.

Tessa: Das meinte ich nicht. Ich wollte sagen, dass wir überhaupt nicht miteinander intim werden können. Gelegenheitssex kommt für mich nicht infrage. Was zwischen uns passiert ist, war fantastisch, und ich habe mich von dem Moment verzaubern lassen. Der Tag war sehr emotional für mich. Aber ich glaube, ich könnte mich selbst nicht mehr im Spiegel anblicken, wenn wieder etwas geschehen würde.

Micah: Ich würde dafür Sorge tragen, dass es dir gefällt.

Sie seufzte und fragte sich, ob es ihr möglich wäre, eine Affäre mit ihm zu haben. Vielleicht würde es zu nichts führen, doch sie musste ihr verzweifeltes Verlangen endlich stillen. Sie wollte ihn einfach nur in sich spüren und ihm dabei zusehen, wie er ihren Körper vollkommen vereinnahmte. Sie versuchte, es ihm noch einmal zu erklären.

Tessa: Gelegenheitssex kommt für mich nicht infrage.

Micah: Das mit dir würde nie nur Gelegenheitssex sein.

Sie wusste, was er meinte. Wenn zwischen den beiden etwas passieren würde, wäre es auch für sie niemals nur ein Fick.

Tessa: Was wäre es dann?

Micah: Intensiv.

Seine knappe Antwort brachte ihr Herz zum Flattern. Sie wusste, dass er Recht hatte.

Tessa: Warum begehrst du mich überhaupt? Keine andere alleinstehende Frau auf dieser Erde würde dich abweisen.

Er war klug, unfassbar attraktiv und ein Sinclair-Milliardär. Sie war sich ziemlich sicher, dass sich das weibliche Geschlecht ihm praktisch an den Hals warf.

Micah: Ich will keine andere Frau. Ich will dich.

Ihr stockte der Atem und ihr Körper stand ganz plötzlich in Flammen, dabei befand sich Micah nicht einmal in ihrer Nähe.

Tessa: Du kannst mich nicht haben. Ich kann das nicht. Es tut mir leid.

Sogar beim Absenden der Nachricht war sie sich bewusst, dass ihr Körper ihm nicht würde widerstehen können, wenn er sie drängte. *Bitte, bitte. Nur einmal … dränge mich nicht.*

Micah: Freunde?

Sie war sich nicht sicher, ob sie angesichts dieser Frage traurig oder erleichtert sein sollte.

Tessa: Ja.

Micah: Ich glaube nicht, dass ich jemals einen weiblichen Freund gehabt habe.

Tessa: Hör einfach auf, Beziehungen mit Supermodels zu führen, dann würdest du vielleicht nicht das Bedürfnis haben, mit ihnen allen ins Bett zu steigen.

Micah: Ich führe keine Beziehungen. Schon seit einer ganzen Weile nicht mehr.

Tessa: Du bist immer irgendwo mit schönen Frauen abgebildet.

Micah: Das sind nur Bekannte, die zu einer Party oder Veranstaltung gehen wollen. Ich schlafe nicht mit ihnen.

Tessa: Ach nein?

Micah: Nein. Bist du eifersüchtig?

Sie dachte kurz nach, bevor sie antwortete.

Tessa: Ich habe kein Recht darauf, eifersüchtig zu sein. Ich bin nur eine Freundin.

Micah: Du bist nicht nur eine Freundin, Tessa. Aber wenn du nur eine Freundschaft willst, dann werde ich mein Bestes tun, um dir ein guter Freund zu sein.

Sie wusste, dass sie in ihm niemals nur einen Freund sehen würde, nachdem sie diese intimen Momente am Nachmittag zuvor geteilt hatten, auch wenn es genauso sein musste.

Tessa: Ich gehe jetzt schlafen.

Sie musste die Unterhaltung beenden, bevor sie ihn anflehen würde, vorbeizukommen und sie gegen die Wand gepresst oder über den Tisch gebeugt zu ficken. Sie würde alles tun, um das frustrierende Verlangen zu befriedigen, das in diesem Augenblick an ihr zerrte.

Micah: Ich wünschte, ich könnte mit dir einschlafen. Bis morgen früh. Träum von mir!

Bei seiner Arroganz musste Tessa lachen. Sie legte das Telefon neben ihr Buch auf den Nachttisch, ließ sich in ihre Kissen zurückfallen und zog an der Schnur der Nachttischlampe, um das Licht auszuknipsen.

Es fiel ihr schwer einzuschlafen und als sie endlich wegdämmerte, wurde Micah sein Wunsch erfüllt.

Ihre Träume waren lebhaft und erotisch.

Wild.

Atemberaubend.

Und in jedem einzelnen ihrer Träume war es Micah Sinclair, der ihre äußere Hülle der Angst durchbrach und sie dazu brachte, sich ihrer Leidenschaft ungezügelt hinzugeben.

Verdammt!

Kapitel 6

»**W**as hat es eigentlich mit deinem Ex-Verlobten auf sich?«, fragte Micah, bevor er einen großen Schluck Wasser trank.

Tessa verkrampfte. Sie und Micah hatten bei ihrem heutigen Lauf eine andere Strecke gewählt, einen Weg, der durch den Wald führte und auf einer Lichtung am Meer endete. Er hatte anhalten wollen, weil diese Strecke länger war als die übliche Distanz, die sie täglich zurücklegten. Sie sah ihn an, während er sich zu ihr gewandt auf dem Gras ausstreckte. Das alte T-Shirt klebte ihm an seinem kräftigen, verschwitzten Oberkörper.

»Was meinst du? Er war mein Verlobter und dann haben wir uns getrennt«, antwortete sie und fühlte sich unwohl. Sie sprach mit niemandem gern über Rick. Er war Geschichte, ein Teil ihres Lebens, über den sie nicht reden wollte.

»Warum?«, fragte er.

Tessa beschäftigte sich mit ihren Haaren und band sich den Zopf neu, weil einige ihrer Locken sich während des Laufens verselbstständigt hatten. Micah machte sie wütend, wenn er so hartnäckig wurde. Es war offensichtlich, dass er die Antwort aus ihr herauspressen würde, ganz egal wie lange es dauerte. Sie sah ihm jetzt ins Gesicht und erkannte die Entschlossenheit in seinen Augen.

Sie seufzte und ließ die Hände in den Schoß sinken. Ihr Haar war wieder ordentlich zusammengebunden. »Willst du das wirklich wissen?«, fragte sie skeptisch und hoffte, er würde verneinen. Gleichzeitig wusste sie jedoch, dass das nicht passieren würde.

»Ja.«

Genau das habe ich befürchtet!

Er stützte sich auf seinen Ellbogen auf, lehnte sich zurück und sah sie noch immer erwartungsvoll an.

Meine Güte, sah er gut aus! Das Morgenlicht reflektierte in seinem Haar, der warme Wind zerzauste es gerade genug, um ihn sexy aussehen zu lassen. Ihr Blick wanderte hinunter zu seiner Trainingshose und den teuren Laufschuhen. Wie sollte eine Frau einem Mann, der aussah wie er, etwas über das Verlassenwerden erklären?

»Er war ein reicher und mächtiger Mann. Seit ich achtzehn war, kurz nach den Olympischen Spielen, waren wir ein Paar. Nachdem wir einige Monate zusammen gewesen waren, hatte er mich dazu überredet, mit ihm nach Boston zu gehen. Das habe ich getan. Wir haben etwa ein Jahr zusammengewohnt, da hat er mich gefragt, ob ich ihn heiraten will.« Sie hielt inne und erinnerte sich daran, wie naiv sie damals gewesen war. Sie hatte gedacht, dass sie sich ihren Traum erfüllt hätte, dass sie den einen Mann gefunden hätte, der sie für immer lieben würde. Doch ganz so einfach war das Leben nie und ihre Beziehung mit Rick war sehr anstrengend und kompliziert geworden.

»Und?«, fragte Micah.

»Damals habe ich wohl gedacht, dass unser Leben gut war. Wenn ich Zeit hatte, bin ich mit ihm gereist. Es hat gut funktioniert, weil meine Trainerin in Boston lebte und immer nach Hause fahren konnte, nachdem ich dorthin gezogen war. Ich bin zu seinen Partys gegangen und die Frau geworden, die er haben wollte.«

Er sah sie ernst an. »Was soll das heißen?«

»Er war mit der Kleidung, die ich trug, nicht einverstanden. Einige meiner Angewohnheiten gefielen ihm nicht und er mochte meine Freunde ebenfalls nicht. Ich habe mich für ihn verbogen, um anders zu sein. Er hätte eine Frau gebraucht, die reifer war als ich.«

»Du warst achtzehn Jahre alt und hast dein gesamtes Leben dem Sport gewidmet! Was hat er denn noch gewollt?«, fragte Micah mit düsterem Gesichtsausdruck.

»Alles«, sagte Tessa. »Er wollte, dass ich mich anders kleide, dass ich mich angemessen und gebildet verhalte. Er wollte, dass ich Freundschaften in den Kreisen schließe, in denen er verkehrt.«

Micah schüttelte den Kopf. »Wichtigtuer.«

Sie zuckte mit den Schultern. »Allerdings. Ich habe erst später erkannt, wie sehr ich dieses Leben gehasst habe, ganz egal zu wie vielen schicken Partys und Veranstaltungen wir gegangen sind. Das war nicht ich. Ich war immer noch das Mädchen aus einer Kleinstadt. Ich habe dort nicht hingehört.«

»Du hast nicht zu *ihm* gehört. Wie habt ihr euch getrennt?«

»Nachdem ich gehörlos geworden bin und aus dem Krankenhaus entlassen wurde, war nichts mehr wie zuvor. Ich habe das Lippenlesen so schnell wie möglich gelernt, doch er hat die Tatsache gehasst, dass ich nun gehörlos war. Ich war behindert und es war ihm unangenehm, mich irgendwohin mitzunehmen.« Sie flüsterte nun: »Er hat sich für mich geschämt, glaube ich. Er hat eine Affäre mit einer anderen Frau begonnen und unsere Verlobung an seinem Geburtstag gelöst. Am nächsten Tag hat er mich gebeten auszuziehen. Ich denke, dass meine Nachfolgerin bereits auf gepackten Koffern gesessen hat.«

»Was für ein Arschloch! Wer ist er?« Micahs Gesichtsausdruck war jetzt gefährlich.

»Richard Barlow. Ein Multimillionär, der viele Sportveranstaltungen besucht.«

»Ich habe ihn einmal getroffen. Er ist ein überheblicher Wichser. Wir sind uns ein paar Mal begegnet. Weil wir beide in der Sportausrüstungsbranche arbeiten, kreuzen sich unsere Wege zwangsläufig, auch wenn meine Firma auf Extremsport spezialisiert ist.«

Tessa rückte näher und legte beschwichtigend eine Hand auf seinen Unterarm. »Es spielt keine Rolle mehr. Ich bin ja nochmal mit einem blauen Auge davongekommen. Ich bezweifle stark, dass ich derselbe Mensch wäre wie jetzt, wenn ich ihn geheiratet hätte.«

»Das wärst du schon. Doch du würdest auch nach außen hin seine Marionette sein und das würde dich traurig machen. Du solltest dich für niemanden verändern. Du bist verdammt nochmal perfekt so wie du bist!« Er sah wütend aus.

Sie entschied sich, die Geschichte zu Ende zu erzählen. »Ich bin zurück nach Hause gezogen und habe angefangen, meinen Eltern im Restaurant zu helfen. Liam war zu der Zeit nicht dort, es waren also nur wir drei. Als mein Vater starb, ist mein Bruder endgültig nach Hause zurückgekehrt. Seitdem ist er hier. Er hat seinen Job als Experte für Spezialeffekte bei Film und Fernsehen aufgegeben, um für mich da zu sein.«

»Und deswegen fällt es dir so schwer, ihm zu sagen, dass er sich um seine eigenen Angelegenheiten kümmern soll«, mutmaßte Micah.

»Ja. Ich weiß ja, dass er es gut meint, aber ich brauche seine Hilfe nicht mehr. Ich bin ihm dankbar dafür, dass er für mich da war, als ich ihn gebraucht habe, aber er muss nicht weiterhin Opfer für mich bringen. Das Einzige, was ich brauche, ist seine Liebe. Aber ich glaube, das hat er noch nicht verstanden. Ich will, dass er sich wieder seinem Leben widmet, denn ich widme mich meinem. Aber er gibt sich immer noch die Schuld für meinen Gehörverlust.«

»Was ist passiert?«, fragte Micah nun schon weniger aufgebracht.

Tessa seufzte und streckte sich in dem weichen Gras aus. »Nichts, das in irgendeiner Weise seine Schuld gewesen wäre. Wir hatten beide viel zu tun, aber wir wollten uns treffen. Hier in Amesport war es für uns beide am einfachsten, weil Liam und ich uns gern draußen in der Natur aufhielten. Eine unserer Lieblingsaktivitäten war es, wandern zu gehen. Ich bin vor ihm angekommen, doch er hatte unsere Wanderung absagen müssen. Die Arbeit war ihm dazwischen gekommen und er hatte es nicht geschafft, zurück nach Maine zu fahren. Ich entschloss mich, eine unserer Lieblingsgegenden zu besuchen und einfach allein wandern zu gehen. Es war nur ein

Tagesausflug und ich kannte die Strecke bereits.« Sie rollte sich auf die Seite und stützte ihren Kopf auf der Hand auf, um Micah anzusehen.

»Du hast dich beim Wandern verletzt?«

Sie schüttelte den Kopf. »Nicht verletzt. Ich bin krank geworden. Ich hatte mich schon etwas komisch gefühlt, als ich morgens losgegangen bin, aber ich habe es auf den Stress geschoben. Ich war zu Wettkämpfen in anderen Ländern unterwegs gewesen und mein Reiseplan war einfach nur verrückt. Ich war gerade wieder zurück in den Vereinigten Staaten und bin von einem Wettkampf direkt nach Maine geflogen. Ich war müde und habe irgendwann während der Wanderung Fieber bekommen. Dann habe ich mich verlaufen und bin vom Weg abgekommen. Um ehrlich zu sein erinnere ich mich nicht an sehr viele Einzelheiten dieser Wanderung.«

»Was ist dann passiert?«

Tessa konnte an Micahs Gesichtsausdruck erkennen, dass er gebannt und mit angespanntem Körper zuhörte. Ihre Welt war zwar still, doch sie war zu einer Meisterin geworden, wenn es darum ging, Gesichtsausdrücke und Körpersprache zu interpretieren.

Sie zuckte mit den Schultern. »Ich erinnere mich nur daran, dass mir kalt war und mich die Müdigkeit zu übermannen schien. Ich habe mich hingesetzt, um mich auszuruhen, und das ist so ziemlich die einzige Erinnerung, die mir noch geblieben ist. Ich kann mich nicht entsinnen, in dieser Nacht allein gewesen zu sein. Ich wurde erst am nächsten Nachmittag gefunden. Meine Eltern hatten angefangen, sich Sorgen zu machen, und haben Liam angerufen. Mein Bruder hat dann die Behörden eingeschaltet. Ich erinnere mich erst wieder daran, dass ich im Krankenhaus aufgewacht bin und Angst hatte, weil ich nicht hören konnte, was die Menschen um mich herum gesagt haben. Ich hatte eine bakterielle Hirnhautentzündung. Liam hat mir erklärt, was vorgefallen ist, doch für mich fühlte es sich an, als hätte ich eine ganze Woche meines Lebens verloren, bevor ich aufgewacht bin. Und als ich dann endlich meine Augen aufgemacht habe, war ich gehörlos.«

Micah drehte sich neben ihr auf den Bauch und sein Blick wurde sanfter, als er nach ihrer Hand griff. »Du musst schreckliche Angst gehabt haben.«

Tessa genoss das Gefühl seiner Hand in ihrer, Micahs größere Hand, die ihre umschloss. »Es war der Horror«, sagte sie. »Als es mir gut genug ging, kommunizierte ich schriftlich, aber es war frustrierend.«

»Und Liam gibt sich also die Schuld, weil er nicht bei dir war«, vermutete Micah.

»Das tut er. Er sagt, wenn er bei mir gewesen wäre, hätte ich sehr viel schneller Hilfe bekommen können und vielleicht nicht mein Gehör verloren.«

»Stimmt das?«

»Wer weiß. Aber ich bin diejenige, die sich dazu entschlossen hatte, allein zu gehen. Meine Eltern haben nur gewusst, dass ich wandern gehe. Bis zum nächsten Morgen haben sie sich nicht wirklich um mich gesorgt. Niemand hatte ahnen können, dass ich krank werden würde, während ich im Wald unterwegs war, oder dass es so schlimm werden könnte. Man denkt über solche Dinge einfach nicht nach, besonders nicht in diesem Alter. Es ist alles so schnell passiert.«

Tessa sah seinen missbilligenden Blick, bevor er sagte: »Du hättest da draußen sterben können!«

»Ich bin aber nicht gestorben. Und ich bin dankbar dafür, dass ich am Leben bin. Doch Liam denkt, dass er allein verantwortlich dafür ist, mein Leben und meine Karriere ruiniert zu haben. Das ist lächerlich! Er hatte mit meiner Entscheidung nichts zu tun. Ich war erwachsen. Manchmal denke ich, dass ich bereits erwachsen geboren wurde.« Als Kind und auch später als Jugendliche hatte sie niemals Zeit zum Spielen gehabt. Ihr damaliges Leben hatte aus nichts anderem als Training und Wettkämpfen bestanden.

Er grinste sie an, ein wölfisches Lächeln, bei dem sich ihr Herz zusammenzog. »Vielleicht musst du jetzt ein wenig spielen.«

Tessa rollte mit den Augen. »Dafür bin ich ein bisschen zu alt.«

»Zum Spielen ist man niemals zu alt.«

»Sagt der ewige Junge, der nichts als verrückte Sachen im Kopf hat, die die meisten Erwachsenen nicht einmal in Erwägung ziehen würden.«

Micah bekam einen besorgten Gesichtsausdruck. »Nicht so sehr wie ich es mir wünschen würde. Ich habe jetzt ein Unternehmen zu führen und eine Familie, auf die ich aufpassen muss. Der einzige Sport, auf den ich mich jetzt noch konzentriere, sind die Fallschirmsprünge mit meinem Team, meistens zumindest.«

»Keine Eltern?«, fragte Tessa neugierig.

Er blickte düster drein und antwortete: »Nicht mehr. Sie sind vor einem Jahr gestorben.«

Tessa nahm ihre Hand von seiner und legte ihre Handfläche an seine Wange. »Das tut mir leid. Wie ist das passiert?«

»Mein Vater ist in den vorzeitigen Ruhestand getreten und mit meiner Mutter nach Kalifornien gezogen, um den kalten Wintern zu entfliehen. Dann wurden sie Opfer eines Hauseinbruchs, bei dem sie beide ermordet wurden. Xander war der Einzige, der zu diesem Zeitpunkt bei ihnen war, und auch der Einzige, der überlebt hat … wenn man es überhaupt überleben nennen kann. Er hatte es geschafft, mit seinem Mobiltelefon die Polizei zu alarmieren. Einige Kilometer vom Haus meiner Eltern entfernt hat es dann eine Schießerei zwischen der Polizei und dem Mörder gegeben. Der Kerl, der unsere Eltern umgebracht hat, wurde auch erschossen, aber ich glaube nicht, dass das irgendeinen von uns getröstet hat.«

Tessas Augen füllten sich mit Tränen und ihr Herz brach für Micah. Sie hatte ihre eigenen Eltern verloren und sie wusste, wie sehr es wehgetan hatte, die beiden Menschen, die sie auf der Welt am meisten geliebt hatte, in solch kurzer Zeit nacheinander zu verlieren. Doch der Schock, beide Eltern gleichzeitig zu verlieren, weil sie ermordet worden waren, musste furchtbar gewesen sein.

»Was meinst du? Dein Bruder ist doch davongekommen, oder?«

»Er lebt, wenn es das ist, was du meinst. Aber er ist nicht mehr der gleiche Mensch wie früher. Er war ein unbeschreiblich talentierter Musiker und dazu noch weltberühmt. Leider hat er seine Karriere aufgegeben. Er ist immer noch nicht darüber hinweg. Seine körperlichen Wunden sind verheilt, doch dieses Ereignis hat Narben auf seiner Seele hinterlassen. Emotional ist er vollkommen am Ende. Drogen, Alkohol und starke Depressionen bestimmen seinen Alltag. Ich fliege so oft es geht rüber an die Westküste, um ihn zu sehen. Nicht dass er *irgendjemanden* sehen *will*, aber jemand muss ja ein Auge auf ihn haben. Im Moment bin ich mir nicht sicher, ob es ihn interessiert, ob er lebt oder stirbt.«

»Es tut mir so leid«, sagte Tessa und eine einzelne Träne lief ihr die Wange hinunter.

»Weswegen?«

Sie legte ihre Hand in seine und drückte sie fest. »Weil du der Starke sein musstest, derjenige, der die Verantwortung übernommen hat, als deine Eltern gestorben sind. Es tut mir für deinen Bruder leid, dass er mit ansehen musste, wie eure Eltern ermordet wurden. Wurde er schwer verletzt?«

»Ziemlich schwer. Auf meine Eltern wurde mehrfach geschossen, doch Xander wurde nur einmal angeschossen und dann mit einem Messer angegriffen. Er hat Stichwunden am ganzen Körper davongetragen und musste eine lange Zeit im Krankenhaus verbringen. Wir waren uns nicht sicher, ob er durchkommen würde.«

Tessa hatte nur Julian einmal flüchtig getroffen, als dieser in Amesport zu Besuch gewesen war. Xander war nie zu einer Hochzeit seiner Cousins oder anderen Veranstaltungen angereist, mit Ausnahme der Trauung von Dante und Sarah, an der Tessa nicht teilgenommen hatte. Doch sie erinnerte sich an die Erzählungen darüber, wie attraktiv die Sinclair-Männer gewesen waren, als sie in einer Gruppe zusammengestanden hatten. Xander war danach nie mehr nach Amesport gekommen. Nun wusste sie warum. »Was ist mit Julian?«

»Er hat sich seinen Traum erfüllt. Er hat so verdammt hart gearbeitet, um es in der Filmwelt nach ganz oben zu schaffen. Nachdem er den Oscar für seinen ersten Film erhalten hat, ist er ein sehr gefragter Mann geworden. Er dreht gerade seinen dritten Film ab.«

Tessa konnte erkennen, dass Micah stolz auf Julian war, doch war es gerecht, dass dieser sich die Last von Xanders Problemen nicht mit Micah teilte? »Julian könnte sicherlich helfen. Du hast ein Unternehmen zu leiten und musst deinen eigenen Verpflichtungen nachkommen.«

Micah schüttelte den Kopf. »Die meiste Zeit verbringt er am Set.«

»Du willst nur nicht, dass Julian weiß, wie schlecht es Xander wirklich geht«, vermutete Tessa und sah Micah mit gerunzelter Stirn an. Er konnte sich nicht weiterhin die Last der Familie aufladen, so wie er es gerade tat. Seine Aufgaben in der Firma mussten sehr anspruchsvoll sein. Und dann reiste er von der Ost- an die Westküste, um nach seinem jüngeren Bruder zu sehen? Er hatte vielleicht seine Teilnahme an einigen Extremsportarten eingestellt, doch er hatte noch immer Pflichten als Leiter des elitären Fallschirmsprung-Teams *Xtreme Dive Crew* zu erfüllen. Auch wenn sich ein Mensch nicht für das Fallschirmspringen interessierte, gab es dennoch nur wenige, die noch nicht von Micahs Profitruppe gehört oder einige der absolut gefährlichen Luftmanöver gesehen hatten. Die Gruppe gehörte zu den besten der Welt und Micah leitete und sponserte das Team. Sie waren nach seiner eigenen Firma, *Xtreme Dive Sportausrüstung*, benannt.

»Wenn Julian die Wahrheit wüsste, würde er seine Karriere aufgeben oder sie konsequent einschränken, um mir mit Xander zu helfen. Mein jüngster Bruder hat bereits seine Musikerkarriere weggeworfen. Ich will nicht, dass Julian das ebenfalls tut.« Er biss mit geschlossenen Augen die Zähne fest aufeinander.

Plötzlich erinnerte sich Tessa an etwas. »Du hast gesagt, dass Xander Musiker war. War er ein Rockstar?«

Micah sah sie mit hochgezogener Augenbraue neugierig an. »Ja. Das *war* er. Hat dir seine Musik gefallen? Er hat ziemlich früh angefangen, vermutlich bevor du gehörlos geworden bist.«

Tessa schüttelte den Kopf. »Wie sieht er aus?« Es gab bestimmt Zufälle, doch *ihr* Xander, ein liebenswürdiger Mann, den sie nie vergessen hatte, und Micahs jüngerer Bruder konnten unmöglich ein und derselbe Mensch sein. Wie standen die Chancen, dass dies der Fall sein könnte?

»Dunkle Haare. Braune Augen. Er ist gerade erst dreißig geworden.« Tessa dachte kurz über sein Alter und die Beschreibung nach, dann dämmerte es ihr, dass sie definitiv von dem gleichen Typen sprachen. Wie viele erfolgreiche Rocker mit Namen Xander konnte es auf der Welt geben?

Ihr Herz zog sich zusammen, als sie ihn aufklärte: »Ich habe ihn getroffen. Vor vielen Jahren, als ich noch in Boston lebte. Er hatte dort ein Konzert gegeben und mir geholfen. Ich bin ihm nur einmal begegnet, doch ich habe bis heute nicht vergessen, wie viel mir seine Hilfe bedeutet hat.«

Tessa erinnerte sich daran, wie sie und Xander sich getroffen hatten, und konnte sich nicht vorstellen, wie Micahs jüngerer Bruder irgendwie anders sein konnte, als er mit ihr gewesen war ... ein liebenswerter, frecher Rockstar.

»Das hört sich nach etwas an, das er tun würde«, bestätigte Micah. »Jetzt ist er jedoch ... verändert.«

Sie konnte nicht anders, als Mitleid für ihn zu empfinden. Er war solch ein netter Kerl und ihm war solch etwas Schreckliches zugestoßen. Das Leben war manchmal einfach so verdammt unfair. »Vielleicht braucht er nur etwas mehr Zeit«, sagte sie und ihr Herz zog sich zusammen, als steckte es in einer eisernen Schraubzwinge.

»Sein Zustand verbessert sich nicht.« In Micahs Stimme schwangen Trauer und Frustration.

»Das wird er«, sagte Tessa und lehnte ihre Stirn gegen seine. »Ich wünschte, ich könnte irgendetwas tun, um zu helfen.«

Micah unterstützte sie gerade auf so viele verschiedene Arten und sie wollte ihm gern etwas zurückgeben. Es war offensichtlich, dass die schrecklichen Ereignisse nicht spurlos an ihm vorbeigegangen waren. Er hatte seine Eltern verloren und jetzt hatte er das Gefühl, als würde auch sein Bruder ihm entgleiten.

Sie kreischte überrascht auf, als er sich aufsetzte und sie auf seinen Schoß zog. »Das kannst du. Sag mir deine Meinung. Was würdest du davon halten, wenn ich mein Haus genau hier bauen würde?« Tessa hatte kaum verstanden, was er gesagt hatte. Sie schlang ihre Arme um seinen Hals, um sich aufrecht zu halten. »Hier?«

Tessa spürte, dass Micah nicht mehr über Xander sprechen wollte, und stellte keine weiteren Fragen. Er war hierhergekommen, um der Realität für eine Weile zu entfliehen, und er verdiente eine Chance, sich zu entspannen und seine Sorgen zumindest für den Moment zu vergessen.

»Ja. Ich finde, dass dies der perfekte Ort für ein zweites Zuhause ist.« Seine Umarmung wurde fester.

»Es ist wunderschön hier. So friedlich.« Als sie sich umblickte, sah sie nur Bäume und im Hintergrund die riesige Küstenlinie. Sie saßen auf einer kleinen Anhöhe und der Ausblick von hier war fantastisch.

»Das habe ich mir auch gedacht.«

»Ich habe nur nicht gewusst, dass du mehr Zeit in Amesport verbringen willst. Es ist ziemlich ruhig hier.«

Micah lebte für den Nervenkitzel, für neue Abenteuer. Amesport war im Sommer sehr nett, weil die Touristen kamen und man im Meer baden konnte, doch Tessa war sich ziemlich sicher, dass ihm schnell langweilig werden würde. Die Stadt war definitiv nicht mit New York zu vergleichen.

»Ich will für meine beiden Brüder ebenfalls jeweils ein Haus bauen. Ich will das, was Jared hat: seine gesamte Familie wieder vereint. Ich werde nicht die ganze Zeit hier wohnen, doch mir gefällt die Idee, Häuser hier zu errichten, genau wie Jared es getan hat.«

In seinem Lächeln sah Tessa eine Sehnsucht, die sie sich nicht erklären konnte. »Du hast also das gesamte Land auf dieser Seite der Stadt gekauft, nur um ein paar Häuser zu bauen?«

Er zuckte mit den Schultern. »Es ist ja nicht so, als könnte ich es mir nicht leisten. Daher denke ich schon, dass ich es deswegen getan habe.«

»Und die Eishalle?«

»Wir Sinclairs mögen unsere eigene Umgebung und unsere Privatsphäre«, antwortete er mit einem nun offeneren Lächeln. »Ich habe die Eishalle wegen des Grundstücks gekauft, auf dem sie steht, doch wenn du denkst, dass du sie nutzen wirst, dann werde ich dafür sorgen, dass sie wieder in Betrieb genommen wird.«

Tessa blickte in Micahs Augen und ihr wurde bewusst, dass er es ernst meinte. Er würde die Eishalle wieder eröffnen, nur um sie glücklich zu machen. »Ich würde mich freuen, wenn die Halle wieder für die Öffentlichkeit zugänglich wäre, doch ich bin mir nicht sicher, wie viel Gewinn sie abwerfen würde. Sie liegt außerhalb der Stadt und die Touristen kommen hauptsächlich im Sommer wegen der Küstenlandschaft und des Meeres hierher. Die meiste Zeit würde die Halle nur von Anwohnern besucht.«

»Dann muss es eben der Ort in Amesport werden, wo die Menschen unbedingt hingehen müssen. Aber davon mal abgesehen muss ich nicht noch mehr Geld verdienen. Ich würde es für dich tun.«

Tessas Herz machte einen Rückwärtssalto, als Micah näher rückte und sie noch intensiver ansah.

»Warum? Du kennst mich doch kaum«, fragte sie verwirrt.

Tessa schrie erschrocken auf, als ihr Rücken wieder auf dem Gras landete und Micah ihre beiden Arme neben ihrem Kopf festhielt. Er antwortete: »Ich kenne dich, Tessa. Ich kann dich jeden verdammten Tag spüren. Ich kann mich nicht in deiner Nähe aufhalten, ohne sofort eine steinharte Erektion zu bekommen, die mich fast in den Wahnsinn treibt.«

Sein wilder Blick ließ ihr Herz schneller schlagen, so schnell, dass sie spüren konnte, wie es wild in ihrer Brust klopfte. Micahs Körper ruhte auf ihrem und sein Gewicht behielt sie fest am Boden. Ihr Atem ging schwer, als sie langsam antwortete: »Ich verstehe nicht.«

»Dann lass mich ganz offen zu dir sein. Ich möchte dich so unwahrscheinlich gern ficken, dass ich kaum atmen kann. Ich möchte so tief in dir stecken, dass du vollständig den Verstand verlierst und dein einziger Wunsch ist, hart und schnell von mir genommen zu werden, bis du zum Höhepunkt kommst und meinen Namen schreist.«

Die Gier auf seinem Gesicht war deutlich sichtbar und Tessa wusste, dass er die Wahrheit sagte. Er sah aus wie ein Raubtier, das nur darauf wartete, sie zu verspeisen. Eine Hitzewelle schoss ihr zwischen die Schenkel, während sie sich in ihrem Kopf das Bild vorstellte, das er ihr so lebhaft beschrieben hatte.

Wir beide nackt, unsere Körper eng umschlungen. Ich verliere die Kontrolle, während er in mich stößt, *bis ich schreie und nicht anders kann, als zu kommen.*

Ihre Bauchmuskeln spannten sich an und ihre Muschi zog sich vor Lust so sehr zusammen, dass ihr gesamter Körper anfing zu zittern. *So fühlt es sich also an, wenn ein Mann mich wirklich begehrt.*

Es war furchteinflößend und aufregend zugleich, vielleicht weil sie ihn auf die gleiche Weise spüren wollte.

Sein Gesicht war nahe an ihrem, so nahe, dass sie seinen aufgeheizten Atem an ihrer Wange fühlte. Die Versuchung lockte sie, das tiefe Verlangen, die ultimative Verbindung mit diesem Mann zu spüren. Ihm. Micah Sinclair. Der einzige Mann, der es jemals geschafft hatte, sie mit nur einer einzigen Berührung zum Erbeben zu bringen.

»Ich kann nicht«, flüsterte sie ängstlich.

»Du kannst nicht oder du willst nicht?« Sein Gesicht nahm einen gequälten Ausdruck an.

»Beides«, antwortete sie unsicher.

Es gab niemanden, den sie sehnlicher begehrte als Micah. Leib und Seele flehten sie an, aufzugeben und sich in die Lust zu stürzen, von der sie überzeugt war, dass er sie ihr zeigen konnte, doch ihre Vernunft stemmte sich dagegen. *Hartnäckig.*

Und dann küsste er sie, sein Mund senkte sich auf ihren, ganz so, als könnte er sich einfach nicht mehr beherrschen. Sie entspannte sich und folgte ihm, wohin sein dominantes Verlangen sie führte. Er drängte, neckte, eroberte. Sie öffnete sich ihm, ließ seine Zunge in ihren Mund eindringen, als würde sie ihm gehören. Als Tessa ihm erlaubte, ihre beiden Münder zu verschmelzen, erkannte sie, dass sie bereits in dem Gefühl von Micahs gewagter, beherrschender Berührung versank.

Genauso habe ich mich in der Eishalle gefühlt.

Sie wollte sich gehen lassen.

Sie wollte sich in ihn stürzen und alles um sich herum vergessen.

Sie sehnte sich so sehr danach, dass die Verbindung, die sie mit ihm hatte, tiefer und tiefer wurde, bis sie sich nicht mehr an ihren eigenen Namen erinnern würde.

Doch sie brachte es nicht fertig.

Sie drehte den Kopf weg, trennte ihren Mund von seinem und rief: »Nein! Ich kann das nicht. Bitte! Ich kann das nicht nochmal durchmachen.«

Er zog sich sofort von ihr zurück. »Was ist los? Was meinst du mit ›nochmal durchmachen‹?«

Sie las die Worte von seinen Lippen und wusste, dass sie ihn durcheinandergebracht hatte. Vielleicht hatte sie ihm die falschen Signale gesendet, als sie sich ihm in der Eishalle hingegeben hatte. Sie bereute nicht, was geschehen war, doch sie wusste, dass es nicht noch einmal passieren durfte.

Er ließ ihre Handgelenke los, setzte sich schnell auf und zog sie auf seinen Schoß.

Tessa drehte ihren Kopf weg und sah ihn nicht an. Micah musste ihr Kinn anheben und sie zwingen, ihm in die Augen zu blicken. »Erzähl es mir.«

Er verdiente zwar eine Erklärung, doch Tessa war sich nicht sicher, was sie sagen sollte. Schließlich entschied sie sich, ihm ganz genau zu beichten, wie sie sich fühlte. »Nachdem Rick und ich uns getrennt hatten und meine Eltern verstorben waren, bekam ich eine schreckliche Depression. Ich war gehörlos geworden und das hatte mir den Mann genommen, den ich geliebt hatte. Meine Karriere war im Eimer und mein Leben befand sich in der totalen Schwebe. Alles, was mir einmal wichtig gewesen war, existierte nicht mehr. Ich hatte mich vollkommen gewandelt, um die Frau zu sein, die Rick haben wollte, und dann … war ich es doch nicht. Meine Eltern waren nicht mehr da und ich war ganz alleine.« Sie hielt kurz inne, um ihre Gedanken zu ordnen, weil sie erkannte, dass es keinen Sinn ergab, was sie sagte. »Er war der einzige Mann, den ich jemals begehrt hatte, doch er wollte mich nicht mehr, obwohl ich alles getan hatte, um es ihm recht zu machen. Am Ende hat es dann keine Rolle mehr gespielt. Er hat mich verlassen, als ich nicht mehr das perfekte Püppchen war, zu dem er mich gemacht hatte, indem ich zu Partys ging, die mich nicht interessierten, mich anzog und verhielt, wie er es mir vorschrieb. Nichts davon spielte mehr eine Rolle, weil ich nicht die Frau war, die er wollte.«

»Er war nicht der richtige Mann für dich«, unterbrach Micah, als Tessa eine Pause machte, um Luft zu holen.

»Nein. Das war er nicht. Doch damals habe ich das nicht gewusst. Ich war jung und ich hatte *zugelassen*, dass er zum Mittelpunkt meines Lebens wurde. Er hatte mich zu einem anderen Menschen gemacht, weil ich jung und naiv war und selbst noch nicht wusste, wer ich eigentlich bin. Das Eislaufen hat mir alles bedeutet. Bis ich Rick traf, hat es für mich nichts anderes gegeben. Ich war zu blauäugig, um ihn nicht glücklich machen zu wollen. Und das wäre beinahe mein Ruin gewesen.«

Sie atmete tief durch und blickte ihm in die Augen. Dann sagte sie aufrichtig: »Ich war so depressiv, dass ich versucht habe, mir das Leben zu nehmen. Zu diesem Zeitpunkt war es mir vollkommen egal, ob ich lebe oder tot bin. Und das ist vermutlich die Situation, in der dein Bruder gerade steckt. Der einzige Unterschied zu mir ist nur, dass ich nicht jeden Tag getrunken oder Drogen konsumiert habe.«

Sie wartete mit schwerem Herzen, denn sie wusste, dass er sie von jetzt an mit anderen Augen sehen würde. Und diese Zurückweisung von Micah würde ihr sehr wehtun.

Micah benötigte einige Augenblicke, um zu verarbeiten, was Tessa ihm da gestanden hatte. Sie hatte sich einmal so einsam, verloren und verzweifelt gefühlt, dass sie ihrem Leben ein Ende setzen wollte?

Er sollte den Gedanken daran, dass sie wirklich hätte ernst machen können, sofort aus seinem Kopf verbannen. Sie liebte ihren Bruder und tief in ihrem Inneren hätte ihr Überlebenswille es niemals zugelassen, dass sie Selbstmord begeht. Und doch machte ihm der Gedanke an eine Welt ohne Tessa schreckliche Angst.

Seine Wut über die schrecklichen Ereignisse, die diese kleine Frau durchleben musste, zerrte unaufhörlich an ihm und machte es ihm unmöglich, überhaupt etwas zu entgegnen.

Endlich fragte er sie: »Hast du jemals daran gedacht, es noch einmal zu tun?«

Sie schüttelte den Kopf. »Nein. Ich habe eine Therapie gemacht. Es hat eine Weile gedauert, bis ich meine Probleme gelöst hatte und wirklich um alles trauern konnte, das ich verloren hatte. Das war der Wendepunkt für mich. Alles ist so schnell passiert, dass ich nie wirklich die Möglichkeit hatte, allzu traurig zu sein. Ich vermute, dass sich einfach alles in mir aufgestaut hatte, bis ich schließlich nicht mehr weiter gewusst habe.«

Micah erhob sich. Er konnte einfach nicht die richtigen Worte finden und war auch nicht fähig, sie zu trösten. Er war zu sehr damit beschäftigt, wütend auf die Welt zu sein, wütend darüber, dass Tessa so unfassbar viel durchmachen musste und beinahe daran zugrunde gegangen wäre.

Beinahe. Doch sie war es nicht.

Er streckte ihr seine Hand entgegen und half ihr beim Aufstehen. »Ist jetzt alles besser?«

Es war eine dämliche, peinliche, fast schon höfliche Frage, doch er hatte sie stellen müssen.

Sie nickte. »Besser«, bestätigte sie. »An großartig arbeite ich noch.«

Micah sprach nicht viel, als sie durch den Wald zurück nach Hause gingen. Er war mit seinen eigenen Gedanken beschäftigt. Er wünschte, er wüsste, wie er Tessa beistehen könnte, doch er war sich nicht sicher, was er tun sollte.

Eines wusste er jedoch mit Sicherheit. Er würde sie so bald wie möglich dazu bringen, sich »großartig« zu fühlen. Sie hatte genügend Scheiße in ihrem Leben durchmachen müssen. Es war an der Zeit, dass es »atemberaubend fantastisch« wurde.

Kapitel 7

Der letzte Mensch, den Kristin Moore heute im *Shamrock's Pub* hatte sehen wollen, war Julian Sinclair. Der Tag war schon schlecht gewesen und seit Julian die Kneipe betreten hatte, war der Nachmittag schlagartig noch schlechter geworden.

Das Lokal ihrer Eltern befand sich gerade zwischen der Mittags- und Abendstoßzeit und obwohl es Samstag war, saß nur ein einziges Paar mit seinen Getränken an einem entfernten Tisch in der Ecke. Die Hauptsaison war vorüber und nachdem die Mittagsgäste wieder gegangen waren, passierte in diesen Tagen vor sieben oder acht Uhr abends nicht besonders viel.

Selbstverständlich war Julian direkt zur Bar geschlendert, die sie gerade abwischte, und hatte seinen knackigen, wunderbaren Hintern auf einen Barhocker geschwungen. »Wie geht es dir, Rotschopf?«

Sein Ton klang nach Spott, ganz so, als sei er zum Streiten bereit. »Bis du hier aufgetaucht bist, ging es mir soweit ganz gut«, gab sie genervt zurück.

Was hatte Julian Sinclair an sich, dass sie bei ihm immer sofort in die Defensive ging? Zusätzlich zu der Tatsache, dass er einer der perfektesten und attraktivsten Männer war, die sie je getroffen hatte, war er ebenfalls ein Superstar und Milliardär. Mit seinem platinblonden Haar und seinen tiefblauen Augen würde er jeder Frau den Kopf verdrehen. Und mit seinem perfekt trainierten Körper, bei dem der Bizeps bei jeder Armbewegung hervortrat, ließ er sie gleich zweimal hinsehen. Er beherrschte die Rolle des begehrten Hollywood-Schauspielers wirklich sehr gut.

Er gab ein unwahrscheinlich großzügiges Trinkgeld, was sie am Abend des Winterballes von Hope Sinclair herausgefunden hatte, als er ihr einen Stapel Hundertdollarscheine hinterlassen hatte, mit denen sie in dem Monat ihre Miete und einige Rechnungen hatte bezahlen können.

Leider reizte er sie jedoch *immer noch* bis aufs Blut.

»Nette Begrüßung. Ich dachte, dies ist ein Touristenort?«, entgegnete Julian trocken.

»Die Touristensaison ist vorbei. Was willst du also hier? Abseits von Hollywood lebst du doch ganz schön primitiv, was, Superstar?«

»Kann ich einfach nur ein Bier haben?«, fragte er in sarkastischem Ton.

Zum ersten Mal, seit er die Kneipe betreten hatte, sah Kristin ihn an und untersuchte sorgfältig sein Gesicht. Sie hatte sich von seinem durchtrainierten Körper ablenken lassen, als er an der Bar Platz genommen hatte.

Jetzt, da sie die Gelegenheit hatte, ihn sich genauer anzuschauen, sah sie, dass er erschöpft aussah und einige offensichtliche Schnittwunden in seinem perfekten Gesicht und am Hals aufwies. Julian war leger in Jeans und ein dunkelblaues Polohemd gekleidet, das genau zu seiner Augenfarbe passte, doch Kristin fiel auf, dass er ein klein wenig magerer war als das letzte Mal, als sie ihn gesehen hatte. Zugegeben, er sah zwar noch immer sehr attraktiv aus, wirkte jedoch etwas mitgenommen.

Ohne ein Wort zu sagen, drehte sie sich um und ging in die Küche, die sich hinter der Bar befand. Nach einigen Minuten erschien sie wieder und stellte einen Teller mit einem dick belegten Fischbrötchen und ein Glas Milch vor Julian ab.

»Ich habe ein Bier bestellt«, sagte er unwirsch.

Sie nickte zu dem Brötchen. »Ich glaube, du brauchst das hier dringender. Was ist mit dir passiert?«

»Actionfilm«, antwortete er, als würde dieses eine Wort alles erklären.

»Sieht ganz so aus, als hätte dich die Action gepackt, durchgeschüttelt und als Verlierer wieder ausgespuckt«, schoss sie zurück und musste sich ein Lächeln verkneifen, als er eine Hälfte des Fischbrötchens, das sie für ihn zubereitet hatte, nahm und anfing zu essen.

»Ich habe nicht verloren. Wir waren in der verdammten Wildnis unterwegs und ich habe versucht, so viele Stunts wie möglich selbst auszuführen. Das hat mich etwas lädiert.« Er nahm einen weiteren Bissen, schluckte und fügte hinzu: »Mann, ich hatte wirklich Hunger. Das hier ist echt lecker. Ist es vergiftet?« Er schien nicht im Geringsten besorgt über die Antwort zu sein, denn er fuhr fort, sich das Fischbrötchen einzuverleiben, und spülte es mit großen Schlucken von der Milch hinunter.

»Das wirst du in etwa zehn Minuten selbst herausfinden«, antwortete Kristin belustigt. »Das Gift wirkt ziemlich schnell, Superstar.«

Er grinste sie an und aß sein Brötchen weiterhin mit großem Appetit. »Du würdest mich nicht loswerden wollen. Dafür liebst du es doch viel zu sehr, mit mir zu streiten, Rotschopf.«

Bei Gott, sie hasste diesen Spitznamen. Ihr feuerrotes Haar und ihr kurviger Körper waren die zwei Dinge, die sie als Jugendliche am meisten gehasst hatte, und viele Kerle hatten sie immer wieder mit diesem Namen angesprochen. Er rief nicht gerade tolle Erinnerungen in ihr hervor und Julian hatte sie so genannt, seit er sie das erste Mal getroffen hatte, was vermutlich der Grund dafür war, dass sie bei ihm immer sofort angriffslustig wurde.

Kristin spürte, wie ihr Herzschlag bei seinem dämlichen Grinsen beschleunigte. »Vielleicht bin ich es ja einfach nur leid, mit dir zu streiten.«

»Nein, das glaube ich nicht. Es gefällt dir«, sagte Julian und stopfte sich den letzten Rest von seinem Fischbrötchen in den Mund.

Kristin drehte sich um, schnitt Julian ein Stück Kuchen ab und legte es vorsichtig auf einen Teller, bevor sie eine Gabel nahm und alles vor ihm abstellte.

»Ich mag es eigentlich nicht zu streiten«, sagte sie aufrichtig. »Ich kann mich aber scheinbar nicht zusammenreißen.«

Wenn sie sich in Julians Nähe befand, kamen die Beleidigungen ihr sehr leicht über die Lippen. Normalerweise war sie nicht so leicht reizbar – auch *wenn* sie rote Haare hatte – doch er schaffte es, ständig ihre schlechte Seite zum Vorschein zu bringen.

»Woher wusstest du, dass ich Schokolade mag? Ich könnte dagegen allergisch sein«, fragte Julian heiser.

Kristin hatte ihm ein Stück vom Kuchen des Tages gegeben. Hierbei handelte es sich um einen cremigen Schokoladenkuchen mit Schlagsahne. Sie hatte nicht viel Auswahl gehabt, denn die Kneipe bot nur diesen einen Kuchen an. »Ich könnte mir Hoffnungen gemacht haben. Bist du allergisch?«

»Nein.« Julian nahm die Gabel und fing an zu essen.

»Wie schade. Vielleicht siehst du auch nur so aus wie ein Mann, der der Versuchung zu oft nicht widerstehen kann«, sagte Kristin schnippisch.

Julian sah von seinem Teller auf und warf ihr einen genervten Blick zu. »Das tue ich nicht.«

Seine Worte waren rau und ehrlich, was Kristin genug verwirrte, um seinen hypnotisierenden Augen auszuweichen. Es war so gut wie der einzige ehrliche Satz, den er in ihrer Gegenwart jemals geäußert hatte, und sie erschauderte, denn sie wusste, dass diese wenigen Worte so viel mehr als nur eine einfache Verneinung waren. Er versuchte, ihr etwas mitzuteilen.

»Warum bist du denn nun also hier?«, fragte sie und beeilte sich, das Thema zu wechseln.

»Ich habe den Film gerade abgedreht. Ich bin auf der Suche nach Micah. Seine Mitarbeiter haben mir gesagt, dass er hier sei.«

Kristin trat einige Schritte zurück und stützte sich auf ihre Unterarme gelehnt am Tresen ab. Ihre Füße taten weh und sie wusste, dass sie zerzaust aussah. Haarsträhnen fielen aus ihrem

Franzosenzopf heraus, den sie morgens in aller Eile geflochten hatte, und die weiße Schürze, die sie trug, zierten Essensspritzer vom Mittagstisch. »Ich habe ihn nicht gesehen. Ich habe nicht einmal gewusst, dass er hier ist.«

»Er ist hier. Er wohnt in Jareds Gästehaus auf der Halbinsel. Aber ich habe dort bereits nachgesehen und ihn nicht angetroffen. Jared meinte, ich sollte es einmal bei Randis altem Zuhause versuchen. Ich glaube, dass Micah dort ein Stückchen Land erworben hat, gemeinsam mit Randis altem Haus.«

Kristin war überrascht. »Er hat ein altes Haus außerhalb der Stadt gekauft? Warum?«

»Er hat eine ganze Reihe Immobilien gekauft. Einige dieser Häuser säumen die Küste. Er hat Jared erzählt, dass er es zu Investitionszwecken getan hat.«

»Warum hier?« Kristin war noch immer verblüfft darüber, warum ein Typ, der ein scheinbar grenzenloses Vermögen besaß, ausgerechnet in Amesport Häuser kaufen würde.

Julian zuckte mit seinen breiten Schultern. »Warum nicht? Er könnte das Land dort mit Gebäuden aufwerten und die Wirtschaft in der Stadt ankurbeln. Ich glaube, ich verstehe schon, was er im Sinn hat. Aber für gewöhnlich ist er niemand, der Geld in Immobilien investiert. Ich könnte mir vorstellen, dass er andere Gründe hat.«

Kristin gefiel Julians böses Grinsen ganz und gar nicht. Darüber hinaus verabscheute sie den Gedanken, dass Amesport eine Handelsstadt werden könnte. Die Umgebung war in den vergangenen Jahren stetig besser und moderner geworden, doch Amesport gab einem noch immer ein Kleinstadtgefühl und Kristin gefiel das sehr gut. »Was für Gründe?«

Julian schob seinen leeren Teller von sich und trank seine Milch aus. »Es ist nur eine Vermutung. Irgendwann werde ich schon herausfinden, ob ich Recht habe.«

Kristin blitzte ihn an. »Du willst deine Vermutung also nicht mit mir teilen?«

»Rotschopf, wenn ich gewusst hätte, dass du so scharf darauf bist, etwas zu teilen, dann hätte ich dir etwas von dem Kuchen übrig gelassen.«

Er verstand sie mit Absicht falsch und triezte sie nun. Es war offensichtlich, dass er ihr nichts verraten würde. »Wenn du denkst, dass er bei Randis altem Haus sein könnte, warum hast du dir dann die Mühe gemacht, hier vorbeizukommen?«

Julian stand auf, zog ein Bündel Scheine aus der Tasche seiner Jeans und legte sie neben seinen leeren Kuchenteller. »Ich hatte gedacht, dass ich Lust auf ein Bier hätte«, antwortete er vage.

»Willst du dein Bier immer noch?«, fragte Kristin und versuchte, höflich zu sein, schließlich war er immer noch ein zahlender Gast.

»Nein.« Er bewegte sich blitzschnell und ergriff sie bei ihrem Zopf, bevor sie vom Tresen zurücktreten konnte. »Du hast mir alles gegeben, was ich wirklich gebraucht habe, Rotschopf.« Sein Kopf näherte sich ihrem Gesicht und sein warmer Atem kitzelte an ihrem Ohr. »Ich will nur noch eine Sache.«

Kristin spürte, wie ihr Körper auf seine Nähe reagierte, und es verschlug ihr beinahe die Sprache. »Was?« Sie hasste sich selbst, denn als sie dieses Wort sprach, klang sie atemlos.

»Mehr Nachtisch«, flüsterte er sinnlich und legte ihren Kopf schief, während seine Lippen ihren Mund umschlossen.

Für den Bruchteil einer Sekunde war Kristin verwirrt, dann stand plötzlich ihr gesamter Körper in Flammen. Sie schlang die Arme um Julians muskulöse Schultern und versuchte, ihn näher an sich heranzuziehen. Sie wollte seinen Körper unbedingt an ihrem spüren.

Die Umarmung dauerte nur kurz, doch sie war ausreichend, um Kristin den Boden unter den Füßen wegzuziehen. Julian war nicht schüchtern und er verschlang sie gierig, während das Paar am Ecktisch die beiden neugierig beobachtete.

Als er ihren Mund freigab, öffnete Kristin die Augen. Sie hatte keine Ahnung, wann sie sie geschlossen hatte, um diesen Moment vollständig auszukosten.

Er strich ihr eine Haarsträhne hinter das Ohr und streichelte mit dem Handrücken über ihre Wange. »Ich würde nicht sagen, dass ich bereits genug hatte«, sagte er rau. »Aber ich habe bekommen, was ich wollte.«

Als er sie losließ, erwachte sie aus ihrer Benommenheit. *Was? Warum war er gekommen? Um ein Bier zu trinken? Um mich zu küssen? Um seinen leeren Magen zu füllen? Was?* Kristin kam nicht dazu, ihn zu fragen. Julian verschwand so schnell, wie er gekommen war, und ließ sie mit lediglich einem Blick auf seinen attraktiven Körper zurück, als er durch die Tür nach draußen trat.

Sein Bier bekam Julian kurze Zeit später, als er im Wohnzimmer von Dantes Haus saß und sich gemütlich mit seinen Cousins und seinem ältesten Bruder Micah unterhielt. Evan war als Einziger nicht anwesend, da er und Randi sich noch immer auf verspäteter Hochzeitsreise befanden.

»Du siehst furchtbar aus«, sagte Micah beiläufig, der auf dem Stuhl neben Julian saß.

»Danke! Es ist auch schön, dich zu sehen!« Julian wusste sehr wohl, dass er Gewicht verloren hatte, während er im australischen Busch gefilmt hatte, doch er war es satt, ständig daran erinnert zu werden, dass er einige Blutergüsse und Kratzer davongetragen hatte. Im Gegensatz zu seinem Agenten, der besorgt war, dass auf seinem perfekten Gesicht eine Narbe zurückbleiben würde, machte er sich keine Gedanken darüber, dass nicht alles gut verheilen würde. *Meine Güte!* Er war es wirklich leid, dass sich alle um ihn herum um sein Aussehen sorgten.

»Ich freue mich wirklich, dich zu sehen, doch es sieht so aus, als wäre deine Arbeit anstrengend gewesen«, sagte Micah frei heraus.

»Das war sie.« Er wollte sich nicht mit den Details seines letzten Projekts aufhalten. Es handelte sich um einen hoch gehandelten Film, der groß angepriesen und voller Spannung erwartet wurde, doch für Julian war es, abgesehen von den Stunts, die er größtenteils selbst ausgeführt hatte, keine große Herausforderung gewesen. Er musste zugeben, dass er den ehrlicheren Film vermisste, mit dem er den Oscar gewonnen hatte. Das Werk, das er gerade abgedreht hatte, würde wegen der ganzen Spezialeffekte ein Blockbuster werden, doch inhaltlich hatte er nicht besonders viel zu bieten.

»Was hat dich auf deinem Weg nach Kalifornien hier vorbeischauen lassen?«, fragte Micah neugierig.

»Ich bin mir nicht sicher. Ich denke, ich wollte sehen, was du so treibst. Als ich gehört habe, dass du hier bist, habe ich mir gedacht, ich könnte eine kleine Pause einlegen. Es ist friedlich hier.« Er machte sich und Micah etwas vor. Amesport war in der Nebensaison zwar tatsächlich ein ziemlich ruhiges Städtchen, doch da der Rotschopf hier wohnte, war es für ihn wohl kaum eine Entspannung.

»Und ich hatte gedacht, du suchst nach einer Mitreisegelegenheit«, sagte Micah ironisch.

»Ich habe jetzt mein eigenes Flugzeug«, gab Julian nach einigen Schlucken von seinem Bier belustigt zurück und grinste seinen älteren Bruder an.

»Das wurde auch Zeit«, brummte Micah und nahm einen Schluck aus seiner eigenen Flasche.

»Was hast du mit den Grundstücken vor, die du gekauft hast, Micah?«, fragte Grady, der auf dem Sofa saß. »Du willst doch hoffentlich keine Trabantenstadt errichten.«

Julian sah Gradys unglücklichen Gesichtsausdruck. Er wusste, dass sein Cousin sich um zwei Dinge besonders sorgte: Emily, seine Ehefrau, und die Stadt Amesport. Grady wohnte hier schon sehr viel länger als seine Brüder und ihm gefielen die Abgeschiedenheit der Halbinsel und der Stadt Amesport im Allgemeinen sehr gut.

Micah hob verteidigend die Hand. »Ich werde hier gar nichts bauen. Nur ein Haus an der Küste für mich und Ferienhäuser für Julian und Xander. Außerdem will ich die alte Eishalle wieder eröffnen, wo mir doch schon das Gebäude gehört.«

»Wozu?«, fragte Dante neugierig. »Soweit ich mich erinnern kann, hatte sie nicht sehr viel Zulauf, als sie noch geöffnet war.«

Julian sah seinen Bruder an und grinste. Es war schon ein wenig komisch zu sehen, wie Micah versuchte, sich herauszureden.

Er zuckte mit den Schultern. »Die Halle ist immer noch betriebsfähig und gibt den Anwohnern die Chance, in ihrer Freizeit etwas Abwechslung zu haben.«

Julian hätte seinen Bruder zu gern enttarnt, doch er tat es nicht.

»Du baust dir ein Haus?«, fragte Jared erstaunt. »Es wäre wirklich schön, euch öfter hier zu haben. Auch wenn ihr hier nur euren Urlaub verbringen würdet.«

Jared war immer derjenige der Sinclairs gewesen, der den Familiengedanken gewahrt hatte. Er hatte so ziemlich das Gleiche getan, was Micah jetzt vorhatte, um seine Familie wieder zusammenzubringen.

Und am Ende hatte er Erfolg gehabt. Jared und alle seine Geschwister wohnten jetzt dauerhaft auf der Amesport-Halbinsel.

Julian sah Micah misstrauisch an und fragte sich, ob er sich das wohl ebenfalls erhoffte. Wenn ja, würde er enttäuscht werden. Julian und Xander gehörten nach Kalifornien und Micah selbst hatte sein Unternehmen in New York aufgebaut. Davon abgesehen war keiner von ihnen einsam. Bei allen dreien standen die Frauen Schlange und bettelten um Aufmerksamkeit.

Nur nicht die richtige.

Dieser bohrende Gedanke schoss ihm unfreiwillig durch den Kopf, doch Julian ignorierte ihn. Er hatte sein ganzes Leben hart gearbeitet, um dorthin zu gelangen, wo er sich jetzt befand – in Hollywood – und er würde diesen Ort auf keinen Fall wieder verlassen. Er brauchte kein Ferienhaus in einer Kleinstadt in Maine. Verdammt, die Winter waren extrem kalt und sogar im Sommer stiegen die Temperaturen meist nicht sehr stark an. Gut, vielleicht wäre es ganz nett, seine Brüder und Cousins häufiger zu sehen, und vielleicht würde er ab und zu ein paar Tage hier verbringen. Aber das war es auch schon.

Manchmal vermisste er seine Familie, aber er war im Besitz eines verdammten Mobiltelefons und konnte sie jederzeit anrufen, wenn ihm danach war.

Julian hörte weiter zu, wie Dante, Jared und Grady über den Hausbau sprachen und angesichts der Möglichkeit, dass ihre Cousins bald Häuser in Amesport haben würden, sehr erfreut schienen. Er trank sein Bier aus und versuchte, nicht weiter über seine Begegnung mit dem Rotschopf nachzudenken. Wenn er dem Ganzen zu viel Bedeutung beimaß, würde es ihm dieselbe Erektion bescheren, die er in der Sekunde bekommen hatte, in der er sie wiedergesehen hatte.

Sie hatte ihn heute überrascht, indem sie ihm still ein Sandwich und ein Glas Milch serviert hatte, anstatt ihm das Bier zu bringen, das er eigentlich bestellt hatte. Merkwürdigerweise schien sie bemerkt zu haben, dass er hungrig, müde und rastlos war, auch wenn sie ihm die meiste Zeit widersprochen hatte.

Ich bin nicht gerade freundlich zu ihr.

Nein. Das war er tatsächlich nicht, dabei war er eigentlich kein Arschloch. Nicht wirklich. Doch sie besaß etwas, das in ihm den Wunsch weckte, sie sich zur Feindin zu machen.

Weil ich sie mag.

Scheiße! Er ging zwar nicht mehr in die Grundschule, doch er dachte darüber nach, ob er sie nicht gerade deshalb am Zopf ziehen wollte, *weil* er sie gern hatte. Darüber hinaus wollte er ebenfalls sehen, wie sie errötete und ihre sinnlichen, dunkelgrünen Augen Feuerpfeile auf ihn abschossen.

Das Problem bestand darin, dass er nicht vorhatte, mit einer der Frauen hier zu schlafen. Wenn seine Cousins oder sein Bruder Micah das herausfinden würden, dann würden sie ihn windelweich prügeln. Kristin war mit jeder der Sinclair-Ehefrauen und Hope, seiner einzigen Cousine, befreundet. Sie arbeitete als Arzthelferin für Dantes Frau, einer Ärztin, in deren Amesporter Praxis. Kristin bedeutete Ärger und er musste sich so weit wie nur möglich von ihr fernhalten.

Die Schwierigkeit bestand jedoch darin, dass er ihr nicht fernbleiben *wollte.*

Er versuchte, nicht laut aufzustöhnen, als er sich daran erinnerte, wie leidenschaftlich sie heute seinen Kuss erwidert hatte. Er hatte überhaupt nicht vorgehabt, sie zu küssen, doch jetzt, da es passiert war, konnte er die Erinnerung daran nicht mehr abschütteln.

»Bist du soweit?«, fragte Micah und erhob sich.

Julian sah fragend zu seinem Bruder auf. Irgendetwas musste er wohl verpasst haben, während er seine heiße Begegnung mit Kristin im Geiste noch einmal erlebte. »Ja. Ja, ich bin so weit.« Er stand auf und gab Dante, der den Tisch abräumte, seine leere Flasche. Er war einmal ein Detective in Los Angeles gewesen, doch jetzt wirkte sein Cousin so häuslich; Dante arbeitete noch immer als Detective, jetzt war er jedoch für die Polizei in Amesport tätig.

Er sieht glücklich aus. Jeder hier sieht so verdammt glücklich aus.

Während Julian seine Cousins ansah, spürte er einen Stich in der Brust. Jeder von ihnen machte den Eindruck, als hätten sie alles, das sie im Leben hatten erreichen wollen. Vielleicht war er einfach nicht der Typ, der sich irgendwo niederließ, weil sein Leben zu unbeständig und verrückt war, als dass er jemals eine Beziehung in Betracht ziehen könnte. Doch in diesem Moment war er beinahe neidisch auf sie. Die meiste Zeit freute er sich im Stillen für seine Cousins. Sie hatten eine schwere Kindheit durchgemacht und verdienten es, jetzt als Erwachsene ein zufriedenes Leben zu führen.

Ein weiterer stechender Schmerz fuhr ihm ins Herz, weil die Neckereien und Witze erneut anfingen, als er und Micah sich zum Gehen wandten. Es rief Erinnerungen an Zeiten wach, in denen alle Sinclair-Jungs noch jünger gewesen waren und die Sommer gemeinsam verbracht hatten. Sie hatten sich damals gegenseitig geschworen, dass sie sich als Sinclairs immer gegenseitig den Rücken stärken würden. In Kalifornien fiel es Julian in seiner oberflächlichen Welt schwer, Freund und Feind voneinander zu unterscheiden.

Als er mit Micah nach draußen trat, fragte Julian sich, ob er vergessen hatte, wie es sich anfühlte, in seinem Leben *irgendjemanden* zu haben, dem er vertraute. Als er sich von der behaglichen Umgebung seiner Familie entfernte, musste er leider zugeben, dass ihm in Kalifornien nicht ein einziger Mensch einfiel, der hinter ihm stehen würde, wenn er kein Milliardär wäre oder seine Karriere nicht so erfolgreich verliefe, wie sie es momentan tat.

Kapitel 8

Am folgenden Nachmittag lief sich Tessa in der Eishalle warm und rollte ihre Schultern, um etwas von der Spannung zu lösen, die sich in ihr aufgestaut hatte. Sie bemühte sich, die Worte, die sie am Tag zuvor zu Micah gesagt hatte, nicht zu bereuen. Es war nicht so, dass er sie schlecht behandelte, doch er hatte *tatsächlich* Abstand genommen, einige höfliche Fragen über die schwärzeste Zeit in ihrem Leben gestellt und war dann aufgestanden, um ihre Hand zu nehmen und mit ihr zurück zu Randis Haus zu gehen.

Als sie dort angekommen waren, hatte er sich ziemlich schnell verabschiedet.

Jetzt spürte sie, wie er sie beim Eislaufen beobachtete. Seit er sie heute Morgen abgeholt hatte, war er auffällig still gewesen.

Was habe ich denn erwartet? Habe ich geglaubt, dass er verstehen würde, warum ich mich habe umbringen wollen? Zur Hölle, manchmal verstehe ich es selbst nicht einmal mehr. Aber damals war ihre Verzweiflung einfach zu groß gewesen.

Nachdem ihre Mutter gestorben war, hatte sie sich so verlassen und wertlos gefühlt, dass sie schlicht und einfach nicht mehr leben wollte. Sie hatte Micah erzählt, wie sie sich einen Medikamentencocktail gemischt hatte, von dem sie sich ziemlich sicher war, dass er sie töten würde, und der hauptsächlich aus Resten der Schmerz- und Schlafmittel ihrer Mutter bestanden hatte. Sie war bereit gewesen, sich schlafen zu legen und nie mehr wieder aufzuwachen, sich von dem dunklen Loch, in das sie sank, verschlucken zu lassen.

Liam war der Grund gewesen, warum sie ihre Meinung geändert hatte. Sie hatte ihn nicht allein zurücklassen können und gewusst, dass er sich für den Rest *seines* Lebens Vorwürfe machen würde, wenn sie *ihres* selbst beendete. Sie war egoistisch gewesen, bereit dazu, ihren Schmerz auf Kosten ihres einzigen noch lebenden engen Verwandten auszulöschen.

In letzter Minute hatte sie die Tabletten in die Toilette geworfen und sie hinuntergespült. Sie war nicht bereit dazu gewesen, ihr Leid zu beenden und Liam gleichzeitig noch weiteres zu bescheren.

Tessa hatte depressive Episoden durchgemacht, seit sie ihr Gehör verloren hatte, doch es war ihr am schlimmsten gegangen, nachdem ihre Eltern gestorben waren und sie allein in einer Welt der Hörenden zurückgelassen hatten. Sie hatte sich isoliert und von der restlichen Welt abgeschottet gefühlt, sich schließlich jedoch den Weg aus der Dunkelheit und zurück ins Licht erkämpft. Nachdem Liam zurückgekehrt war, war es ihr endlich möglich gewesen, diesem schwarzen Loch zu entkommen und sich psychologische Hilfe zu suchen. Tessa hatte noch nie mit irgendjemandem über ihre Nahtoderfahrung gesprochen. Sie konnte jetzt auch nicht mehr nachvollziehen, wie sie jemals an diesen Punkt gelangen konnte, doch sie war dort gewesen, bereit, sich das Leben zu nehmen, um ihrer verängstigten Existenz zu entfliehen.

Vielleicht war ihr alles mehr und mehr über den Kopf gewachsen. Vielleicht hatte sie alles nur noch mechanisch erledigt, nachdem sie gehörlos geworden war. Die dunkle Wolke war auf sie herabgesunken, als Rick sie verlassen hatte, doch zu dem Zeitpunkt hatte sie noch immer ihre Eltern gehabt, Menschen, die sie liebten, einen Grund, um am Leben zu bleiben. Doch Schlag auf Schlag hatte der Schmerz zugenommen und sie in ein hilfloses Mädchen verwandelt, das keine Kraft hatte, sich ihrer Depression zu stellen. Es ging ihr jetzt zwar sehr viel besser, doch sie wusste sehr genau, dass sie nie wieder so tief würde fallen dürfen.

Ich möchte Micah so gerne nahe sein und die Lust erfahren, die er mir geben könnte.

Sie hatte ihn gern und doch wusste sie, dass sie sich möglicherweise verbrennen würde, wenn sie sich dazu entschied, sein Feuer auf sie übergreifen zu lassen. Es gab für sie beide keine Zukunft. Kein Milliardär, dem die gesamte Welt zu Füßen lag, würde sich in eine gehörlose Frau aus einer Kleinstadt verlieben. Tessa suhlte sich nicht im Selbstmitleid, das hatte sie hinter sich. Doch sie lebte in der Realität. Und manchmal war sie der Meinung, dass die Welt viel zu real war.

Sie brauchte keine Therapiegespräche mehr, in denen sie die Probleme aufgearbeitet hatte, die ihre emotionale Abwärtsspirale begünstigt hatten. Auf Vernunftsebene wusste sie, dass sie, wenn möglich, alles vermeiden musste, was sie in erneute Traurigkeit stürzen könnte. Und in Micah Sinclair etwas anderes als nur einen Freund zu sehen würde ihr nichts als Herzschmerz bereiten.

Ich muss die Dinge so akzeptieren wie sie sind, so wie ich jetzt bin.

Während sie anfing, schneller zu laufen und ihre Geschwindigkeit zu erhöhen, spürte sie die kalte Luft auf ihrem Gesicht und ihr gesamter Körper vibrierte vor Aufregung. Auch wenn sie nichts anderes tun könnte, so würde sie Micah doch dankbar *hierfür* sein, dass er ihr einen Grund gegeben hatte, zu etwas zurückzukehren, das sie liebte. Das Eislaufen war ein Teil von ihr, der zu lange verloren gewesen war.

Zum Aufwärmen führte sie einige doppelte Sprünge aus und nahm genug Geschwindigkeit auf, um schließlich einen dreifachen Sprung zu wagen. Sie sprang jedoch nicht rechtzeitig ab und bemerkte ihren Fehler sofort, aber es war bereits zu spät.

Sie landete mit dem Hintern auf dem Eis.

Während sie sich aufrappelte und ihr Kleid abklopfte, konnte sie in ihrem Kopf beinahe die Stimme ihrer alten Trainerin hören, die sie dazu ermahnte, sich zu konzentrieren.

Sie erschrak, als ihre Schultern von zwei starken Händen ergriffen wurden und Micah mit einem Mal vor ihr auftauchte.

Ihre Augen richteten sich auf seinen Mund.

»Meine Güte! Es tut mir leid! Ich hätte dich niemals dazu drängen sollen, wieder aufs Eis zu gehen. Hast du dich verletzt?« Ihm stand die Sorge um sie ins Gesicht geschrieben. Er rieb seine Hände an ihren Armen auf und ab.

»Mir geht es gut. Wenn ich für jeden Sturz auf den Hintern zehn Cent bekommen würde, dann wäre ich reich«, sagte sie lachend. »Ich habe einen dreifachen Sprung versucht. Mir war bewusst, dass ich nach fast zehn Jahren etwas eingerostet sein würde.«

Mit ernstem Gesicht sagte er: »Gehen wir. Das hier ist zu gefährlich. Ich wünschte, ich hätte dich nie dazu ermutigt, wieder eiszulaufen.«

Jetzt denkt er, ich bin verletzlich, nicht dazu in der Lage, mit einem Rückschlag fertigzuwerden, weil ich ihm erzählt habe, dass es eine Zeit in meinem Leben gab, in der ich mich schwach gefühlt habe. Sorgt er sich um meine Vernunft oder meine körperliche Gesundheit?

Tessa nahm eine seiner Hände. »Nein. Ich bin froh, dass du es getan hast. Ich habe diesen Schritt gehen müssen. Und ich bin es gewohnt zu stürzen. Das ist Teil meines Trainings.«

»Ich will nicht, dass du dir wehtust.«

Es war komisch, dass er diese Worte sagte, denn ihr Herz schmerzte bereits davon, ihn mit diesem besorgten Gesichtsausdruck zu sehen. Wann hatte sich das letzte Mal ein Mann darum Gedanken gemacht, ob es ihr gut ging oder nicht? Der Einzige, der sich um sie sorgte, war ihr Bruder Liam. »Es wird mich nicht umbringen«, witzelte sie. »Ich habe keinen Zweifel, dass ich noch viele Male stürzen werde, bis ich die Routine verinnerlicht habe.«

»Das kann ich mir nicht ansehen. Lass uns gehen.« Er zog sie leicht an der Hand.

»Ich bin noch nicht fertig.«

»Doch, du bist fertig. Du wirst auf keinen Fall das Risiko eingehen, wieder und wieder hinzufallen, nur um eine Kür zu laufen. Was, wenn du dir die Knochen brichst?«

Sie lächelte ihn an. »Meine Trainerin hat immer gesagt, dass ich gut abfedere.«

Er sah sie düster an. »Das ist nicht komisch.«

Sie befreite ihre Hand aus seiner. »Es wird passieren.« Sie musste zugeben, dass sie von seinen wilden Einwänden verblüfft war. Er hatte jedes Wort genauso gemeint. Er wollte, dass sie die Eishalle verließ und die Schlittschuhe endgültig an den Nagel hing. »Ich kann nicht aufhören. Du weißt, wie vieler Versuche es bedarf, um etwas richtig zu machen, denn du hast das Gleiche bereits unzählige Male getan«, sagte sie verzweifelt. »Bitte!«

Wenn er wirklich wollte, konnte er sie der Eishalle verweisen. Sie gehörte jetzt ihm.

Aber Tessa brauchte dieses Erfolgserlebnis so dringend, nicht nur wegen des Geldes, sondern vor allem für ihr Selbstbewusstsein.

Er zögerte, ganz so, als würde er seine Möglichkeiten abwägen. Als ob Micah Sinclair irgendeinen Einwand haben sollte, ob sie auf den Arsch fiel! Der Mann tat Dinge, bei denen ihr vor Angst vermutlich die Haare zu Berge stehen würden.

»Keine. Dreifachen. Sprünge. Mehr.« Er sprach die Worte langsam aus, als ob es das Letzte wäre, was er sagen wollte, aber es dennoch tat.

»Danke«, antwortete sie und wusste, dass sie diese Sprünge allein trainieren musste. Sie besaß jedoch einen Schlüssel für die Eishalle und konnte hierherkommen, um ihre komplizierteren Kombinationen zu üben, wenn Micah keine Zeit hatte.

»Du denkst darüber nach, allein herzukommen und zu trainieren, nicht wahr?«

Erwischt! Sie nickte widerwillig, weil sie ihn nach allem, was er für sie getan hatte, nicht anlügen konnte.

»Untersteh dich! Bei deiner Kür kannst du einfache Sprünge vorführen. Du trittst nicht zu einem Wettkampf an.«

Das vielleicht nicht, aber eine ehemalige Olympiasiegerin sollte dazu in der Lage sein, eine anständige Vorführung zu bieten. Sie war immer noch jung. »Es wird von mir erwartet«, argumentierte sie.

»Es interessiert mich nicht, was andere Leute von dir erwarten. Ich will, dass du unverletzt bleibst.«

Für den Augenblick beließ sie es dabei, weil ihr klar wurde, dass sie gegen eine Mauer redete, die nicht wackeln würde. Sie würde die Sprünge in ihre Kür einbauen und sie irgendwann üben. Wenn sie schon für einen professionellen Lauf bezahlt wurde, dann würde sie auch die bestmögliche Leistung bringen.

Tessa sah ihm nach, wie er zurück zur Bande glitt und sich auf die Bank an der Wand setzte. Sie begann ihre vorbereitete Kür und lächelte jedes Mal ein klein wenig, wenn sie an ihm vorbeilief.

Micah sorgte sich um ihre Sicherheit, was sich während des gesamten restlichen Trainings zeigte, bei dem er sie nicht aus den Augen ließ und jede ihrer Bewegungen kritisch beäugte.

Am Ende der Einheit hatte Tessa ihr Selbstvertrauen zurückgewonnen. Sie riskierte einen erneuten Dreifachsprung und wusste, dass sie ihn dieses Mal schaffen würde. Bei der Landung blieb sie auf den Füßen, wenn auch noch etwas wackelig, doch sie fiel nicht wieder auf den Hintern. Als sie schnell zu Micah hinüberblickte, um seine Reaktion zu sehen, realisierte sie, dass er den Unterschied zwischen einem zweifachen und einem dreifachen Sprung nicht sehen konnte. Es war ihm nicht einmal aufgefallen.

Sie seufzte erleichtert auf, denn sie hatte insgeheim darauf gehofft, dass er eigentlich keine Ahnung hatte, was sie auf dem Eis tat, solange sie nur nicht stürzte.

Micah war gefährlich nahe daran, die Kontrolle zu verlieren, etwas, das nur sehr selten passierte. Eigentlich konnte er sich überhaupt nicht mehr daran erinnern, wann ihm das letzte Mal eine Sicherung durchgebrannt war. Bei der Arbeit, die er verrichtete, konnte er es sich nicht leisten, sich *nicht* zu konzentrieren. Aber er war mit seiner Geduld verdammt nochmal am Ende und für gewöhnlich besaß er kein Limit.

Er beobachtete Tessa dabei, wie sie das kleine Wohnzimmer in Randis Haus betrat und sich auf das entgegengesetzte Ende des Sofas setzte, auf dem er Platz genommen hatte. Nachdem er sich dazu entschlossen hatte, nach dem Training noch zum Abendessen zu bleiben, hatte er nach Tessa in dem kleinen Badezimmer geduscht. Beim anschließenden Essen hatten beide nur still am Tisch gesessen und kein Wort miteinander gesprochen.

Das muss aufhören. Ich muss mehr erfahren oder ich werde hier noch verrückt!

Er hatte seine Fragen über Tessas Depression einfach heruntergeschluckt, weil er annahm, dass sie vermutlich nicht mehr darüber sprechen wollte. Für ihn war es offensichtlich, dass sie diese schwere Zeit überstanden hatte. Verdammt, sie war die stärkste Frau, die er jemals getroffen hatte! Wie viele Menschen konnten, ohne aufzugeben, einen Schicksalsschlag nach dem anderen wegstecken, wie sie es getan hatte? Vielleicht war sie *kurz davor* gewesen, doch Tatsache war, dass sie sich am Ende für das *Leben* entschieden hatte.

Er nahm das Bier, das sie ihm anbot, und bemerkte, dass sie sich selbst keines geöffnet hatte. Sie nippte ganz in Ruhe an ihrem Glas mit Eistee.

Als er bemerkte, dass sie ihn ansah, fragte er: »Bist du dir sicher, dass du mit dem ganzen Druck umgehen kannst, Tessa?« Er wollte nicht, dass sie sich zu sehr stresste. Sie hatte genug Traumata in ihrem Leben durchstehen müssen. Micah wünschte, er hätte gewusst, wie viel Überwindung es sie kosten würde, bevor er sie dazu überredet hatte, wieder aufzutreten; allein der Gedanke daran, durch welche Hölle sie gegangen war, ließ *ihn* depressiv werden.

Sie nickte. »Es geht mir gut, Micah. Ich werde nicht zusammenbrechen. Ich hätte nicht einfach so alles über mich erzählen sollen, aber ich wollte, dass du es weißt.«

»Ich wollte es wissen. Es ist nicht so, dass ich deine Geschichte nicht hören wollte. Aber jetzt mache ich mir Sorgen.«

Tessa zog eine Augenbraue hoch. »Worüber?«

Seine Gedanken drehten sich nicht darum, dass sie erneut versuchen würde, sich umzubringen. Er wusste, dass dies außer Frage stand. »Um dich«, antwortete er, denn seine Sorge war wirklich so einfach zu beschreiben.

Sie stellte ihren Eistee vor sich auf den Tisch und begann zu sprechen. »Du denkst also, dass ich wieder einknicke? Du denkst, dass ich schwach und jämmerlich bin, weil ich lieber sterben wollte, als mich meinen Problemen zu stellen? Glaubst du wirklich, dass ein kleines bisschen Stress mich aus der Bahn wirft? Ich bin als Jugendliche vor Millionen von Menschen aufgetreten. Ich habe gelernt, meine Gefühle unter Kontrolle zu haben.«

Sie war jetzt empört und verteidigte sich. Das war das Letzte, das Micah gewollt hatte, doch er hatte es vermasselt und sie dazu gebracht, ihre Schutzmechanismen zu aktivieren, weil er das wirkliche Problem nicht angesprochen hatte.

Tessa fuhr wütend fort: »Okay, *einmal in meinem Leben* ist mir alles entglitten. Ich konnte nichts hören und ich hatte alles verloren: meinen Verlobten, mein Gehör, meine Karriere und meine beiden Eltern. Ich bezweifele, dass irgendjemand überhaupt dazu fähig wäre, sich eine solche Tragödie auszudenken. Doch es ist passiert und es ist *mir* passiert. Ich war ganz alleine und für eine kurze Weile, bevor Liam endgültig nach Hause zurückgekehrt war, habe ich mich gefragt, welchen Sinn das Leben für mich überhaupt noch hat. Ich war egoistisch und habe mich nur auf meine eigenen Probleme konzentriert. Die Person, die ich damals war, mag ich überhaupt nicht, aber jetzt mag ich mich so wie ich bin.«

Micah stellte sein Bier auf den Tisch, rückte über das sichtbar benutzte Sofa näher an Tessa heran und legte seine Hände auf ihre Schultern. »Du hättest dir niemals das Leben genommen, Tessa. Ich weiß, was du denkst, aber wenn du es wirklich gewollt hättest, dann hättest du es auch getan. Und du bist nicht egoistisch. Selbst als du am Boden lagst, hast du immer noch an deinen Bruder gedacht.«

In ihren Augen glitzerten die Tränen, von denen sich eine löste und ihre Wange hinunterrollte, als sie blinzelte. »Ich wollte es tun. Nach dem Tod meiner Eltern habe ich mich so allein auf der Welt gefühlt. Ich hatte Freunde, aber man ist nach einem Gehörverlust plötzlich so isoliert. Es kommt einem vor wie eine fehlende Verbindung, die man nicht erklären kann.«

Micah fühlte sich, als hätte ihm jemand einen harten Schlag in die Magengrube verpasst. »Was lässt sich dagegen tun?«

Sie zuckte mit den Schultern. »Ich habe gelernt, mich anzupassen, zu versuchen, mich mit den Menschen auf eine andere Art zu verständigen. Doch ich glaube, dass ich damals noch nicht gelernt hatte, das alles zu verarbeiten.«

Er wischte ihr die Träne mit einem Finger vom Gesicht. »Du hast immer noch Angst? Warum?«

Mit bestürztem Gesicht blickte sie starr nach vorn und blieb stumm.

Tessas Wunden waren zweifellos verheilt, doch ihre Reaktion auf ihn tags zuvor am Meer war extrem gewesen. Er musste wissen wieso. Sie lief noch immer vor irgendetwas weg, doch er war sich nicht sicher, wovor oder vor wem sie sich fürchtete.

»Es ist nicht deine Schuld. Es liegt an mir«, flüsterte sie schließlich nach einer langen Pause mit erstickter Stimme. »Als ich mit Rick zusammen war, bin ich so abhängig von ihm geworden, dass ich Angst habe, mich jemals wieder auf irgendeine intime Beziehung einzulassen. Bis jetzt hat das auch kein Problem dargestellt, denn ich bin noch niemandem begegnet, mit dem ich so gern zusammen sein möchte wie mit dir, Micah. Davon einmal abgesehen bist du der erste Mann, der mich seit meinem Gehörverlust *begehrt* hat, wenn auch nur für unverbindlichen Sex. Und ich kenne mich. Ich kann keinen unkomplizierten Sex haben.«

Er nahm ihr Gesicht in beide Hände, blickte ihr fest in die Augen und sagte: »Sex mit dir würde *nie* unkompliziert sein.«

Er wollte Tessa beschützen, sie vor allen weiteren Enttäuschungen in ihrem Leben bewahren. Und darüber hinaus wollte er noch so viel mehr tun. Wenn es etwas gab, dessen er sich absolut sicher war, dann war es die Tatsache, dass diese Frau *ihm* gehörte, dass er sie überzeugen musste, an *seiner* Seite zu sein. Vielleicht war es ihm unterbewusst immer schon klar gewesen. Doch jetzt kämpfte er nicht mehr dagegen an.

Sein erigierter Schwanz drückte gegen den Stoff seiner Jeans, bettelte darum, herausgelassen zu werden, und forderte ihn dazu auf, sich das zu nehmen, was ihm gehörte.

Tessas Finger zitterten, als sie ihre Hände auf seine legte, die noch immer ihr Gesicht hielten. »Es würde furchtbar kompliziert werden. Und riskant.«

Micah grinste sie an. »Zufällig finde ich ein wenig Risiko in meinem Leben ganz spannend.« Vielleicht war das der Grund, warum Tessa dazu in der Lage war, ihm einen größeren Adrenalinstoß zu versetzen als jeder Sport, den er bisher ausprobiert hatte.

»Normalerweise gehe ich keine Risiken ein«, gestand sie. »Doch in diesem Moment denke ich darüber nach, es zu tun. Ich *will* fliegen, aber ich habe Angst davor abzustürzen.«

»Habe keine Angst vor dem Fall. Dieses Mal werde *ich* da sein und dich auffangen«, teilte er ihr mit einer Stimme mit, die so heiser war, dass er sich selbst kaum erkannte. Micah wollte ihr unbedingt zu verstehen geben, dass er nirgendwohin gehen würde. Sie hatte gesagt, dass sie noch niemals so empfunden hatte, doch ihm war es ebenfalls noch nie so ergangen. Er wusste nur eines: Er würde sie nie wieder alleine lassen.

Er begehrte sie nicht nur, er brauchte sie. Und er hatte in seinem Leben noch niemals *irgendjemanden* gebraucht.

Sie stand so schnell auf, dass ihr Körper vor seinen Augen verschwamm und seine Hände – plötzlich leer – auf das Sofa fielen. Sie ging zu dem Frühstückstresen, der die kleine Küche vom Wohnzimmer trennte, hielt sich krampfhaft an ihm fest und sagte: »Ich kenne die Spielregeln. Nur Sex, keine weiteren Ansprüche. So tickst du doch, nicht wahr? Aber wir werden immer befreundet sein und ich glaube, dass ich damit umgehen kann.«

Micah runzelte die Stirn. Für Tessa würde er sich mit *allen* Spielregeln einverstanden erklären und es ging auch nicht mehr nur um Sex. Verdammt, ja, er wollte nichts lieber, als ihr die Kleider vom Leib reißen und es ihr hart und schnell besorgen, doch er wollte, dass sie sich ihm *vollständig* hingab. Merkwürdig … denn nicht einmal er war in der Vergangenheit jemals dazu bereit gewesen, das zu tun.

Er erhob sich, ging zu ihr hinüber und zog ihre zierliche Statur an sich heran. Als sich ihre beiden Körper berührten, hätte er aufstöhnen wollen, weil ihr wohlgeformter Po gegen seinen schmerzhaft aufrecht stehenden Schwanz rieb. Er drehte sie langsam um und genoss das Gefühl ihrer Rundungen an sich.

Oh Gott!

»Ich kenne die Spielregeln schon gar nicht mehr«, sagte er, als sie zu ihm aufsah. »Ich weiß nur, dass ich dich so fest vögeln muss, bis keiner von uns mehr fähig ist, einen vernünftigen Gedanken zu fassen. Das alles hier ist neu, anders. Wir müssen uns die Regeln selbst ausdenken.«

Micah hielt sich am Tresen fest und drückte sie dagegen. Er war wütend auf sich selbst, weil er es einfach nicht schaffte, sich zusammenzureißen und zu gehen. Diese Möglichkeit existierte für ihn überhaupt nicht mehr, auch wenn ihm bewusst war, dass es für sie vermutlich besser wäre, wenn er sich so verhielte.

Tessa brauchte das hier nicht.

Tessa verdiente etwas Besseres.

Tessa brauchte einen Mann, der nicht nur für den nächsten Adrenalinstoß lebte.

Sie schlang ihre Arme um seinen Hals. »Dann schlage ich vor, dass wir mit der Regelfindung beginnen, denn ich brauche dich genau jetzt, Micah. Ich kann nicht umkehren und das hier nicht erleben, *dich* nicht erleben. Es wäre sicherer, wenn ich es könnte, aber ich glaube nicht, dass ich dazu imstande bin. Ich würde mich immerzu fragen, wie es sich angefühlt hätte. Und ich will nicht mit dem Gefühl der Reue leben müssen, weil ich zu ängstlich war, es herauszufinden.«

In diesem Moment verlor er vollständig die Kontrolle und ihre eigenen Worte besiegelten ihr Schicksal. Er würde dafür Sorge tragen, dass sie niemals weglaufen und niemals bereuen würde, mit ihm zusammen gewesen zu sein, und wenn es das Letzte war, das er auf dieser Welt verrichten würde.

Vielleicht verdiente er sie nicht.

Vielleicht war er der falsche Mann für sie.

Vielleicht verdiente sie jemand Besseren.

Aber Tatsache war, dass er den Gedanken daran, dass ein anderer Mann sie jemals wieder anfasste, einfach nicht ertragen konnte.

Vorerst gehörte sie ihm und er hatte vor, ihr genau das zu demonstrieren.

Was in Zukunft passierte, würde sich dann schon von allein ergeben.

Kapitel 9

Tessa wusste, dass sie nicht rational dachte, doch das interessierte sie nicht. Als sich Micah zu ihr herunterbeugte und ihren Mund mit seinem einfing, ergab sie sich ihm voll und ganz und war fest entschlossen, nicht darüber nachzudenken, was danach geschehen würde.

Sie wollte es; sie wollte Micah. Jede Faser ihres Körpers schrie danach, von ihm genommen zu werden, und sie konnte diesen körperlichen und geistigen Kampf einfach nicht mehr weiterführen. Die Angst vor Zurückweisung hatte sie so lange begleitet, dass es ihr schwerfiel, sie abzuwerfen, dennoch hatte sie ihm die Wahrheit gesagt. Wenn sie sich nicht das nahm, was sie wollte, nicht die Dinge erlebte, nach denen sie sich sehnte, dann würde sie sich für immer in eng abgesteckten Grenzen bewegen.

Ich muss nicht immer wissen, was als Nächstes passieren wird. Einmal in meinem Leben kann ich nur den Moment genießen, ohne darauf zu warten, dass etwas Schlimmes geschehen wird.

Scheiß auf Zufriedenheit und Sicherheit! Sie wollte leben.

Ihre Hände fanden ihren Weg in Micahs Haar, ihr Atem seufzte in seinem Mund und sie vergrub ihre kurzen Fingernägel fest in seiner Kopfhaut. Als er sie umarmte, landete eine seiner großen

Hände besitzergreifend auf ihrem Hintern, die andere blieb auf ihrem Rücken. Sie zitterte, als sich ihre Körper berührten. Seine Haut glühte vor Hitze und sie war nur zu gern bereit dazu, sich von ihm mit seinem Feuer anzünden zu lassen.

Seine Zunge stieß dominant in ihren Mund und fuhr zwischendurch immer wieder neckend und zärtlich über ihre Unterlippe. Sie stöhnte, wollte ihm noch näher sein, weil sie die Berührung seiner heißen Haut so sehr brauchte. Sein Körper war wie ein Schmelzofen, in den sie hineinspringen und sich von den Flammen auffressen lassen wollte.

»Ausziehen!«, keuchte sie, als er ihren Mund freigab. Ihre Hände zerrten nun ungeduldig an dem Saum seines T-Shirts.

Er tat wie ihm befohlen, trat einen Schritt zurück und zog sich das Kleidungsstück über den Kopf.

Oh. Mein. Gott.

Ihr Herz hämmerte in ihrer Brust, während sie vollkommen ohne Scham auf seine trainierten Bauchmuskeln, seine hervorstehenden Oberarmmuskeln und das perfekte V starrte, das seinen Waschbrettbauch wie eine unbewegliche Mauer umschloss.

Sie wusste bereits, wie er nackt aussah, und er hatte ihr damals Gelegenheit gegeben, sich satt zu sehen, doch sie erinnerte sich nicht daran, so überwältigt gewesen zu sein. Vielleicht weil es ihr so unsagbar peinlich gewesen war und sie ihn mit ungezügelter Lust angestarrt hatte.

Als er sein T-Shirt über den Kopf streifte, stockte Tessa der Atem bei dem begierigen, raubtierhaften Blick in seinen Augen, der sie traf, als er das Kleidungsstück auf den Boden fallen ließ. Seine Jeans saß tief auf seinen Hüften und die kleine Linie an Schamhaaren endete enttäuschenderweise dort, wo der Stoff begann und den Rest verdeckte.

Mutig trat sie einen Schritt nach vorn, öffnete den Knopf, der sie davon abhielt, das zu sehen, was sie sehen wollte, und zog vorsichtig seinen Reißverschluss hinunter. Dabei blieben ihre Augen fest auf seine gerichtet.

»Ich will dich ansehen«, drängte sie.

»Dann nimm dir, was du willst«, antwortete Micah und der Blick in seinen Augen wurde noch stürmischer.

Es war unfassbar erotisch, dass sich ein Mann wie Micah ihr anbot und ihr die Freiheit gewährte, alles mit ihm zu tun, was sie wollte. Sie konnte seine Kraft spüren und fühlte sich, als würde sie den Tiger am Schwanz ziehen, doch sie konnte sich einfach nicht beherrschen, ging vor ihm auf die Knie und zog seine Jeans mitsamt der Boxershorts hinunter. Sie war so aufgeregt, ihn zu berühren, dass ihre Hände zitterten.

Micah half ihr, strampelte Jeans und Unterhose von sich, bis er komplett nackt vor ihr stand. Wie schon zuvor schien er mit Nacktheit kein Problem zu haben und Tessa sah warum. Er hatte nichts an sich, dessen er sich schämen müsste. Dieser Mann war perfekt und sein erigierter Penis war nicht gerade klein, wie er sich hart und dick beinahe genau vor ihrem Gesicht aufbaute.

Sie hob ihre Arme und legte ihre Handflächen auf seinen Oberkörper. Dann streichelte sie langsam über seinen muskulösen Bauch, zog das verlockende V wieder und wieder mit den Fingerspitzen nach, bevor sie schließlich über eine seiner steinharten Pobacken strich. Die Muskeln zwischen ihren Schenkeln zogen sich zusammen und sie fühlte, wie ihr Slip erneut feucht wurde, während sie seinen Schwanz mit einer Hand umschloss.

Tessa wollte innehalten, den Tropfen Flüssigkeit kosten, den sie auf seiner Penisspitze entdeckt hatte, doch sie wurde mit einem Mal unsanft zurück auf die Füße gezogen.

»Nicht jetzt«, sagte Micah und bog ihren Kopf nach oben. »Das würde ich niemals überstehen.«

Sie spürte sein Bedürfnis und sah, wie ein Muskel in seinem Kiefer vor Aufregung zuckte, während er versuchte, seine Lust zu zügeln.

Es war das Schärfste, das sie jemals gesehen hatte.

»Zieh dich aus!«, forderte er sie auf und griff nach dem Kragen ihres Hemdes. Trotz seines Wunsches entledigte er sie ihrer Kleidung selbst und ging dabei nicht gerade geduldig vor.

Ein Schauer durchfuhr Tessas Körper, als Micah ihr Oberteil ergriff und so stark daran riss, dass die Knöpfe absprangen. Er streifte ab, was übrig geblieben war, bevor er sich an dem Vorderverschluss ihres BHs zu schaffen machte.

Das Verlangen, mit ihm Haut an Haut zu sein, ließ sie ihre Jeans und ihren Slip ungeduldig ausziehen, bevor sie auch den BH abschüttelte, der ihr an den Armen hing.

Sie schlang ihre Arme um ihn und vergrub ihr Gesicht an seinem Hals, wo sie seine aufgeheizte Haut schmeckte und murmelte: »Jetzt.« Sie spürte, wie er den Kopf schüttelte.

»Jetzt!«, wiederholte sie begierig, schlang ihre Beine um seine Hüften und brachte ihre aufgeheizte Muschi so noch näher an seine harte Erektion heran.

Micah hielt unterstützend ihren Po, ging hinüber zum Tresen und setzte sie auf der niedrigen Oberfläche ab. Sie befanden sich fast auf gleicher Höhe.

Während der ganzen Zeit wanderten ihre Hände unermüdlich über seinen Körper. Das Gefühl war so sinnlich, dass sie einfach nicht aufhören konnte, ihn zu berühren. »Bitte.«

Sie war erfüllt von Lust und dem Verlangen, ihn in sich zu spüren. Doch Micah hielt sich zurück, obwohl er so aussah, als wäre er bereit, sie an Ort und Stelle zu nehmen und so lange zu ficken, bis sie um Gnade winselte.

Als seine Hände ihre Brüste umschlossen, erschrak sie. Seine Daumen streichelten über ihre harten Brustwarzen und spielten mit ihnen, bis sie anfing zu wimmern.

Rick hatte ihre Brüste eigentlich niemals berührt; Micah schien sie zu vergöttern.

Er ergriff ihre Handgelenke und legte ihre Hände auf der Oberfläche hinter ihr ab. Ihr Hintern befand sich dabei an der Kante des Tresens. Tessa schlang ihre Beine noch enger um ihn, doch sie war frustriert, denn sie saß zu hoch, um mit seinem Schwanz in Berührung zu kommen.

Bevor sie ihren Unmut äußern konnte, hatte er mit seinem Mund schon ihre Brustwarzen gefunden und saugte an einer von ihnen, zwickte sie sanft mit den Zähnen und leckte mit seiner Zunge darüber.

Die Hitze schoss ihr in den Bauch und in ihrem Körper machte sich ein Gefühl breit, das sie noch nie zuvor empfunden hatte. »Oh Gott. Micah.« Sie wand sich unter seinen Liebkosungen, doch er machte unbeirrt weiter, wechselte zwischen ihren Brustwarzen hin und her, bis sie zu harten und empfindlichen kleinen Anhöhen geworden waren. Er biss gerade fest genug hinein, um den Schmerz lustvoll zu machen, besonders dann, wenn er anschließend beruhigend mit seiner flinken Zunge darüber leckte.

Genau in dem Moment, als Tessa glaubte, sie würde vor unerfülltem Verlangen vollständig ihren Verstand verlieren, schob Micah sie auf dem Tresen nach hinten und spreizte ihre Beine. Da sie nicht mehr um seine Hüften geschlungen waren, baumelten Tessas Füße nun in der Luft. Sie öffnete die Augen, völlig ahnungslos, zu welchem Zeitpunkt der Lust sie sie geschlossen hatte.

Sie suchte nach Micah und erhaschte einen Blick auf seinen Kopf mit dem goldblonden Haar, der sich zwischen ihre geöffneten Schenkel vergrub. Sie schloss die Augen erneut, ihr Atem ging stoßweise … und sie wartete. Plötzlich schrie sie auf, als seine Zunge zwischen ihre Schamlippen glitt, eintauchte und unermüdlich nach dem kleinen Nervenbündel ihrer Muschi suchte. Als er es gefunden hatte und gnadenlos über die aufrecht stehende Knospe leckte, brachte er Tessa unter dieser lustvollen Qual beinahe dazu, vom Tresen zu rutschen.

Das Gefühl war vertraut und exquisit. Tessa fühlte, wie sie anfing, im Lustrausch zu schweben. So hatte sie noch niemals in ihrem Leben empfunden. Ihr Körper wurde von Micahs gnadenlosem Mund komplett vereinnahmt.

Sie fuhr mit ihren Händen durch sein Haar. Bettelnd. Flehend. Sie brauchte diesen Höhepunkt mit solch einer Dringlichkeit, von deren Existenz sie nichts gewusst hatte.

»Bitte Micah! Ich ertrage das nicht mehr«, wimmerte sie beinahe unhörbar, doch sie wusste, dass er jeden Laut verstehen konnte, der ihren Lippen entwich.

Abrupt wurde sie aus ihrem Zustand der Lust gerissen, weil er gerade rechtzeitig vor ihr auftauchte, um ihr seinen gequälten

Gesichtsausdruck zu zeigen. Sie sah ihm dabei zu, wie er ein Kondom aus seiner Jeanstasche nahm und es sich schnell überstreifte.

»Jetzt!« Sie erhaschte die Worte, als sich ihre Augen auf seinen Mund richteten. »Schling deine Beine um meine Hüften.«

Sie ließ sich nicht zweimal bitten und fing ihn mit ihren Beinen ein. Er ergriff ihren Hintern mit seinen starken Fingern und vergrub sie in ihrem Fleisch. Nachdem er einige Schritte gegangen war, drückte er sie mit dem Rücken gegen die Wand.

Sie hielt ihn eng an sich gepresst und konnte lediglich das rohe, sinnliche, leidenschaftliche Gefühl ihrer Brustwarzen spüren, die über seine harte, heiße Brust rieben. Ihre Nippel waren so steif, dass sie aufstöhnte, als sich der Rest ihrer Körper traf und sie so sehr miteinander verschmolzen, dass sie nicht mehr wusste, wo er endete und sie anfing.

»Ja!«, stöhnte sie, als Micah sich mit einem harten Stoß in ihre enge, feuchte Muschi schob und seine Hände dazu nutzte, um sie mit seinem Griff um ihren Hintern und Hüften nach unten zu senken.

Er fickte sie hart und schnell, wie ein Mann, der sich der Fleischeslust schon zu lange entzogen hatte. Tessa bewegte sich im Rhythmus seiner pumpenden Bewegungen und die Muskeln ihrer Muschi verengten sich jedes Mal um seinen Schwanz, wenn er in sie stieß.

Ihre Hände hatten sich fest in sein Haar gekrallt und sie zog seinen Kopf näher an ihren, um ihn zu küssen. Seine Zunge drang dabei genauso ungestüm in ihren Mund ein wie sein Schwanz in ihre Muschi und imitierte jeden harten Stoß, den er in ihr landete.

Micahs kräftiger Körper stieß härter und tiefer zu und Tessa wusste, dass sie ein heftiger Orgasmus erwartete. Sie hatte solch ein ausgiebiges Vorspiel erlebt und war so nahe am Höhepunkt gewesen, als Micah sie oral befriedigt hatte, dass sie nicht viel heißer laufen konnte, ohne in Flammen aufzugehen und zu explodieren.

Seine Brust vibrierte mit etwas, das Tessa instinktiv als ein tiefes, lustvolles Stöhnen ausmachte.

Der Höhepunkt schüttelte ihren Körper, während Micah sie weiter fickte und sie die Klippe des imaginären Felsens hinunterstieß, auf dem sie in einer riskanten Position gestanden hatte. Sie richtete sich auf, als der Orgasmus durch ihr gesamtes Wesen schoss.

T. A. Scott

»Oh Gott, Micah! Ja!« Sie hielt sich an seinen Schultern fest und ihre Fingernägel bohrten sich in seinen Rücken. Ihr Kopf fiel und sie ruhte mit ihrem Gesicht an seinem schweißnassen Hals, während ihre Muskeln seinen Schwanz fest in ihrer Gewalt behielten.

Sein großer Körper schauderte, als er seinen eigenen Höhepunkt erlebte. Tessa hielt ihn fest an sich gedrückt, während er ein letztes Mal in sie stieß und das Zittern versiegte.

Ihr Körper vibrierte noch immer vor Lust, als er sie aus dem Wohnzimmer trug und in ihr Schlafzimmer brachte. Als er die Verbindung zwischen ihnen löste und sie vorsichtig auf dem Bett ablegte, wollte sie protestieren, doch sie erinnerte sich, dass er das Kondom abziehen musste und nicht für immer in ihr bleiben konnte.

Bevor sie wieder vollständig zu Atem gekommen war, war er schon aus dem Badezimmer zurückgekehrt und hatte sich mit seinem riesigen Körper neben sie auf die Matratze gelegt. Er schob seinen starken Arm unter ihr hindurch und zog sie so nahe an sich heran, dass sie beinahe schon auf ihm lag.

Ihre Augen sahen auf seinen Mund und erhaschten das Wort, das er sagte: »Kompliziert.«

Dann grinste er sie glücklich an und sah in keiner Weise besorgt darüber aus, dass ihr Sex überwältigend gewesen war – zumindest für sie.

Ihr Herz machte einen Freudensprung und sie lächelte zurück. Sie strich ihm mit der Hand eine Strähne seines störrischen Haares aus der Stirn, das sich nie zähmen lassen wollte. Dann nickte sie. »Kompliziert«, stimmte sie zu.

Er spielte mit einer ihrer Locken. »Wenn das schon kompliziert ist, dann würde ich kein Problem damit haben, sollte es *wirklich komplex* werden.«

Tessa entfuhr ein überraschtes Lachen. »Du glaubst, dass du überbieten kannst, was soeben passiert ist?« Der Sex mit Micah war beinahe schon unwirklich gewesen, weshalb sie nicht wusste, wie er seine Leistung noch übertreffen könnte.

Er schaute sie zum Spaß düster an. »Das war die Arbeit eines verzweifelten Mannes. Schlampig. Ich habe dich zuerst mit meinem

Mund zum Orgasmus bringen wollen. Ich wollte dich weiter verschlingen, Tessa. Ich wollte jeden einzelnen Lusttropfen aus deinem Körper pressen, bevor ich in dich eindringe. Ich wusste, dass ich es nicht lange durchhalten würde.«

Sie legte ihre Finger auf seine Lippen. »Hör auf. Es war fantastisch. Ich hätte es gar nicht anders gewollt.«

Er grinste erneut. »Hart, schnell und gegen eine Wand gedrückt?«

»Ja.«

»Die meisten Frauen würden sich beschweren.«

Sie zwinkerte ihm zu. »Ich beschwere mich nicht, du Hengst. Die meisten Männer könnten eine Frau nicht an eine Wand gepresst festhalten.« Tessa meinte es ernst. Wie viele Männer konnten eine Frau denn wirklich auf diese Weise vögeln? Es war ehrlich und roh gewesen. Vielleicht war es das, was es so besonders gemacht hatte.

»Ich habe nicht warten können. So sehr habe ich mich nach dir gesehnt, Tessa. Ich habe es gewollt, seit dem Augenblick, in dem ich dich zum ersten Mal gesehen habe. Ich habe mich gefühlt wie ein notgeiler Jugendlicher. Eigentlich habe ich dich schon im Gästehaus über das Waschbecken im Badezimmer beugen und dich dort nehmen wollen.«

Sie sah ihn überrascht an. »Das hast du nicht!«, sagte sie ungläubig.

»Doch, das wollte ich. Ich wollte dich an Ort und Stelle vernaschen.« Er wanderte mit seiner Hand über ihre Hüfte und kniff ihr zärtlich in den Po. »Ich bin es nicht gewohnt, dass eine Frau solch eine Reaktion bei mir hervorruft.«

»Du hattest einmal eine ernsthafte Beziehung.« Tessa wusste, dass er vor Jahren einmal eine feste Freundin gehabt hatte.

Er nickte. »Einmal«, sagte er.

»Erzähl mir davon«, bat sie, weil sie merkte, dass er sich mit Absicht bedeckt hielt.

»Ich habe Anna auf dem College getroffen und wir haben nach unserem Abschluss zusammengewohnt. Sie stammte aus einer wohlhabenden Familie, deswegen konnte ich mir ziemlich sicher sein, dass sie nicht wegen meines Geldes mit mir zusammen war. Sie hasste es, dass ich mich fürs Fallschirmspringen und für Extremsport interessiere. Sie hat darauf gewartet, dass ich mich niederlasse, aber das habe ich nie getan. Ich bin viel gereist und sie wollte nicht wirklich eine berufliche Karriere verfolgen. Ich glaube, sie war bereit, zu heiraten und Kinder zu bekommen. Für sie war das College nur ein notwendiger Schritt gewesen, den sie machen musste, bevor sie heiraten konnte.«

»Du wolltest sie nicht heiraten?«, fragte Tessa neugierig. Sie hatte erkannt, dass der Versuch, Micah zu begrenzen, so wäre, als würde man versuchen, einen Stern vom Himmel zu pflücken und ihn in eine Flasche zu stecken.

»Sie war mir wichtig und ich habe gedacht, dass wir irgendwann heiraten würden, aber ich war immer noch damit beschäftigt, mir Wissen anzueignen und meine eigene Firma zu gründen. Wir waren jung und ich habe einfach nicht darüber nachgedacht, wie sie sich eigentlich fühlt. Nach einigen Jahren hatte sie es satt zu warten und hat einen meiner Freunde geheiratet, dem es ausreichte, wohlhabend zu sein und später einmal die Firma seines Vaters zu übernehmen.«

»Sie hat dich betrogen?« Tessa konnte an seinem Gesicht ablesen, dass die Trennung nicht freundschaftlich gewesen war.

»Ich kam unerwartet von einer Geschäftsreise nach Hause und habe die beiden zusammen erwischt. In unserem Bett«, teilte er ihr tonlos mit. »Ich hatte überhaupt keine Ahnung. Die Sache hatte mich hart getroffen. Es hatte eine Weile gedauert, bis ich erkannt hatte, dass ich keiner Frau etwas zu bieten habe.«

»Das stimmt nicht!«, entgegnete Tessa empört. »Sie war eine Schlange! Man schläft nicht mit einem anderen Mann im Bett seines aktuellen Partners. Es interessiert mich nicht, ob sie bereits vorhatte, sich von dir zu trennen oder nicht. Das ist widerlich!«

»Du bist also der Meinung, dass ich es verdiene, einfach so verlassen zu werden?«, fragte Micah zum Spaß.

»Ich glaube, dass es dumm von ihr war, nicht mit dir auf Reisen zu gehen. Selbst wenn sie keine berufliche Karriere verfolgen wollte, hätte sie dir dabei helfen können, dein Unternehmen aufzubauen. Ihr wart beide noch jung. Sie hätte mit dir die Welt sehen können, bevor sie sich für eine Heirat entschlossen hätte.« Tessa seufzte, denn wenn sie Micahs Hingabe besitzen würde, hätte sie das bestimmt nicht einfach so weggeworfen. Davon einmal abgesehen konnte sie sich nichts Befriedigenderes vorstellen, als mit einem Mann zu reisen, in den sie bis über beide Ohren verliebt war. Mit Micah würde es Spaß machen. Sie selbst hatte zwar bereits einige Länder bereist, als sie noch jünger gewesen war und an Wettkämpfen teilgenommen hatte, doch sie war nie dazu in der Lage gewesen, sich irgendetwas anzusehen. Ihre Reisen hatten nur aus einem einzigen Grund stattgefunden: um gegen andere Eiskunstläuferinnen anzutreten.

Sie hatte mit Rick einige Orte besucht, doch er war nicht gerade eine charmante Reisebegleitung gewesen und hatte darüber hinaus auch nie die Rolle des Touristen spielen wollen.

»Das ist es, was du tun würdest, Tessa? Einen Mann unterstützen, der dir wichtig ist?«

Sie sah in sein fragendes Gesicht. »Natürlich! Wenn er mich unterstützt, dann würde ich ihn selbstverständlich auch unterstützen. Ich kann von mir nicht behaupten, eine Expertin zu sein, aber ich denke, dass es in Beziehungen um Geben und Nehmen geht.« Sie hielt inne und streichelte tröstend mit ihrer Hand über Micahs Wange. »Es tut mir leid, dass sie dich verletzt hat.«

»Ich bin darüber hinweg«, antwortete er.

Sie legte den Kopf schief und betrachtete seinen Gesichtsausdruck. »Ich glaube dir nicht. Ich habe eher das Gefühl, dass du Frauen nicht mehr über den Weg traust.«

»Vielleicht habe ich nur nie die richtige Frau gefunden, der ich vertrauen kann«, antwortete er und legte seine Hand auf ihre, die nun auf seiner Brust ruhte. »Eine Frau an der Seite zu haben, die mit meiner Berufswahl umgehen kann, ist ebenfalls nicht gerade einfach.«

Tessa zuckte mit den Schultern. »Du bist der, der du bist, Micah. Ich sage ja gar nicht, dass es einer Frau, der du wichtig bist, leicht fallen würde, sich keine Sorgen um dich zu machen, doch sie würde akzeptieren müssen, dass *du* nicht *du* wärst, wenn du nicht das tätest, was du liebst.«

»Ich führe gar nicht mehr viele BASE-Jumps durch und ich musste darüber hinaus auch einige Dinge ganz streichen, weil meine Prioritäten jetzt andere sind. Ich möchte den Extremsport sicherer machen. Aber ich könnte niemals mein Fallschirmsprung-Team aufgeben und möchte immer noch meine Grenzen austesten.«

»Du trittst auf die Bremse?«, neckte sie ihn. »Wirst du alt?«

Er sah sie mit gerunzelter Stirn an. »Nein. Ich habe nur zu viele meiner Freunde und Kollegen sterben sehen, weil sie unüberlegte Sprünge durchgeführt und darüber hinaus eine Ausrüstung benutzt haben, die bei Weitem nicht sicher genug war. Es wird immer schwieriger, sichere Orte für BASE-Jumps zu finden. An vielen der besten Absprungplätze ist diese Tätigkeit illegal.«

»Stattdessen springst du dann also aus einem absolut sicheren Flugzeug?«

»Mokier dich nicht, bevor du es nicht ausprobiert hast. Mein Team ist wirklich gut, es gehört zu den besten der Welt. Und darüber hinaus gibt es kein besseres Gefühl als das des freien Falls.«

»Um ehrlich zu sein habe ich es immer schon einmal ausprobieren wollen. Als ich noch jünger war, hatte ich keine Zeit dazu. Und als ich dann gehörlos wurde, wusste ich, dass ich es nie tun würde.« Sie hatte immer schon einmal einen Fallschirmsprung wagen wollen, doch die Gelegenheit dazu hatte sich nie ergeben. Sie war der Meinung, dass es zu den Dingen gehörte, die beim Zusehen aufregend aussahen, doch wenn sie sich erst einmal auf Absprunghöhe befinden würde, hätte sie zu viel Angst, um die Sache durchzuziehen. Es war schon verrückt, aus einem Flugzeug zu springen und sich darauf zu verlassen, dass der Fallschirm einen davor bewahren würde, ein menschlicher Pfannkuchen zu werden.

»Dann tu es! Alle Fallschirmspringer sind sowieso taub, sobald sie das Flugzeug verlassen. Du brauchst dein Gehör nicht. Du kannst nichts anderes hören als das Rauschen des Windes.«

Tessa schüttelte den Kopf. »Der Unterricht ist teuer und ich würde meine Komfortzone verlassen müssen. Ich bin mir nicht sicher, ob ich es tun könnte.«

»Du könntest mit mir kommen«, schlug er vor. »Ich bin Ausbilder und habe bereits Tausende von Sprüngen absolviert. Wir könnten einen Tandemsprung machen. Ich würde niemals deine Sicherheit riskieren. Wenn ich mich bei dem Gedanken nicht wohlfühlen würde, mit dir zu springen, dann würde ich dich gar nicht erst ins Flugzeug steigen lassen.«

Oh, er war schon ein wenig arrogant, wenn es um sein Können ging, doch dieses Selbstbewusstsein amüsierte Tessa. Es rührte von seiner Erfahrung und sie hatte keinen Zweifel daran, dass Micah genau wusste, was er tat. »Ich müsste dir zuerst vertrauen«, wägte sie diese Möglichkeit im Spaß ab. »Aber ich fände es toll, wenn ich eines Tages mit dir fliegen könnte.«

Er bewegte sich so schnell, dass Tessa aufschrie. In nur wenigen Sekunden lag sie auf dem Rücken, Micah befand sich über ihr und drückte ihre Handgelenke links und rechts neben ihrem Kopf ins Kissen. »Du wirst mir vertrauen«, teilte er ihr mit einem kleinen, selbstbewussten Lächeln mit.

»Ich gehe davon aus. Du hast mich bereits einmal zum Fliegen gebracht«, witzelte sie.

»Mach dich bereit, Weib! Wir bereiten uns auf die nächste Übungsrunde vor.«

Sie musste tatsächlich kichern, als er seinen Kopf senkte und seine Lippen auf ihren Mund presste. Bei Micahs Kuss verschwanden alle Gedanken an einen Fallschirmsprung urplötzlich aus ihrem Kopf und, ohne das Bett zu verlassen, wurde sie in schwindelerregende Höhen getragen, die ihre Vorstellungskraft komplett überstiegen.

Kapitel 10

Als sich Micah am nächsten Tag auf den Weg in die Stadt machte, fühlte er sich ungewöhnlich entspannt. Er hatte ihren täglichen Morgenlauf sausen lassen wollen, doch Tessa hatte ihn dazu überredet, seinen Hintern in Gang zu setzen. Verdammt, entweder wurde er langsam wirklich alt oder er war erschöpft von dem lustvollen Sex, den er mit Tessa so ziemlich die ganze Nacht lang praktiziert hatte. Er war sich sicher, dass die zweite Erklärung zutraf, denn es war schon eine Weile her gewesen, seit er das letzte Mal mit einer Frau das Bett durchwühlt hatte. Er stellte grinsend fest, dass er in der vergangenen Nacht alles aufgeholt haben musste, was er verpasst hatte.

Nach ihrem Lauf hatten sie geduscht und zu Mittag gegessen, dann war er mit Tessa zur Eishalle gefahren, um sie dort abzusetzen. Er hatte ihr gesagt, dass er zurück zum Gästehaus auf die Halbinsel fahren musste, um sich frische Kleidung zu holen. Doch zunächst musste er einen Zwischenstopp einlegen, auf den er sich ganz und gar nicht freute.

Als er vor dem Eingang von *Sullivan's Steak and Seafood* anhielt, sah er, dass das Restaurant geschlossen war. Ein Blick auf die Uhr verriet ihm, dass es in Kürze für den Mittagstisch öffnen würde.

Micah ließ den Blick über die abgeblätterte Farbe der Außenfassade wandern und fragte sich, wann sie wohl zum letzten Mal gestrichen worden war. Das Gebäude war von der feuchten, salzhaltigen Luft ziemlich in Mitleidenschaft gezogen worden.

Er ergriff mit einer Hand den Türknauf, drehte ihn und drückte gegen die Tür. Zu seiner Überraschung war sie nicht verschlossen. *Verriegelt hier eigentlich niemand seine Türen?* Immer wenn Tessa Randis altes Haus verließ, musste er sie daran erinnern abzuschließen. Sie tat es, rollte jedoch jedes Mal mit den Augen, um ihn daran zu erinnern, dass er sich nicht in New York befand. Vielleicht hatte sie Recht, vielleicht war er wirklich paranoid, aber er hatte eben noch nie in einer Stadt gelebt, in der die Hälfte der Einwohnerschaft ihre Türen nie zusperrte.

Er betrat das Restaurant und schloss die Tür leise hinter sich.

Auf dem Weg zur Küche vernahm er Geräusche, die sich anhörten, als würde jemand etwas zerhacken. Er sah sich in dem kleinen Lokal um und bemerkte die abgenutzten Stühle und etwas windschiefen Tische. Genau wie draußen blätterte auch im Inneren die Farbe an einigen Stellen ab. Doch merkwürdigerweise schien dieser Ort mit all der nautischen Dekoration so alt und müde beinahe schon normal zu wirken.

»Wir haben geschlossen!«, klang Liams Stimme vom Ausgabefenster zu ihm herüber.

»Ich weiß«, antwortete Micah. Er schlenderte zur Küchentür und betrat den Raum, ohne hineingebeten worden zu sein. Als er Tessas Bruder gegenüberstand, fügte er hinzu: »Ich wollte mit dir sprechen.«

»Ich *sagte* … wir haben geschlossen. Sieh zu, dass du von hier verschwindest!«, sagte Liam stur.

Micah schüttelte den Kopf und lehnte sich mit vor der Brust verschränkten Armen gegen eine Arbeitsplatte. Dabei hielt er einen Sicherheitsabstand von einigen Metern zu Liam. »Das kann ich nicht. Ich will dir ein Geschäft vorschlagen.«

»Ich brauche nichts von dir, Sinclair«, knurrte Liam, drehte sich um und machte sich wieder daran, das zu tun, was er getan hatte, bevor Micah hereingekommen war: Hummerfleisch aus der Schale zu befreien und in Stücke zu schneiden. Er warf die fertigen

Stückchen in eine Plastikdose, vermutlich zur Vorbereitung für all die Hummerbrötchen, die er später verkaufen würde.

»Ich denke, du könntest deine Meinung ändern«, entgegnete Micah und sah Liam bei der Arbeit zu.

Er musste zugeben, dass Liam wusste, wie man einen Hummer fachgerecht zerlegte. Tessas Bruder arbeitete schnell und sorgfältig daran, das köstliche Fleisch aus dem Schalentier zu lösen.

»Das bezweifele ich«, sagte Liam und hackte etwas fester auf den Hummer ein als es nötig war.

»Ich möchte dein Geschäftspartner werden, Geld in die Instandsetzung des Gebäudes und die Einrichtung investieren und dich bei allem anderen, das du benötigst, unterstützen.«

Liam hielt in seiner Arbeit inne und blitzte ihn an. »Und wofür zum Teufel? Ich brauche dich nicht. Warum bist du überhaupt hier?« Er zog anklagend eine Augenbraue hoch. »Halte dich von Tessa fern!«

Micah grinste. Liam kam mit *dieser* Warnung etwas zu spät. »Wir haben bereits Zeit miteinander verbracht. Sehr viel sogar.«

Sein Grinsen verging ihm schnell, denn Liam machte einen Hechtsprung und ergriff ihn am Kragen seines Polohemdes. »Hast du sie angefasst?«

Meine Güte! Diesem Typen brennt vielleicht schnell die Sicherung durch! Und ich dachte, ich wäre schlimm.

»Es geht dich verdammt nochmal nichts an, was wir getan haben. Tessa ist erwachsen«, fauchte Micah und schüttelte Liams Hand von seiner Kleidung ab. »Halte gefälligst dein Temperament im Zaum und fass mich nicht mehr an. Ich bin hierhergekommen, um mit dir zu reden.«

Tessas Bruder lief vor Wut rot an. »Sie ist keine Frau, die du benutzen und dann wegwerfen kannst. Das hat sie alles schon hinter sich und muss es nicht noch einmal erleben. Sie ist zwar alt genug, um es selbst zu wissen, doch manchmal trifft sie ihre Entscheidungen aus dem Bauch heraus.«

»Ich weiß«, sagte Micah und richtete sich den Hemdkragen. »Und ich habe nicht die Absicht, sie wegzuwerfen. Sie ist mir wichtig.«
Viel zu wichtig!

Liam schnaubte verächtlich. »Ja, klar. Verschwinde einfach wieder dorthin, wo du hingehörst.«

Micah ignorierte seinen Kommentar. »Ich will Geld in das Restaurant stecken, es auf Vordermann bringen.«

»Warum?« Liam sah ihn misstrauisch an.

»Die Einwohner von Amesport lieben dieses Lokal und es muss renoviert werden.«

»Ich kann das selbst übernehmen.«

»Warum arbeitet sich Tessa dann den Arsch ab, um Geld für die Renovierung des Restaurants aufzutreiben? Jeden einzelnen Cent, den sie verdient, legt sie zur Seite.«

»Unsere Eltern haben uns ihr abbezahltes Haus und eine ordentliche Geldsumme hinterlassen«, knurrte Liam. »Das Letzte, was ich brauche, ist *dein Geld*. Ich habe Tessa schon einmal gesagt, dass wir genug Geld besitzen. Sie weigert sich jedoch, einen Blick auf unser gemeinsames Konto zu werfen. Sie ist der Meinung, dass ich das Geld nehmen sollte.«

»Also braucht sie eigentlich gar nicht putzen zu gehen?«

»Natürlich nicht! Wenn sie nicht so stur wäre, würde sie sehen, dass wir das Geld für die Renovierung bereits haben. Aber sie schaut nicht nach. Unsere Eltern haben uns ein gutes Erbe hinterlassen. Das Restaurant läuft sehr gut und ich arbeite nebenbei ebenfalls noch als Berater. Ich zahle keine Miete und kann jeden Monat Geld sparen. Mein größtes Problem ist die Zeit. Es ist schwierig, das Restaurant wegen Renovierungsarbeiten zu schließen, doch im Winter werde ich es in Angriff nehmen.«

»Welche Art von Beratung bietest du an?«, fragte Micah neugierig.

»Ich habe in der Film- und Fernsehindustrie gearbeitet und war dort für die Spezialeffekte und einige Stunts zuständig«, antwortete Liam mit gebrochener Stimme. »Wenn irgendjemand Tipps braucht, dann berate ich ihn. Früher habe ich Produkte patentiert, die ich für meine Arbeit hergestellt habe. Die Lizenzzahlungen werfen eine ganze Menge Geld ab. Ich brauche also wirklich nicht noch mehr davon.«

Interessant. Wenn Liam und ich uns nicht abgrundtief hassen würden, könnten wir glatt miteinander befreundet sein.

Es lag auf der Hand, dass Liam Sullivans Fachbereich die Technik war und er berechnete Stunts ausführte sowie an Spezialeffekten arbeitete. Wenn Micah nicht aus einem vollkommen anderen Grund hergekommen wäre, würde er ihn mit Fragen bombardieren.

»Ich möchte Tessa helfen.« Micah blieb stur. Auch wenn sie sein Geld nicht benötigte, so wollte er ihr wenigstens die Last der Renovierung des Restaurants abnehmen.

»Meine Schwester kann auf deine Art von Hilfe verzichten, Sinclair«, sagte Liam böse. Sein Gesicht war immer noch rot vor Wut.

»So sehr ich es auch hasse, dir zu widersprechen, aber da liegst du falsch.« Micah klang sarkastisch. »Sie hat wieder mit dem Eislaufen angefangen und das hätte sie schon vor langer Zeit tun sollen.«

Liam schnaubte. »Sie kann nicht eislaufen.«

»Etwas, für das du dich verantwortlich machst«, sagte Micah.

»Weil es meine Schuld *ist*«, brummte Liam. »Und wo läuft sie überhaupt? Die Eishalle ist geschlossen.«

»Ich habe sie geöffnet. Sie trainiert hart, um wieder in Form zu kommen, denn in nur wenigen Wochen wird sie eine Kür bei einer Wiedersehensveranstaltung von Olympiasiegern laufen.«

Liam trat einen Schritt nach vorn und griff sich erneut Micahs Hemd. »Was zur Hölle stellst du mit ihr an? Sie kann nicht eislaufen. Ich bin stolz darauf, wie sie gelernt hat, in einer Welt der Hörenden zu funktionieren, doch sie hat immer noch ein riesiges Handicap. Was passiert, wenn sie versagt, du Idiot? Hä? Wirst du bei ihr bleiben und dich um sie kümmern, wenn ihre Welt wieder in sich zusammenfällt?«

Micah war jetzt sauer. Er nutzte seinen Unterarm und zwang Liam dazu, ihn loszulassen, nur um dem großen Mann sofort danach einen Faustschlag ins Gesicht zu verpassen, bei dessen Wucht Liams Körper mit dem Rücken gegen die Arbeitsplatte prallte.

Micah schüttelte seine Hand aus, verärgert darüber, dass er sich seine Fingerknöchel an diesem Idioten, der Tessas Bruder war, verletzt hatte. »Ich habe dich einmal höflich gebeten. Beim zweiten Mal *bitte* ich nicht mehr«, warnte er Liam zornig. »Du bist vielleicht etwas größer, doch ich betreibe schon seit meiner Kindheit Kampfsport und ich habe meine Kampftechnik von den Besten im Extremsport gelernt. Das hier war nur eine Warnung. Fass mich noch einmal an und ich vermöbele dich richtig.«

»Arschloch«, presste Liam hervor. Er ging quer durch die Küche, um sich ein sauberes Handtuch für seine blutende Nase zu holen, und drückte es sich fest aufs Gesicht, als er zurückkam und sich mit einem mörderischen Blick vor Micah aufbaute. »Du bist schnell«, gab er zu, während er sich das Handtuch weiter auf seine verletzte Nase presste.

Micah zuckte mit den Schultern. »Ich kann noch schneller sein. Ich bin nicht hierhergekommen, um mit dir zu kämpfen. Ich bin hierhergekommen, um zu helfen. Ob es nun in deinen Dickschädel hineingeht oder nicht, deine Schwester kann eislaufen. Der Verlust ihres Gehörs hat ihre Fähigkeiten auf dem Eis in keiner Weise beeinträchtigt. Sicher ist sie wegen des Trainingsmangels etwas eingerostet, doch sie macht Fortschritte und wird in fantastischer Form sein, wenn sie in New York auftritt. Eislaufen ist etwas, das sie tun wollte und das sie gebraucht hat. Niemand hat sie dazu gezwungen, es auszuprobieren.«

Innerlich zuckte Micah ein wenig zusammen, denn schließlich war *er* es gewesen, der sie angestachelt hatte, aber Tessa war mehr als imstande dazu gewesen, Micahs Herausforderung anzunehmen.

»Wie hast du es geschafft, dass die Eishalle wieder geöffnet ist?«, fragte Liam rau.

»Mir gehört ein Großteil der Grundstücke auf dieser Seite der Stadt. Dazu zählt ebenso die Eishalle wie auch Randis altes Haus. Ich habe Tessa dazu ermutigt, wieder aufs Eis zu gehen. Dieser wichtige Teil ihres Lebens hat ihr sehr gefehlt.«

Liam warf Micah einen warnenden Blick zu und gab zurück: »Du wirst ihr am Ende wehtun, Sinclair. Und wenn das passiert, dann bringe ich dich um.«

»Tessa wird niemals mehr den Boden unter den Füßen verlieren, denn sie steht wieder auf dem Eis. Ohne ihren Sport war sie kein kompletter Mensch.«

»Sie war glücklich«, beharrte Liam.

»Glücklich? Wo du ihr auf Schritt und Tritt gefolgt bist? Ihr gesagt hast, was sie tun und lassen soll? Sie mit deinem Schuldverständnis erdrückt hast? Du denkst, sie war glücklich?« Micahs Stimme wurde automatisch lauter, bis er Liam beinahe schon anschrie, um ihn zu erreichen.

»Ich bin der Einzige, der sie noch beschützen kann!«, brüllte Liam.

»Nicht mehr«, teilte Micah ihm mit tiefer, gefährlicher Stimme mit.

»Denkst du, sie fühlt sich meinetwegen schuldig?«, fragte Liam, nun sichtbar verwirrt.

»Natürlich. Sie fühlt sich schuldig, weil du dich schuldig fühlst.« Es hörte sich merkwürdig an, doch hier war sie … die Wahrheit. Liam konnte sie akzeptieren oder ablehnen. »Du musst darüber hinwegkommen, dass du für das Geschehene nicht verantwortlich bist. Niemand hatte wissen können, dass Tessa krank werden oder ihr Gehör verlieren würde. Ich verstehe es ja. Wenn du es gewusst hättest, dann wärst du dort gewesen. Aber du hattest nicht bei ihr sein können und es ist eben passiert.«

»Ich hätte dort sein sollen –«

»Aber du hattest andere Verpflichtungen, du musstest deine Arbeit abschließen. Du hast die gleiche Entscheidung getroffen wie jeder andere Mensch, dem seine Arbeit wichtig ist. Du hast abgesagt. Ich hätte mich ebenso verhalten.«

Liam schlug mit der Faust auf die Arbeitsplatte neben sich. »Scheiße! Ich verstehe einfach nicht, warum es überhaupt passieren musste. Jemandem wie Tessa! Sie hat niemals irgendeinem Menschen etwas zuleide getan. Sie hat das einfach nicht verdient!« Er ging in den hinteren Bereich der Küche und warf das Handtuch, das er benutzt hatte, in den Müll. Als er zurückkam, war in seinem Gesicht deutlich die Reue zu erkennen.

In diesem kurzen Moment empfand Micah Mitleid mit dem Mann, der da vor ihm stand. Tessa hatte *keines* der vielen schrecklichen Dinge verdient, die ihr zugestoßen waren, doch es war nun einmal die Realität. »Sie lebt und sie ist mutiger mit ihrer Situation umgegangen, als es die meisten Menschen tun würden.«

»Genau deswegen muss ich für sie da sein. Verstehst du es denn nicht? Ich will, dass ihr nichts mehr passiert. Jetzt, wo unsere Eltern gestorben sind, ist sie die einzige Familie, die mir noch bleibt.«

Micah nickte. »Ja, ich verstehe dich. Aber du sorgst nicht dafür, dass sie in Sicherheit ist. Du erdrückst sie. Tessa ist in der Lage dazu, so gut wie alles zu tun, was eine hörende Frau auch tun kann. Sie ist klug und sie hat Talent. Wenn du sie weiterhin wie ein rohes Ei behandelst, dann wirst du sie nicht glücklich sehen.«

»Kann sie wirklich eislaufen?«, fragte Liam und klang etwas besorgt.

»Wie eine Siegerin«, antwortete Micah.

Liam schüttelte verwirrt den Kopf. »Ich dachte, sie würde mich brauchen.«

»Sie hat dich gebraucht. Sie tut es noch immer, als Bruder, der sie unterstützt. Du brauchst ihr jedoch nicht mehr zu sagen, was sie tun soll. Weil sie dich aber nicht verletzen will, wird sie dir das niemals sagen.« Micah zögerte, bevor er hinzufügte: »Ich würde immer noch gern mit dem Restaurant helfen. Es bedeutet Tessa sehr viel und ist ebenfalls wichtig für die Gemeinde.«

Liam schüttelte wieder den Kopf. »Alter, als ich dir gesagt habe, dass ich deine Hilfe nicht brauche, habe ich es auch so gemeint. Ich habe das Lokal noch nicht renoviert, weil hier immer so viel los ist, nicht weil mir das Geld dazu fehlt. Ich verdiene mit meiner Beratertätigkeit und den Lizenzgebühren ein ziemlich gutes Geld und auch das Restaurant wirft so einiges ab. Tessa und ich geben nicht viel aus, weil wir immerzu arbeiten. Ich wollte nicht, dass meine Schwester sich zusätzliche Arbeit aufhalst, aber sie hat mir gesagt, dass sie sich langweilt. Ich habe gedacht, dass es das ist, was sie tun will. Selbst nach der Renovierung werden wir beide immer noch eine hübsche Geldsumme auf unserem gemeinsamen Geschäftskonto haben und uns gehört das abbezahlte Haus unserer Eltern zu gleichen Teilen. Sie wird weit davon entfernt sein, am Hungertuch zu nagen. Ich werde unser Guthaben aufteilen und ihr ihren Teil auf ihr Konto überweisen. Ich denke, das ist der einzige Weg, um ihr zu verstehen zu geben, dass sie und ich genügend

Geld zur Verfügung haben. Darüber hinaus werde ich mich darum kümmern, dass die Renovierungsarbeiten bald in Angriff genommen werden, wo doch jetzt die Nebensaison begonnen hat. Ich werde mit meiner Schwester sprechen und ihr sagen, dass sie einen beträchtlichen Betrag gespart hat.«

Micah nickte und verschränkte wieder die Arme vor der Brust. »Gut. Denn die ersten beiden Male, die wir uns begegnet sind, war wegen ihrer Nebenbeschäftigungen immer einer von uns nackt. Ich will nicht, dass sie noch einmal einen unbekleideten Typen sieht, es sei denn, es handelt sich um mich.«

Liam streckte drohend die Hand aus. »Schläfst du etwa mit ihr?«, knurrte er.

Micah schlug Liams Hand weg. »Tu das nicht, Mann!« Er begegnete Liams wütendem Blick mit einem ebenso verstimmten Gesichtsausdruck. »Es geht dich nichts an, was zwischen mir und deiner Schwester passiert, aber um eines klarzustellen: Ich habe nicht vor, sie zu verlassen. *Niemals.*« Das letzte Wort sprach er durch zusammengepresste Zähne. »Sie ist mir so wichtig, wie mir noch nie eine Frau im Leben wichtig gewesen ist.«

Liam ging einmal um Micah herum und sagte dann abfällig: »Ich traue dir nicht.«

Micah grinste Tessas Bruder an. »Vielleicht jetzt noch nicht. Aber das wirst du schon noch. Tessa will, dass du tust, was du liebst. Willst du zurück in deinen alten Job gehen und Vollzeit arbeiten?«

»Auf gar keinen Fall! Ja, ich habe meine Arbeit geliebt, aber dieses Restaurant ist das Vermächtnis unserer Eltern. Es gibt keinen Ort, an dem ich lieber sein möchte. Ich würde nie in die Großstadt zurückkehren. Zu viele Menschen.«

Micah nickte. »Gut. Vielleicht solltest du das deiner Schwester mitteilen. Sie denkt nämlich, dass du alles für sie aufgegeben hast.«

»Ich habe überhaupt nichts aufgegeben«, brummte Liam. »Ich *will* hier sein.«

»Liam!« Eine weibliche Stimme rief seinen Namen an der Eingangstür, bevor eine quirlige Frau mit brünetten Haaren die

Küche betrat. Sie hielt einen Moment lang inne und ihr fröhliches Gesicht wurde ernst. »Was ist mit dir passiert? Du blutest ja!«
Liam hob abwehrend eine Hand. »Mir geht es gut. Kannst du bitte mit dem Hummerfleisch für die Brötchen weitermachen?«

»Äh … natürlich«, antwortete sie vorsichtig und ging langsam zum Vorbereitungsbereich hinüber.

Micah sah dabei zu, wie Liams Blick der Frau folgte. Es war offensichtlich, dass sie ebenfalls im Restaurant arbeitete, und die Augen des großen Mannes wurden weich, als er ihr hinterhersah.

»Sie ist attraktiv«, sagte Micah leise genug, damit die Brünette ihn nicht hören konnte.

»Sie ist jung«, gab Liam zurück und zwang sich, seinen Blick von ihr loszureißen und wieder auf Micah zu richten.

»Älter als einundzwanzig, würde ich sagen«, beobachtete Micah.

»Aber nicht viel«, antwortete Liam unglücklich.

Micah zog einige Eintrittskarten hervor, die er von seiner Assistentin zugeschickt bekommen hatte, und reichte Liam zwei davon. Er steckte die restlichen zurück in seine Tasche und sagte: »Vielleicht hat sie ja Lust, nach New York zu kommen und Tessa beim Eislaufen zuzusehen. Hier sind zwei Karten für die Wohltätigkeitsveranstaltung. Ich hoffe, du kommst.«

Tessas Bruder riss sie ihm aus der Hand. »Selbstverständlich komme ich! Ich hoffe nur, dass du mit Tessa Recht hast, oder ich *werde* dich umbringen«, knurrte er.

»Tessa freut sich darauf, wieder aufzutreten. Versuch, dich für sie zu freuen, anstatt eine verdammte Spaßbremse zu sein, schaffst du das?« Micah wollte wirklich nicht, dass sich Tessa an ihrem großen Abend darüber Gedanken machte, wie sich ihr Bruder wohl fühlen würde.

Er wandte sich zum Gehen, doch Liam streckte erneut seine große Hand aus, um ihn zurückzuhalten. Dieses Mal hielt er ihn jedoch nur leicht am Arm fest.

»Bist du dir sicher, dass sie das kann?« In Liams Stimme schwang nun Sorge. »Was, wenn sie stürzt?«

»Dann wird sie aufstehen und weiterlaufen«, antwortete Micah und schüttelte Liams Hand ab. »So wie sie das schon immer getan hat«, fügte er hinzu und ging zur Eingangstür.

Micah würde Liam nicht sagen, dass er die gleichen Ängste hatte. Er wollte auch nicht, dass Tessa stürzte, denn er wollte nicht, dass sie sich wehtat. Aber er vertraute sehr wohl darauf, dass sie wusste, wie sie sich auf dem Eis verhalten musste, auch wenn sie ins Stolpern geraten würde.

Er hatte sich zwar sehr viele Male zügeln müssen, doch er hatte erkannt, dass er sie nicht davon abhalten konnte, riskante Sprünge durchzuführen. Denn auch er wollte nicht von etwas zurückgehalten werden, das er gern tat.

Wenn sie denkt, dass ich den Unterschied zwischen einem zweifachen und einem dreifachen Sprung nicht erkenne, dann liegt sie falsch.

Micah wusste, dass sie den Dreifachsprung damals in der Halle erneut probiert hatte, doch das war der Moment, in dem er erkannt hatte, dass er sie loslassen musste. Er konnte sie nicht aufhalten, nur weil in ihm die irrationale Angst wütete, dass sie sich verletzen könnte. Sicher, er musste die Zähne fest aufeinanderbeißen, aber er versuchte, ihr ihre Freiheit zurückzugeben und sie nicht in ihrer kleinen Komfortzone einzusperren.

Er blickte sich nicht noch einmal um und gab Liam Zeit, das Gesagte einsinken zu lassen. Dieser Typ musste darüber nachdenken, was Tessa wirklich brauchte. Ein überfürsorglicher Bruder gehörte nicht dazu.

Mich. Sie braucht mich, verdammt!

Vielleicht verdiente Tessa etwas Besseres als einen Mann, der für den nächsten Adrenalinrausch lebte, doch Micah würde verdammt sein, wenn er zuließe, dass sie jemals wieder von einem anderen Mann angefasst würde.

Er zog an der schweren Tür und fühlte, wie sie etwas klemmte, bevor sie sich öffnen ließ und er ins Freie treten konnte.

»Mr. Sinclair? Wie gut, dass sie endlich hier sind.«

Micah zog die Tür hinter sich zu und sah die beiden kleinen alten Damen an, die genau vor ihm standen.

Mit ihrem grauen Haar und ungefähr der gleichen Größe konnte Micah die beiden kaum auseinanderhalten. Er sah in ihre lächelnden Gesichter und erkannte, dass Beatrice Gardener auf der linken Seite stand, weil sie die auffälligeren, bunteren Kleider anhatte. Elsie Renfrew befand sich neben ihr in einem etwas gesetzteren Kleid und flachen Schuhen. Sie starrte ihn an, als wäre sie überrascht, ihn zu sehen. Beatrice, die einen wallenden, violetten Rock und ein fliederfarbenes Oberteil trug, schien nicht im Geringsten darüber schockiert zu sein, dass er sich in Amesport befand.

Er nickte. »Ladies«, begrüßte er die beiden Damen höflich. Er kannte weder die eine noch die andere sehr gut und wusste lediglich, dass Beatrice ihm einen Stein geschenkt hatte, den er merkwürdigerweise sogar jetzt in seiner Tasche mit sich herumtrug. Er sah sie an und fragte sie nach ihrer Begrüßung: »Woher wussten Sie, dass ich hier sein würde?« Verdammt, er hatte bis vor Kurzem nicht einmal selbst gewusst, dass er New York verlassen würde, um sich eine Auszeit zu nehmen.

»Weil Ihr Schicksal sich hier befindet«, teilte Beatrice ihm trocken mit. »Selbstverständlich habe ich gewusst, dass Sie kommen würden. Sie können gegen Ihr Schicksal zwar ankämpfen, aber irgendwann werden Sie sich geschlagen geben müssen. Der Stein sollte Ihnen helfen. Haben Sie Tessa schon gesehen?«

Micah sah die ältere Dame überrascht an. »Sie glauben, dass Tessa mein Schicksal ist?«

Dieses Mal nickte Elsie. »Sie weiß es schon eine geraume Zeit. Sie ist auf euch Sinclairs sehr gut abgestimmt.«

Er hatte beide Frauen als exzentrisch abgetan. Er hatte sie bei Hopes Winterball getroffen und danach noch einmal bei Evans Hochzeit. Die beiden waren harmlos, doch nichts von dem, was sie sagten, ergab sehr viel Sinn.

Elsie war ein angesehenes, einflussreiches Mitglied der Gemeinde. Wundersamerweise schien auch Beatrice die Aufmerksamkeit der Menschen auf sich zu ziehen, doch er hatte nie herausgefunden warum. Sie hatte ihr eigenes Geschäft, einen New-Age-Laden mit Namen *Natural Elements* oder so etwas, wenn er sich richtig erinnerte, doch Micah gab nicht viel auf Wahrsagerei und übersinnliche Wahrnehmung. Er hatte immer geglaubt, dass die Einwohner von Amesport sie geduldig ertrugen, weil sie schon älter war.

Er suchte in seiner Jeanstasche und zog den schwarzen Stein hervor, den Beatrice ihm geschenkt hatte. »Deswegen?«, fragte er Beatrice, öffnete die Hand und bemerkte, dass der Stein eine merkwürdige Wärme auszustrahlen schien.

Jetzt bilde ich mir schon wilde Sachen ein! Natürlich ist der Stein warm, ich hatte ihn ja in meiner Tasche!

Beatrice schüttelte den Kopf. »Nicht *wegen* der Apachenträne. Tessa war schon immer Ihre Seelenverwandte, Ihr Schicksal. Ich habe euch beiden den Stein gegeben, damit ihr es erkennen könnt.«

Micah war einen Moment lang still, dann sprach er: »Was machen Sie eigentlich hier?«

»Nun, wir wollen selbstverständlich zu Mittag essen«, klärte Beatrice ihn auf, als hätte er wissen sollen, was die beiden vorhatten. »Hier gibt es den besten Hummer in der Umgebung.«

Micah fühlte, wie ihm die kleinen Härchen im Nacken zu Berge standen. Er kratzte sich am Kopf, verwirrt wegen der beiden Augenpaare, die ihn wissend ansahen. »Äh … natürlich. Lassen Sie sich durch mich nur nicht aufhalten, Ladies.« Er lehnte sich nach vorn und drehte das Schild neben der Tür herum, sodass es nun »Geöffnet« anzeigte, und bedeutete den Damen, an ihm vorbeizutreten. Es war Zeit. Liam sollte nun endlich das Lokal für den Mittagstisch vorbereitet haben.

Er steckte den Stein zurück in die Tasche und wunderte sich noch immer über die Tatsache, dass Beatrice ihn scheinbar mit Tessa verbunden hatte, bevor er es überhaupt selbst gewusst hatte. Um ehrlich zu sein erschien es ihm nun etwas gruselig, doch ein Teil von ihm war auch fasziniert. Die selbsternannte Heiratsvermittlerin hatte das Gleiche mit allen seinen Sinclair-Cousins gemacht. Bestand die Möglichkeit, dass sie wirklich wusste …?

Micah legte sanft eine Hand auf Beatrices Schulter, als sie an ihm vorbeiging. »Was ist mit Julian und Xander?«

Ich kann nicht fassen, dass ich das gerade gefragt habe!

Beatrice strahlte zu ihm hinauf. »Julians Schicksal ist bereits bestimmt. Bei Xander ist es noch nicht ganz klar. Ich habe ihn nie getroffen, aber er hat sehr viele Probleme. Ich glaube jedoch daran, dass er sich irgendwann fangen wird.«

»Sind Sie sicher?« Auch wenn er nicht vollständig daran glaubte, dass diese Frau in die Zukunft blicken konnte, so war jegliche Bestätigung, wenn es um Xander ging, doch willkommen, auch wenn sie nicht exakt war. »Wen haben Sie für Julian vorhergesagt?«

Beatrice wurde mit einem Mal nachdenklich. Sie streckte ihre Hand aus und tätschelte Micahs Wange. »Passen Sie gut auf sich und Tessa auf. Ihre Brüder werden im Laufe der Zeit alles für sich selbst herausfinden.«

Micah starrte den beiden Frauen mit offenem Mund hinterher, als sie ihm zuwinkten und in dem baufälligen Restaurant verschwanden.

Er schüttelte ungläubig den Kopf und setzte endlich einen Fuß vor den anderen. Dabei spürte er noch immer die Wärme des Steins in seiner Hosentasche, während er sich selbst erklärte, dass so etwas wie Schicksal und Bestimmung nicht existierten … und Seelenverwandte schon gleich gar nicht.

Als er sein Auto erreichte, war er beinahe wieder davon überzeugt, dass die beiden Damen nur exzentrisch waren.

Wenn da nur nicht der Stein in seiner Tasche wäre, der nicht aufhören wollte zu brennen, dann würde er weitaus überzeugter sein.

Kapitel 11

Während der nächsten Tage verlangte Tessa absolut alles von sich ab. Sie hatte sich mit Liam getroffen, doch ihr Bruder hatte sich nicht sehr wortreich zu ihrer Entscheidung geäußert, wieder eiszulaufen. Eigentlich hatte er sie bewusst dazu ermutigt, was sie, wenn sie ehrlich war, mehr als nur überrascht hatte.

Micah schlief nun endgültig nicht mehr im Gästehaus und hatte gerade erst am Abend zuvor seine Reisetasche mitgebracht. Sie nahm an, dass keiner von ihnen eine Gelegenheit verpassen wollte, um das knisternde Feuer, das zwischen ihnen beiden entfacht worden war, am Lodern zu halten. Tessa wusste, dass sie es nicht wollte. Jetzt, da sie sich geschworen hatte, im Augenblick zu leben und jede einzelne Minute zu genießen, die sie mit Micah verbringen konnte, nutzte sie dies in vollen Zügen aus.

Zumindest bis zum heutigen Tag.

Wie immer waren sie mit einem morgendlichen Lauf in den Tag gestartet und danach war Tessa zur Eishalle gefahren. Sie machte gute Fortschritte und ihre Kür nahm mit den schwierigeren Sprüngen und Sequenzen langsam aber sicher Form an. Sie hatten bereits die Musik festgelegt, eine Aufnahme einer choreographierten

Kür, die sie bereits kannte. Immer wenn sie an Micah an der Bande vorbeilief, gab er ihr Zeichen, sich zu korrigieren, wenn sie aus dem Takt geraten war, zu schnell oder zu langsam lief. Innerlich musste sie den Rhythmus der Musik in ihrem Kopf anpassen, doch bislang klappte das ziemlich gut.

Micah hatte versprochen, in New York an ihrer Seite zu sein, und Tessas Nervosität schwand von Tag zu Tag mehr. Sie trat gegen niemanden mehr an, deswegen konnte sie nun aus purer Freude am Eiskunstlauf auftreten und ihre Rückkehr aufs Eis feiern.

Doch jetzt gab Micah ihr zwei nach oben gerichtete Daumen mit seinen Händen vor ihrem Körper und signalisierte ihr so, dass er bereit war.

»Ich kann nicht fassen, dass ich das wirklich tue«, flüsterte sie sich selbst zu und sah hinunter, wo sich direkt vor der Tür eines perfekten Flugzeuges ein Fall von über viertausend Metern vor ihr auftat. Was hatte sie sich nur gedacht? Wollte sie sich wirklich in die Tiefe stürzen, wo sie im Flugzeug doch festen Boden unter den Füßen hatte?

In den letzten Tagen hatten sie die Eishalle immer etwas eher verlassen. Sie mussten nur noch die Kür proben und sichergehen, dass alle Bewegungsabläufe saßen. Danach nahm Micah sie mit, um irgendetwas Verrücktes mit ihr zu tun. So war es in den vergangenen zwei Tagen abgelaufen. Dies war Tag Nummer drei.

Sie hatte das Fallschirmsegeln mit ihm geliebt. In der Stadt gab es ein kleines Unternehmen, das diese Aktivität schon seit einer ganzen Weile anbot, doch sie hatte es noch nie gemacht. Unter anderem vielleicht auch, weil sie am Wasser aufgewachsen war und sich nur in normalen Höhen sicher fühlte.

Gestern waren sie dann beim Felsenklettern gewesen, wo sie von einem der besten Freikletterer der Welt gelernt hatte, ein Titel, den Micah innehielt. Es war fantastisch gewesen. Selbstverständlich hatte er sie nicht ohne Sicherheitsausrüstung losklettern lassen und Tessa bezweifelte, dass diese Erfahrung sehr aufregend für ihn gewesen war. Der Aufstieg an sich war ziemlich einfach gewesen und sie waren auch nicht sehr hoch geklettert. Trotzdem war Tessa unheimlich stolz gewesen, als sie auf dem Gipfel der kleinen Felsformation ihre Arme in die Höhe reckte.

Heute jedoch hatte sie wirklich *Angst*. Sicher, es machte ihr Spaß, Dinge zu tun, die außerhalb ihrer Komfortzone lagen, doch *das hier* war etwas zu viel.

Es beruhigte sie etwas, Micahs großen Körper hinter sich zu spüren. Ihre zierlichere Figur war mit Gurten an ihm festgeschnallt und sie war außerdem um die Brust, Schultern und an den Beinen mit weiteren Gurten gesichert.

Er wird die ganze Arbeit übernehmen. Ich muss ihn einfach nur machen lassen und mir seine Anweisungen ins Gedächtnis rufen. Ich muss mich entspannen.

»Ich bin mir nicht sicher, ob ich bereit bin«, sagte sie endlich laut, damit er sie verstand. Micah hatte ihr bereits mitgeteilt, dass sie brüllen musste, wenn sie sich über den Fluglärm Gehör verschaffen wollte. Vorsichtig lugte sie noch einmal aus der Tür heraus. »Was, wenn ich irgendetwas vergesse?«

Er gab ihr einen Zettel, den er offensichtlich geschrieben hatte, bevor sie gestartet waren.

Vertrau mir. Wir sind miteinander verbunden und ich werde dich nicht fallen lassen.

Diese hastig gekritzelten Worte auf einem kleinen Stück Papier ließen ihr beinahe die Tränen in die Augen steigen. Wie hatte er wissen können, dass sie Angst haben würde, wenn sie erst einmal an ihn gegurtet sein würde und sein Gesicht nicht mehr sehen könnte?

Sie machte einen Tandemsprung mit Micah. Er hatte das Flugzeug bestellt und sie hatten einen sicheren Absprungort ausgesucht. Dennoch fühlte sie mindestens eine Million Schmetterlinge, die versuchten, aus ihrem Bauch zu entkommen.

Nach einigen schnellen und eindringlichen Anweisungen waren sie in das Flugzeug gestiegen und wurden von einem Piloten, den Micah gut kannte, auf Absprunghöhe geflogen. Er war ein Meister im Fallschirmsprung und besaß eine spezielle Qualifikation, um

Tandemsprünge durchführen zu können. Er hatte ebenfalls dafür Sorge getragen, dass sie die Ausrüstung von *Xtreme Dive* benutzten, seiner Meinung nach die beste Fallschirmspringerausrüstung, die existierte, was Tessa dazu gebracht hatte, über seine Arroganz zu lachen.

Es hatte sie nicht überrascht, dass er bereits Tausende von Sprüngen sicher absolviert hatte: sowohl Einzel- und Tandemsprünge als auch Gruppen- und Formationssprünge. Micah war der Chef eines der besten Teams von Elite-Fallschirmspringern der Welt.

Dieser Sprung würde für ihn vermutlich nicht mehr als Routine darstellen. Doch Tessa war noch aufgeregter, als sie es vor ihrem Wettkampf bei den Olympischen Spielen gewesen war. Die meisten Eiskunstläufer starrten bei der Ausübung ihres Sports nicht dem Tod ins Gesicht.

Es ist sicher. Er hat mich über den Sicherheitsrekord beim Fallschirmspringen aufgeklärt. Bei regulären Springern kommt es nur überaus selten zu tödlichen Unfällen.

Alles lief nun auf die wenigen Worte hinaus, die er für sie aufgeschrieben hatte; es ging um Vertrauen. Vertraute sie ihm?

Sie verstaute den Zettel in einer kleinen Tasche ihres Overalls und zog den Reißverschluss zu.

Dann reckte sie selbstbewusst einen Daumen in die Höhe. Sie vertraute ihm *wirklich* und die fürsorgliche Notiz, die er ihr vor dem Abheben geschrieben hatte, machte die Verbindung zu ihm nur noch stärker. Sie würde dieses Risiko mit ihm eingehen, genauso wie sie in den vergangenen Wochen zahlreiche andere Risiken mit ihm eingegangen war. Es gab niemand anderen, mit dem sie lieber zusammen wäre, auch wenn sie aus einem sehr schönen Flugzeug springen musste.

Micah verschwendete keine Zeit darauf, ihr mitzuteilen, dass sie springen würden. Er gab ihr erneut das Zeichen für »Los!« und dann purzelten sie beide auch schon im freien Fall zur Erde.

Als sie sich aus dem Flugzeug stürzten, verklemmte sich ihr Herz in ihrem Hals. Sie war an der Vorderseite seines Körpers festgeschnallt und die beiden fielen in einem beunruhigenden Tempo in die Tiefe. Als sie das Flugzeug verlassen hatten, streckte sie ihre Arme ganz automatisch in die richtige Position und in ihrem Kopf löste sich ein lautloser Schrei, während sie spürte, wie die Luft an ihnen vorbeirauschte. Ihre Körper fielen weiter so schnell, wie sie es sich niemals hätte vorstellen können.

Der freie Fall dauerte insgesamt nur etwa eine Minute, doch schon einige Sekunden, nachdem es für sie beide abwärts gegangen war, begann sie, dieses Gefühl zu genießen. Wenn sie sterben würde, gäbe es sowieso nichts, das sie in dieser Situation tun konnte, und sie wollte ihre letzten lebenden Momente voll auskosten.

Micah war jetzt genauso taub wie sie, zumindest hatte er ihr das gesagt. Sie trugen nicht nur Sturzhelme, die das Hören erschwerten, es war ebenfalls sehr schwierig, außer dem Wind überhaupt etwas zu hören, wenn man mit mehr als einhundertsechzig Stundenkilometern in Richtung Erde sauste. Micah hatte ihr erklärt, dass ein Fallschirmspringer während des freien Falls nichts weiter hören konnte außer der vorbeizischenden Luft.

Ihr Herz raste, während sie durch ihre Schutzbrille blickte. Sie fühlte sich, als würde sie fliegen, als würde sie wie ein Vogel vom Wind getragen werden. Die Sekunden vergingen und der Boden kam näher und näher. Tessa saugte das Hochgefühl ihres Tandemsprungs mit Micah tief in sich auf. Niemals zuvor in ihrem Leben hatte sie sich so ungehemmt gefühlt. Adrenalin pumpte durch ihren Körper, als Micah schließlich die Reißleine betätigte und der Fallschirm sich öffnete. Mit gekonnten Handgriffen begann er, sie zu einem sicheren Landeplatz zu steuern.

Ihr Erstaunen über dieses Erlebnis hörte auch nicht auf, als sie in einer Höhe, die ihr eigentlich Angst bereiten sollte, es aber nicht tat, durch die Luft schwebten. Noch immer war sie fest an Micah geschnallt, während sie sich der Erde näherten, und sie fühlte sich … sicher.

Als sie bereit zur Landung waren, zog sie ihre Beine ein. Micah setzte mit den Füßen zuerst auf und brachte sie zu einem sanften Halt.

Mit nur wenigen Handgriffen gelang es ihm, erst sich und dann Tessa aus den Fallschirmgurten zu befreien. Tessa zog ihren Helm ab, drehte sich zu ihm um und entdeckte ein breites Grinsen auf seinem Gesicht.

Der gesamte Sprung hatte nicht mehr als fünf Minuten gedauert, doch diese Erfahrung war eine der besten, die sie je in ihrem Leben gemacht hatte.

»Oh mein Gott! Das war fantastisch!«, schrie sie ihn an, nicht dazu in der Lage, ihre Emotionen im Zaum zu halten.

»Hattest du Angst?«, fragte er in Gebärdensprache, um dann seinen eigenen Helm abzunehmen und den Reißverschluss seines Overalls bis zur Hüfte zu öffnen.

»Schreckliche Angst«, antwortete sie. »Doch als wir uns im freien Fall befanden, ging es mir gut.«

»Beim ersten Mal ist es ganz normal, Angst zu haben«, sagte er.

»Kann ich lernen, alleine zu springen?«, fragte sie aufgeregt.

»Wir werden sehen«, entgegnete er und sein Lächeln verwandelte sich in einen nachdenklichen Blick. »Mir hat die Position hinter dir eigentlich ganz gut gefallen.«

Sie grinste bei seinem zweideutigen Kommentar und sah, wie ein Geländewagen auf sie zukam. Zwei Männer stiegen aus und begannen, den Fallschirm einzurollen, den Micah sich bereits abgestreift hatte.

Tessa wollte ihm danken, doch wie sollte sie einem Mann dafür danken, dass er ihr im wahrsten Sinn des Wortes ihr Leben zurückgegeben hatte? Micah hatte sie trotz ihrer Gehörlosigkeit nie anders behandelt. Er provozierte sie, er forderte sie heraus, doch er sah die Tatsache, dass sie nicht hören konnte, nicht als eine Behinderung an. Dies war das erste Mal, dass überhaupt irgendjemand sie genauso behandelt hatte, als wäre sie ein ganz normaler, hörender Mensch.

Sobald er sich seine Schutzkleidung ausgezogen hatte, warf sie sich ihm in die Arme und drückte ihn an sich. Er schlang seine Arme um sie, als würde er jedes Gefühl verstehen, das sie nicht auszudrücken vermochte, und hielt sie so fest, dass sie sich wünschte, er würde sie niemals mehr loslassen.

Einige Stunden später stand Tessa unter der Dusche und ließ das warme Wasser über ihren Körper laufen. Sie war froh, dass sie sich endlich die Strapazen des Tages abwaschen konnte. Nach dem Morgenlauf, einem Training in der Eishalle und ihrem anschließenden Fallschirmsprung mit Micah roch sie nicht gerade angenehm. Sobald sie durch die Tür von Randis altem Haus getreten waren, hatte sie sich ins Badezimmer begeben, um zu duschen. Sie blieb länger als nötig, denn das Wasser fühlte sich so gut an. Völlig in ihre eigenen Gedanken versunken erschrak sie, als Micah die Tür zur Duschkabine öffnete und eintrat, als würde das Haus ihm gehören, was ja nun tatsächlich der Fall war.

In der Dusche war es eng, doch das kümmerte Tessa nicht. Sie trat zur Seite und gab Micah Gelegenheit, sich zu waschen. Sie war schon zufrieden, ihm dabei zuzusehen, wie er seinen perfekt trainierten Körper einseifte. Als er damit fertig war, legte er einen Arm um sie und zog sie zu sich heran. Tessa schlang als Antwort ihre Arme um seinen Hals.

»Mir wird nie langweilig, dich nackt anzusehen«, gab sie zu und schaute zu seinem schönen Gesicht auf, über das die Wassertropfen von seinem nassen Haar liefen.

Er sagte nichts. Stattdessen senkte er seinen Mund auf ihren und küsste sie so leidenschaftlich, dass jeder auch nur halbwegs vernünftige Gedanke sofort aus ihrem Kopf verschwand.

Sie spürte lediglich die Hitze von Micahs Mund und das Verlangen, das in ihrer Seele aufloderte, als sie mit seiner rohen Lust in Verbindung kam.

»Ich bekomme nie genug davon, dich zu berühren«, antwortete er. Er löste die Umarmung und umfasste ihre nassen, wohlgeformten Brüste mit seinen Händen.

»Dann berühre mich«, bat sie.

Sie legte den Kopf zur Seite und gab ihm Gelegenheit, die Haut an ihrem Hals zu erkunden. Dabei folgte sie ganz seiner Richtung und ließ ihn so viel von sich nehmen, wie er wollte.

Tessa wusste, dass sie süchtig nach Micah wurde, doch dieses Gefühl war so betörend, dass sie sich weigerte, es aufzugeben. Ihre Hände wanderten über seinen muskulösen Oberkörper und stoppten in ihrer Abwärtsbewegung nicht eher, bis sie seinen erigierten Schwanz umgreifen konnte. »Ich will das hier«, sagte sie bestimmt und sank in der engen Duschkabine langsam auf die Knie.

Für gewöhnlich protestierte er jedes Mal, wenn sie ihn kosten wollte, und schob sie sanft zur Seite, um sich seinerseits tief in ihr zu vergraben. Dieses Mal jedoch beschleunigte ihr Herzschlag, als er mit seinen Händen durch ihr Haar fuhr und sie das tun ließ, was sie schon so lange hatte tun wollen: seinen Schwanz in den Mund nehmen und seinen Geschmack aufsaugen.

Sie kostete und leckte und ließ ihre Zunge mit verzweifelter Hingabe über seine empfindliche Spitze gleiten. Sie wollte ihm unbedingt zeigen, wie viel Lust er ihr in den vergangenen Tagen bereitet hatte.

Micahs Hände krallten sich beinahe schon schmerzhaft fest in ihr Haar. Als sie aufsah, erkannte sie, dass sein Kopf zurückgelegt war und an der Duschwand ruhte. Er sah so aus, als könne er sich kaum noch unter Kontrolle halten.

Sie erhöhte das Tempo, lutschte seinen Schwanz härter und nahm nun auch ihre Hand zur Hilfe, um die Reibung zu verstärken und dieses Erlebnis noch lustvoller für ihn zu gestalten.

Tessa schloss die Augen. Sie war mehr als bereit dazu, ihn zum ersten Mal mit ihrem Mund zum Orgasmus zu bringen. Doch plötzlich wurde sie unterbrochen, denn Micah zog sich von ihr zurück, indem er ihren Kopf von sich schob und ihn gleichzeitig gerade so viel anhob, dass sie ihm ins Gesicht blicken konnte.

»Steh auf!« Sie konnte die Aufforderung von seinen Lippen lesen, als er sie fest an den Oberarmen packte und ihr auf die Füße half.

Sie keuchte, während das warme Wasser ihr auf den Rücken prasselte und sie ihn ängstlich ansah: »Was ist passiert? Ich dachte, du magst –«

»Ich mag es viel zu sehr«, antwortete er und öffnete die Tür der Duschkabine mit einer Hand. »Ich kann meinen Schwanz nicht länger in deinem wunderschönen Mund lassen.«

Er bedeutete ihr, die Dusche zu verlassen. Widerwillig trat sie hinaus und stellte sich auf den weichen Badezimmerteppich, der vor der Duschkabine ausgebreitet lag. Als sie nach dem Handtuch griff, das sie für sich herausgelegt hatte, trat Micah hinter sie und schlang seine kräftigen Arme um ihre Taille, bevor sie Gelegenheit hatte, es zu erreichen.

Sie blickte in den großen Spiegel über dem Waschtisch und sah darin deutlich sein Gesicht. Als sie das Verlangen in seinen Augen bemerkte, wurde ihre Muschi von einer Welle heißer, feuchter Lust durchflutet. Seine Augen waren dunkel, gefüllt mit einer Erregung, die in ihrer Seele widerhallte. Für einen kurzen Moment trafen sich ihre Blicke im Spiegel und beide kommunizierten miteinander, ohne ein einziges Wort zu sagen.

Endlich kam Micah wieder zu sich. Er trat einen Schritt nach vorn, spreizte mithilfe seiner Füße ihre Beine und presste ihren Rücken hinunter. Sein wildes Verlangen war ansteckend. Tessa zögerte keine Sekunde, beugte sich vornüber und legte ihre Handflächen auf den Waschtisch. Sie wollte ihn nur noch in sich spüren.

Ihr Kopf sank nach unten und sie bog ihren Rücken durch, als sie bemerkte, wie seine Finger zwischen ihre Schenkel glitten. »Bitte, lass mich nicht warten«, keuchte sie, denn sie wusste, dass sie seinem Vorspiel nicht standhalten würde.

Als er an ihrem nassen Haar zog, hob sie den Kopf an, weil sie instinktiv ahnte, dass er ihr etwas mitteilen wollte.

»Genau das hier habe ich tun wollen, seit ich dich im Badezimmer des Gästehauses gesehen habe. Ich wollte dich nach vorn beugen und dich genau dort in diesem Badezimmer vögeln, bis der Schmerz, dich haben zu wollen, vergeht.« Ihre Muschi zog sich zusammen, als sie seine Worte in seiner *Stimme* in ihrem Kopf hörte, ein tiefer, heiserer Klang, den sie sich problemlos vorstellen konnte.

Es war schwer zu begreifen, dass jemand wie Micah von sofortiger Lust überkommen gewesen war, wo sie zu jenem Zeitpunkt nicht mehr als nur die Putzfrau für die Gästehäuser der Sinclairs gewesen war. Sie hatte ihre ältesten Klamotten getragen und war durch einen Schneesturm gefahren, um ihre Arbeit anzutreten. Sie glaubte nicht, dass sie einen verführerischen Anblick geboten hatte, doch sie glaubte *ihm*. Und schon damals hatte auch sie ihn begehrt. Doch sie hatte zumindest seinen nackten Körper angestarrt, weil er gerade aus der Dusche getreten war. Dass sie ihn attraktiv fand, machte Sinn. Dass er sie begehrte jedoch … nicht wirklich.

»Dann tu es jetzt«, bettelte Tessa und blickte in seine hungrigen Augen. »Tu es!«

»Das habe ich vor«, sagte er. Jeder Muskel in seinem Kiefer zuckte vor Anspannung. »Es fühlt sich an, als würde eine lange gehegte Fantasie endlich Wirklichkeit werden.«

Seine Finger berührten ihre Klitoris und drangen mit einer Selbstverständlichkeit in ihre feuchte Muschi ein, als würde sie ihm gehören. Sie stöhnte auf und ließ ihren Kopf wieder hinabfallen. Selbst wenn sie wollte, war sie nicht dazu fähig, irgendetwas zu sagen, als sie endlich spürte, wie die Spitze seines Schwanzes ihre Muschi berührte.

Ungeduldig drückte sie ihre Hüften zurück und Micah schob sich vollständig in sie hinein. Tessa wimmerte vor Ekstase.

»Ja«, schrie sie leise und ihr gesamter Körper zitterte vor Verlangen.

Er ergriff ihre beiden Hüften und begann, schnell in sie hineinzustoßen. Es dauerte nicht lange, bis Tessa seinen Rhythmus gefunden hatte und ihm bei jeder seiner harten Stöße entgegenkam.

Micah vögelte genau so, wie er sein Leben lebte: schnell, wild und wie eine unaufhaltsame Naturgewalt.

Doch es war auch nicht so, als würde Tessa *wollen*, dass er aufhörte. Sie liebte es, dass Micah solch eine Reaktion auf sie zeigte, als wäre sie das Einzige auf der Welt, das er wollte und brauchte. Diese Intensität machte das Zusammensein mit ihm so roh, so unglaublich wild,

dass sie sich in der ungestümen erotischen Reaktion verlor, die ihr
Körper auf Micahs Willen, sie zum Orgasmus zu bringen, zeigte.

Ihr Höhepunkt ließ nicht lange auf sich warten. Er überrollte sie
in dem Moment, als Micah ihre Knospe fand und sie mit seinen
Fingern stimulierte, während er weiter von hinten in sie hineinstieß.

»Oh Gott, Micah!«, entfuhr es ihr, als ihre Muskeln sich fest um
seinen Schwanz zusammenzogen.

Er fasste sie grob an den Hüften und versorgte sie mit einigen
weiteren, harten Stößen, bis er selbst zum Orgasmus kam und seinen
Samen in sie ergoss.

Mit zitterndem Körper hob Tessa den Kopf, um ihn zu beobachten.
Sein Kopf war leicht zurückgebeugt, die großen Muskeln in seinem
Hals zuckten und sein Gesicht war verzerrt, als er seinen Mund
öffnete und ihm ein tiefes, triumphales Stöhnen entfuhr.

In dem Moment wünschte sie sich, dass sie ihn auf dem Höhepunkt
seiner Lust hören könnte, doch sie befriedigte sich damit zu sehen,
wie sein großer, wunderbarer Körper erzitterte, und wusste, dass er
die gleichen überwältigenden Gefühle erlebte, wie sie es getan hatte.

Es dauerte nur wenige Augenblicke, da hatte er sie schon in die
Arme genommen. Ihr erschöpfter, kraftloser Körper lehnte an Micah,
der sie hochhob und auf den Waschtisch setzte, um ihren Kopf an
seine Schulter zu lehnen. Tessa seufzte, als er mit seiner Hand
beruhigend über ihren Rücken streichelte, und sie schlang ihrerseits
die Arme um seinen Hals, um sich ganz seinen Zärtlichkeiten
hinzugeben.

Als sie spürte, wie Micahs Brust sich gegen sie gepresst hob
und senkte, gelang es auch ihr, Körper und Geist zu entspannen.
Langsam, ganz langsam kamen sie beide wieder zu Atem.

Es fühlt sich an wie die Ruhe nach einem Sturm.

Auch wenn Tessa überlebt hatte, so war ihr doch erst jetzt bewusst
geworden, dass sie erst angefangen hatte zu leben, als sie Micah
begegnet war, als er begonnen hatte, sie dazu anzutreiben, nach den
Sternen zu greifen. Bis vor Kurzem war sie zwar durch ihr Leben
geschlendert, doch den Großteil ihres Daseins als Erwachsene war sie
nicht wirklich glücklich gewesen. Vielleicht hatten ihre Ambitionen

sie aufgefressen, als sie noch jünger gewesen war und regelmäßig für Wettbewerbe auf dem Eis gestanden hatte. Doch irgendwo auf diesem Weg hatte sie sich selbst verloren und damit auch ihre Lebensziele. Sicher, ihr Leben hatte sich unumstößlich verändert, doch sie hatte es zugelassen, dass andere Menschen ihr ihre Grenzen aufzeigten und ihr mitteilten, was sie tun und nicht tun konnte, weil sie gehörlos war.

Jetzt endlich verstand sie, dass ihre Möglichkeiten beinahe unbegrenzt waren, es sei denn, sie wollte sich diese Grenzen selbst setzen. Selbstverständlich würde es immer Dinge geben, zu denen sie nicht fähig sein würde, doch das war vermutlich etwas, dem sich alle Menschen aus den verschiedensten Gründen früher oder später stellen mussten.

Hatte ihr unerwarteter Kampf gegen die Hirnhautentzündung sie nicht gelehrt, dass das Leben sich schlagartig verändern konnte und zu kurz war, um Dinge aus Angst auf die lange Bank zu schieben? Vielleicht hatte sie es damals noch nicht begriffen, doch jetzt sah sie alles so viel klarer.

Sie hielt Micah noch ein wenig fester, denn sie wusste, dass der Tag kommen würde, an dem sie ihn würde gehen lassen müssen. Sie würde jedoch nicht bereuen, was zwischen ihnen beiden passiert war. Niemals. Der Schmerz des Loslassens würde niemals das Zusammensein mit ihm aufwiegen, auch wenn es nur eine kurze Zeit angedauert hatte.

Als sie sich endlich voneinander entwirrt hatten, sah sie in seinem Gesicht einen plötzlichen Anflug von Sorge.

»Was ist?«, fragte sie und berührte ihn am Arm.

»Tessa, ich habe kein Kondom benutzt. Ich habe das verdammte Kondom vergessen!« Micah fuhr sich nervös mit den Händen durch sein nasses Haar.

Sie erschrak, denn auf einmal erkannte sie, dass sie in ihrer Erregung und Lust überhaupt nicht daran gedacht hatten, sich zu schützen. Micah war sauer auf sich selbst, was sie verstehen konnte, doch sie konnte ihn beruhigen.

Sie fasste ihn fester am Arm und sagte: »Nachdem ich mit Rick zusammen war, habe ich mich untersuchen lassen. Ich habe keinerlei Krankheiten. Bevor ich die Hirnhautentzündung bekommen habe, wurde mir die Spirale eingesetzt. Ich hatte gedacht, ich würde heiraten, und ich hatte nicht vorgehabt, so bald schon eine Familie zu gründen.« Jetzt, da sie darüber nachdachte, war sie sich nicht einmal sicher, dass Rick überhaupt Kinder haben wollte. Dieses langfristige Verhütungsmittel war seine Idee gewesen. »Ich habe sie nie entfernen lassen. Ich werde nicht schwanger werden. Vertrau mir. Ich werde dich nicht in die Falle laufen lassen«, sagte sie leise und hoffte, es würde ihn aufmuntern.

Micah fasste sie bei den Schultern und sah ihr tief in die Augen. »Du glaubst, dass ich mir darum Sorgen gemacht habe? Ich will –« Er hörte mitten im Satz auf zu sprechen und begann dann von vorn. »Ich will, dass du mir vertraust, Tessa. Ich habe noch nie *kein* Kondom benutzt und du weißt, dass ich schon länger mit niemandem mehr geschlafen habe, aber so was passiert mir einfach nicht. Ich *vergesse* nicht einfach, ein Kondom zu benutzen. Das war absolut dämlich von mir! Ich bin gesund, aber was, wenn ich es nicht wäre? Verdammt, Tessa! Traue niemals einem Kerl, der dich unter Druck setzt, ungeschützten Sex mit ihm zu haben!«

Endlich wurde ihr klar, was er ihr mit dieser komplizierten Erklärung mitteilen wollte. Sie lächelte und drückte ihn fest an sich. »Du sagst also, ich sollte dir nicht vertrauen? Du bist der einzige Mann, mit dem ich im Moment schlafe.«

»Nein. Das war nicht, was ich sagen wollte. Ich habe allgemein gesprochen.«

Sie rieb ihre Brüste gegen seinen Oberkörper. »Ich spreche da eher im Speziellen«, antwortete sie. »Wenn ich nur mit dir schlafe, wir beide gesund sind und ich verhüte, kann ich dir dann vertrauen?«

»Du kannst mir absolut vertrauen. Denkst du wirklich, dass ich bei irgendeiner anderen Frau eine Erektion bekommen würde? Mein Schwanz ist vollkommen auf dich fixiert.«

»Dann vertrau mir und versuche es noch einmal. Ich würde gern zu Ende bringen, was ich in der Dusche angefangen habe.«

Ihr Herz raste, als sie sein gequältes Gesicht sah. Sie verstand, was er meinte. Sie sollte nicht auf die Tatsache vertrauen, dass ein Mann ihr immer die Wahrheit sagte. Sie spürte seinen schweren Atem an ihrer Wange, als sie sich ihm näherte und fragte: »Vertraust du mir?«

»Dir vertraue ich. Anderen Männern … nein, denen vertraue ich auf gar keinen Fall.«

»Ich bin gerade mit keinen anderen Männern zusammen.«

»Gott sei Dank! Und das wirst du auch niemals sein, insofern ist diese Diskussion sowieso überflüssig.«

Er verschloss ihren Mund so schnell mit einem Kuss, dass sie ihn nicht fragen konnte, was er damit gemeint hatte. Sie vergaß diesen Gedanken aber schnell wieder, denn Micahs sinnlicher Überfall ließ sie in erneute Lust einsinken, in der außer ihnen beiden nichts anderes existierte.

Kapitel 12

Später am selben Abend betrat Julian den *Shamrock's Pub*. Er hatte diesen Ort aus der Not heraus aufgesucht, nicht weil er unbedingt Lust auf ein Bier verspürt hatte. Schnell ließ er sich auf einen wackligen Stuhl an einem der Fenster nieder und öffnete den abgewetzten Vorhang, um einen Blick auf die Main Street zu werfen. Er hoffte sehr, dass er die Fangruppe, die ihm hinterhergelaufen war, endlich abgeschüttelt hatte.

Als er sah, dass ihm niemand gefolgt war, lehnte er sich auf seinem Stuhl zurück, nahm seine Baseballkappe und Sonnenbrille ab und warf beides auf den Tisch.

»Ist die Polizei hinter dir her?«, hörte er eine sarkastisch süße Stimme, die aus Richtung der Bar kam.

Er blickte auf und sah, dass Kristin hinter dem Tresen stand … wieder einmal. Arbeitete außer ihr jemals irgendjemand anderes hier? Sie hatte doch bereits eine Vollzeitstelle in Sarahs Praxis. Warum war sie immer hier?

»Im Moment nicht. Aber man kann nie wissen«, gab er halbherzig zurück. Er war an diesem Abend nicht in der Stimmung, sich einen verbalen Schlagabtausch mit der scharfzüngigen Rothaarigen zu liefern.

Ich würde sie lieber vögeln, damit sie aufhört zu reden und anfängt zu schreien.

Sein Schwanz war durch ihren bloßen Anblick bereits steif geworden. Kristin verkörperte den Typ Frau, den er attraktiv fand. Im Gegensatz zu den meisten Typen in Hollywood stand Julian nicht auf magere Models. Ihm gefielen Frauen, die gern aßen, denn er war ein großer Mann. Sein Traum war eine kurvenreiche Frau, die etwas auf den Rippen hatte und einen Hintern, an dem er sich festhalten konnte, während er in ihren Körper hineinstieß.

Leider war es so, dass genau die Frau, die ihn in seinen feuchten Träumen verfolgte, ihn in der Realität offensichtlich nicht ausstehen konnte. Vielleicht war das der Grund, warum er sie so sehr begehrte. Kristin war nicht nur schön, ebenso wenig fiel sie bei seinem Anblick auf die Knie und betete ihn an. Es wäre wahrscheinlicher, dass sie ihm ein Knie in die Eier rammen und ihn unter Schmerzen zurücklassen würde. Vielleicht war er ein Masochist, aber irgendwie gefiel ihm dieser Charakterzug an ihr.

»Wen suchst du?«, fragte sie neugierig.

»Meinen Fanclub«, antwortete er bedrückt. »Kann ich ein Bier bekommen? Und keine Milch bitte. Ich habe bereits gegessen.«

Er sah ihr dabei zu, wie sie ein geeistes Glas nahm, ihm eines der Fassbiere zapfte und es ihm an den Tisch brachte. Wenn es um Bier ging, war er nicht wählerisch. Und an der hellen Farbe der Flüssigkeit in seinem Glas konnte er erkennen, dass es sich nicht um ein dunkles, bitteres Stout handelte, das einzige Bier, das er wirklich ganz und gar nicht mochte.

Sie legte eine Serviette auf den Tisch und stellte das Glas darauf ab.

»Du siehst besser aus«, sagte sie und streckte ihre Hand aus, um sein Gesicht in ihre Richtung zu drehen.

»Meine Wunden heilen schnell«, antwortete er tonlos und ließ sich von ihr die verblassten Kratzer und Schrammen begutachten. Ihre Berührung war unpersönlich, jedoch leicht und sanft, weswegen er ihr alle Zeit der Welt gab, ihn zu betrachten.

Leider wurde er enttäuscht, denn sie zog ihre Hand beinahe sofort wieder zurück. »Nicht viel los heute Abend?«

Bis auf ihn war die Kneipe leer. Er schien der einzige Gast zu sein. Sie zuckte mit den Schultern und verschränkte die Arme vor der Brust. »Es ist schon spät und der Labor Day ist bereits vorüber. In der Nebensaison wird es ruhig in der Stadt. Du hast den Massenandrang verpasst. Vor einigen Stunden waren sechs oder sieben Gäste auf einmal hier«, teilte sie ihm sarkastisch mit.

Julian grinste. Es amüsierte ihn, dass sie diese Kommentare machen konnte, ohne dabei auch nur eine Miene zu verziehen.

Er deutete auf den Stuhl, der ihm gegenüberstand. »Dann setz dich. Trink ein Bier mit mir.«

»Ich mische mich nicht unter die Gäste.«

»Blödsinn! Du kennst vermutlich den Großteil der Menschen, die in dieser Stadt leben.«

»Gut. Vielleicht will ich dann einfach nicht mit *dir* sprechen«, gab sie schnippisch zurück.

Er schüttelte den Kopf. »Das ist es nicht. Der Grund besteht darin, dass ich dich beim letzten Mal geküsst habe und du dich jetzt unwohl fühlst.«

»Da liegst du daneben«, widersprach sie ihm.

»Der Kuss war übrigens überwältigend«, sagte er affektiert.

»So gut war er nun auch wieder nicht. Ich habe schon bessere Küsse gehabt«, protestierte sie. »Und wenn du doch einen Fanclub hast, warum küsst du mich dann überhaupt?«

»Weil ich niemanden aus meinem Fanclub küssen wollte«, sagte er und sah ihr in die Augen. »Ich wollte *dich* küssen.«

Er beobachtete amüsiert, wie sie den Mund öffnete, um etwas zu sagen, und ihn dann wieder schloss. Es war das erste Mal, dass sie den Eindruck machte, etwas aufgeregt zu sein.

Sie runzelte die Stirn und sah ihn fragend an. »Warum? Die Frauen liegen dir doch reihenweise zu Füßen.«

»Aber nicht die richtigen Frauen.« Er nahm einen Schluck von seinem Bier und bedeutete ihr noch einmal, sich zu setzen.

Kristin drehte sich so heftig um, dass ihr Pferdeschwanz herumwirbelte. Sie ging zurück zur Bar, wo sie eine Dose Cola Light aus dem Kühlschrank nahm, ging wieder zu Julians Tisch und setzte sich auf den Platz ihm gegenüber. »Ich leiste dir keine Gesellschaft. Meine Füße tun weh.« Sie öffnete ihr Getränk und nahm einen großen Schluck. »Davon abgesehen bin ich mit dem Putzen schon fertig und kann nicht abschließen, bis du entweder gegangen bist oder die Sperrstunde beginnt.« Sie zögerte, bevor sie fragte: »Wirst du in der Stadt wirklich belästigt? Die meisten Menschen hier haben sich an den Anblick der Sinclair-Brüder gewöhnt und du und deine Geschwister wart doch schon einige Male hier. Normalerweise kümmern wir Amesporter uns um unsere eigenen Angelegenheiten.«

»Für gewöhnlich hat niemand von uns Probleme hier. Doch diese Mädchen sehen alle noch sehr jung aus«, gab er angewidert zu.

»Wie jung denn?«

Er zuckte mit den Schultern. »Vermutlich gerade einmal alt genug, um Alkohol zu trinken.«

»Und du bist so alt?«, fragte Kristin spöttisch und nahm seine Sonnenbrille in die Hand. »Ich muss dir ganz ehrlich sagen, wenn du nachts eine Sonnenbrille trägst, ist das ein klares Zeichen dafür, dass du dich vor jemandem versteckst.« Sie schüttelte betroffen den Kopf und besah sich seine Baseballkappe. »Und seit wann bist du Fan der Patriots? Du lebst in Kalifornien.«

Er riss Kristin die Mütze aus der Hand. »Ich habe sie nicht erst gestern gekauft. Ich bin an der Ostküste aufgewachsen. Ich mag die Mannschaften aus Kalifornien nicht. Ich war schon immer ein Patriots-Fan.«

Sie warf ihm einen zweifelnden Blick zu. »Meinetwegen. Aber an deiner Stelle würde ich nachts definitiv die Sonnenbrille abnehmen.«

Julian hatte so lange versucht, nicht aufzufallen, dass er überhaupt nicht darüber nachgedacht hatte, die Brille nachts zu tragen. Wenn er das Haus nach Sonnenuntergang verließ, war es normalerweise für eine Veranstaltung, die mit seiner Arbeit zu tun hatte, und dort spielte es keine Rolle, ob ihn jemand erkannte. »Ich werde darüber nachdenken.«

»Nervt es dich nicht manchmal? Das Berühmtsein, meine ich. Es muss ziemlich anstrengend sein, nirgendwo hingehen zu können, ohne von Leibwächtern umringt zu sein.« Sie nahm noch einen Schluck von ihrer Cola und sah ihn fragend an.

Es fing sehr schnell an, lästig zu werden, doch Julian hatte sich bereits am Anfang damit abgefunden. Er war nicht Schauspieler geworden, weil er ein ruhmreicher Star sein wollte. Er war Schauspieler, weil er Filme liebte und eine gute Geschichte erzählen wollte. »Es ist Teil meiner Arbeit. Auch wenn es etwas ist, das ich hasse, so gibt es doch in jedem Beruf Dinge, die für die Menschen, die ihn ausführen, unangenehm sind. Wenn du erfolgreich bist, dann hast du keine andere Wahl als zu lernen, damit umzugehen.«

Sie sah überrascht aus. »Es gefällt dir also wirklich nicht, wenn die Frauen dir hinterher geifern?«

Er lehnte sich nach vorn und stützte die Ellbogen auf. »Das würde ich so nicht sagen. Wenn *du* mir hinterher geifern wolltest, würde ich nicht davonlaufen«, sagte er mit tiefer, heiserer Stimme. »Oh, wie ich es lieben würde, von dir eingefangen zu werden!«

Kristin rollte mit den Augen und schnaubte. »Träum weiter, Superstar! Es hat mir nie besonders gut gefallen, Teil einer riesigen Menge von Groupies zu sein.«

Er grinste sie an und genoss es, ihr dabei zuzusehen, wie sie sich herauszureden versuchte. Julian mochte Kristin wirklich. Das hatte er schon immer. Sie sagte frei heraus ihre Meinung und betete mit absoluter Sicherheit keine Berühmtheiten an. Er war sich sogar ziemlich sicher, dass es ihr vollkommen egal war, ob er berühmt war oder nicht.

»Gefallen dir meine Filme?«, fragte er neugierig.

Einen Moment lang sagte sie nichts, dann antwortete sie: »Ich habe nur deinen ersten Film gesehen. Aber ja, gefallen hat er mir schon. Du hast die Nominierung für diesen Film verdient. Du bist ein herausragender Schauspieler und hast der Figur Leben eingehaucht. Dank dir wirkte der Film so … echt. Die anderen kenne ich nicht.«

»Den neuesten brauchst du dir nicht anzusehen«, warnte er sie. »Aber der zweite könnte dir gefallen.«

»Ich hatte noch keine Gelegenheit, ihn mir anzuschauen. Was stimmt denn mit dem neuesten Film nicht?«

»Nicht genug Herz«, antwortete er stoisch. »Wenn die Leute Spezialeffekte sehen wollen, ist das kein Problem. Aber der Film besitzt einfach nicht genügend emotionale Substanz.«

»Und das stört dich? Es wurde ein riesiger Wirbel darum veranstaltet.«

»Und genau das könnte das Problem sein. Sie haben zu viel Geld für die glitzernde Fassade ausgegeben und nicht genügend in ein mutiges Drehbuch investiert.« Als er sich dazu entschlossen hatte, bei dem Film mitzuspielen, hatte er gehofft, dass er während des Drehs noch verändert werden würde. Doch das Ergebnis unterschied sich dann doch nicht sehr vom Drehbuch, in dem sich alles nur um Beleuchtung, Stunts und Geräuscheffekte drehte.

»Warum hast du in dem Film mitgespielt, wenn du die Geschichte nicht mochtest?«, fragte Kristin.

»Vielleicht hatte ich gehofft, dass der Film anders werden würde. Wir hatten ein sehr großes Budget zur Verfügung, doch der Großteil des Geldes wurde für Spezialeffekte ausgegeben. Versteh mich bitte nicht falsch, es ist ein kurzweiliger Film. Es geht pausenlos zur Sache, aber die Handlung wird niemanden hier berühren.« Er legte eine Hand auf sein Herz.

»Vielleicht ist das manchmal auch in Ordnung. Die Menschen gehen ins Kino, um ihrem echten Leben oder gewissen Situationen zu entfliehen. Ich weiß genau, dass der Film einigen Menschen gut gefallen wird. Es ist wichtig, einige Stunden Spaß auf einer großen Leinwand anschauen zu können. Das ist Flucht vor der Wirklichkeit.« Kristin war es ernst.

Julian sah ihr prüfend ins Gesicht und stellte fest, dass sie tatsächlich ehrlich zu ihm war. Er fing an, sich zu fragen, ob sie nicht vielleicht Recht hatte. Er hatte es genossen, einmal etwas anderes zu machen. Auch wenn er diesen Film nicht als etwas sah, das Menschen auf einer tiefen Ebene berühren würde, so war es vielleicht auch nicht *immer* notwendig, das zu tun. »Du denkst also, dass es okay ist, sich ab und an nur unterhalten zu lassen?«

Sie nickte. »Ja.«

»Unter deinem Sarkasmus bist du ja doch ziemlich einfühlsam, Rotschopf.«

»Ich hasse diesen Namen«, presste sie durch die Zähne hervor.

Julian sah, wie sich eine leichte Kränkung auf ihrem schönen Gesicht breitmachte, und er bereute es sofort, dass er ein normales Gespräch zwischen den beiden kaputt gemacht hatte. »Es tut mir leid, Kristin. Ich habe nur Spaß gemacht. Ich wollte nicht gemein zu dir sein.«

Sie schüttelte den Kommentar ab, doch Julian wusste, dass er einen wunden Punkt getroffen hatte. Er wollte seine Entschuldigung gerade noch weiter ausführen, da sah er seinen Amesporter Fanclub. »Scheiße! Sie sind hier! Wie zum Teufel haben sie mich gefunden?«

Kristin sprang von ihrem Stuhl auf, ergriff seine Hand und zog ihn durch den Schankraum hinter sich her. Sie schob ihn hinter die Bar und bedeutete ihm, sich zu ducken. »Runter!«, zischte sie, als sie ihre Ellbogen auf dem abgewetzten Tresen abstützte.

Julian fühlte sich zwar lächerlich, wie er sich hinter der Bar versteckte, doch heute Abend stand ihm nicht der Sinn danach, sich mit einer Gruppe von hysterischen, jungen Frauen auseinanderzusetzen. Er hatte bereits versucht, vernünftig mit ihnen zu sprechen, doch sie hatten ihm beinahe die Kleider vom Leib gerissen. Sie waren ganz und gar nicht höflich und weit entfernt davon, Vernunft zu zeigen.

»Mädels? Kann ich euch helfen?«, fragte Kristin lässig, als die Gruppe junger Frauen die Kneipe betrat.

»Wir sind auf der Suche nach Julian Sinclair!«, war eine hohe, aufgeregte Stimme zu hören.

Kristin schüttelte den Kopf. »Tut mir leid. Da kann ich euch nicht helfen. In dieser Stadt jagen wir Menschen nicht wie Kaninchen durch die Gegend. Die Sinclairs sind Teil dieser Gemeinde und wir respektieren die gesamte Familie für all die Dinge, die sie geleistet haben, um Amesport zu helfen.«

Dieselbe Frau antwortete überschwänglich: »Oh, wir sind nicht von hier. Wir sind nur hierhergekommen, um Julian zu finden. Wir haben gehört, dass er sich hier aufhält. Wir sind seine größten Fans.«

»Wenn er euch wirklich so wichtig wäre, dann würdet ihr seine Privatsphäre respektieren. Soweit ich weiß hat er hier in Amesport eine Freundin und ich glaube nicht, dass er es sehr schätzen würde, wenn ihr ihm die kostbare Zeit stehlt, die er mit ihr hat.«

Lautes Gemurmel machte sich breit, als die Frauen erfuhren, dass Julian eventuell nicht mehr zu haben sein könnte.

»Wird er sie heiraten?«, fragte eine andere Frau enttäuscht.

Kristin zuckte mit den Schultern. »Könnte schon sein. Schaut mal, Mädels, Julian Sinclair ist ein Mann wie jeder andere auch. Ihr kennt ihn nicht einmal. Vielleicht ist er es ja gar nicht wert, dass ihr euch seinetwegen verrückt macht. Ich persönlich bin ja der Meinung, dass man einen Mann erst kennen muss, um ihn richtig mögen zu können.«

»Aber er ist so scharf!«

»Er ist großartig!«

»Er ist sexy!«

Kristin unterbrach das Trommelfeuer an Komplimenten. »Ich habe gehört, dass er ebenfalls ein richtiges Arschloch sein kann«, erklärte sie den Frauen und rollte bedeutungsvoll mit den Augen. »Egal wie attraktiv er auch ist, das würde niemals einen schlechten Charakterzug ausgleichen.«

»Manchmal geht das«, nörgelte eine der Frauen. »Aber wenn er nicht mehr zu haben ist, dann sollten wir wohl aufgeben. Wir müssen sowieso zurück nach Hause. Unsere Eltern werden sauer sein, dass wir für einige Tage nicht zum College gegangen sind, damit wir nach Amesport fahren konnten.«

»Sie werden sicherlich keine Freudensprünge machen«, sagte Kristin nachdenklich. »Doch je weniger ihr verpasst, umso leichter wird es für euch werden, aus der Sache wieder herauszukommen.«

Die jungen Frauen verließen mit hängenden Köpfen das *Shamrock's*. Nachdem das letzte Mädchen gegangen war, schlenderte Kristin zur Tür, drehte das Schild auf »Geschlossen« und verriegelte die Tür.

Julian erhob sich und sah ihr dabei zu, wie sie zurück zur Bar kam. »Du hast also gehört, dass ich ein Arschloch bin?«, fragte er belustigt. »Und wen genau heirate ich hier in Amesport?«

»Niemanden. Aber du hattest sie loswerden wollen. Das hat funktioniert. Sie fahren jetzt in dem Glauben nach Hause, dass du nicht mehr zu haben bist.«

Julian runzelte die Stirn. »Hat dir wirklich jemand gesagt, ich sei seiner Meinung nach ein Arschloch?«

»Nein. Das habe ich mir nur ausgedacht. Aber ich bin mir sicher, dass irgendjemand es irgendwo schon einmal gesagt hat.«

Er konnte einfach nicht mehr an sich halten und fing an zu lachen. Kristin war so ziemlich die launenhafteste Frau, die er je getroffen hatte, doch ihre Art gefiel ihm. Kein Drumherumreden. Keine Überheblichkeit. Als er sich wieder erholt hatte, sagte er aufrichtig: »Ich schulde dir etwas. Danke!«

»Glaub bloß nicht, dass ich darauf nicht zurückkommen werde!«, warnte sie ihn. »Du bist ja nicht einmal ein Freund.«

Immer noch lächelnd ging er zu seinem Tisch. Er setzte die Sonnenbrille auf den Schirm seiner Baseballkappe und rückte sie sich auf dem Kopf zurecht. »Ich freue mich jetzt schon darauf, wenn du darauf zurückkommst, Kristin! Was immer du willst, es gehört dir. Du warst großartig – abgesehen von dem Teil mit dem Arschloch.«

Er schritt zur Tür, entriegelte sie und stieß sie auf. »Aber mit einer Sache hast du Recht.« Er drehte sich um und sah sie an. Dabei entging ihm nicht, dass sie errötet war.

Sie stemmte die Hände in die Hüften. »Und was ist das?«

Seine Augen wanderten hungrig über ihr feuerrotes Haar, ihre zarte Haut und ihren kurvenreichen Körper, bevor er antwortete: »Ich bin definitiv nur ein Mann.«

Julian hörte keine Antwort und erwartete sie auch nicht. Er trat ins Freie und schloss leise die Tür hinter sich.

Kapitel 13

»**X**ander hat eine Überdosis genommen. Er befindet sich im Krankenhaus«, informierte Julian seinen Bruder Micah, als dieser wieder im Gästehaus ankam.

Micah war an diesem Morgen nur schnell zur Halbinsel gefahren, um einige Sachen zu holen, und war sich sicher, dass er zurück sein würde, bevor Tessa aufwachte. Doch es war offensichtlich, dass dies nun nicht geschehen würde.

Er sah Julian an, der genau wie er leger in Jeans und T-Shirt gekleidet war und dessen gewöhnlicher Humor komplett aus seinem Gesicht verschwunden war.

»Wann? Wie schlimm ist es?« Es war nicht das erste Mal, dass dies geschehen war, doch jedes Mal hoffte Micah, dass es nie mehr vorkommen würde.

»Er wird es überleben, doch er muss für einige Tage im Krankenhaus bleiben. Sie wollen ihn in eine Entzugsklinik überweisen. Sie haben versucht, dich anzurufen, konnten dich aber nicht erreichen. Sie haben mich über meinen Pressesprecher kontaktiert.«

»Verdammt! Ich habe mir gerade erst ein neues Telefon zugelegt und um eine neue Nummer gebeten. Mein altes Telefon hat auf der Klettertour mit Tessa dran glauben müssen. Nicht einmal meine

Mitarbeiter sind im Besitz der neuen Nummer, Tessa ist die Einzige, die sie kennt. Ich hätte in den letzten Jahren wählerischer sein sollen, wenn es darum ging, an wen ich meine Telefonnummer weitergebe. Ich habe Anrufe von Leuten erhalten, an die ich mich nicht einmal erinnern kann.«

»Was hältst du von einem Entzug? Ich könnte mir vorstellen, dass er ihn brauchen wird«, sagte Julian.

Micah holte tief Luft. Er wusste, dass es an der Zeit war, seinen Bruder in eine Reihe von Dingen einzuweihen. »Er hat bereits einen Entzug hinter sich und dies ist nicht das erste Mal, dass er eine Überdosis genommen hat. In der Sekunde, in der ihm die Ärzte erlauben zu gehen, entlässt er sich selbst und weigert sich, mit irgendjemandem über die Möglichkeit zu sprechen, sich Hilfe zu holen. Irgendetwas geht in ihm vor, Julian, aber ich habe keine Ahnung, wie ich zu ihm durchdringen soll«, sagte Micah frustriert.

»Warum hast du mir denn nichts gesagt?«

»Ich wollte, dass du deine Zeit genießen kannst. Diese Momente gehören dir, alles, wofür du in den letzten zehn Jahren so hart gearbeitet hast, passiert jetzt«, antwortete Micah leise.

»Aber Xander ist mein *Bruder*!«, warf Julian ein. »Wenn er in Schwierigkeiten steckt, dann will ich ihm helfen.«

Micah explodierte. »Glaubst du nicht, dass ich genau das versucht habe? Ich bin durchschnittlich einmal pro Woche in Kalifornien, doch ich habe ein Unternehmen, um das ich mich kümmern muss, und Xander tut absolut gar nichts, um sich selbst zu helfen. Er ist abhängig von seinen verschreibungspflichtigen Betäubungsmitteln, den gleichen Medikamenten, die er bekommen hat, um seine Schmerzen erträglich zu machen, nachdem die Morde geschehen waren. Er trinkt hochprozentigen Alkohol direkt aus der Flasche und spült damit die Pillen so lange herunter, bis er bewusstlos wird. Er will keine Hilfe, Julian. Ich habe es schon so oft probiert.«

»Dann muss er es eben noch einmal versuchen oder er wird sterben!«, brüllte Julian.

»Wenn er in eine Entzugsklinik geht, dann ist er innerhalb weniger Tage wieder draußen. Die Ärzte sagen, dass er aus eigenem Antrieb die Sucht überwinden muss. Ich habe keine Ahnung, was mit ihm passiert ist, aber ihn verfolgt weitaus mehr, als er jemals zugegeben hat. Ich weiß, dass er dabei zusehen musste, wie Mom und Dad vor seinen Augen gestorben sind, doch das ist nicht alles. Er ist innerlich wie äußerlich völlig vernarbt.« Micah wandte sich von Julian ab und fing niedergeschlagen an, seine Tasche zu packen. »Ich gehe und werde sehen, was ich tun kann.«

Micah stolperte, als sich vor seinen Augen eine merkwürdige Aura bildete. Automatisch schlug er sich mit der Hand in den Nacken. *Scheiße! Nicht jetzt! Das darf nicht ausgerechnet jetzt passieren!*

Julian stand direkt neben Micah, als dieser plötzlich stockstteif stehen blieb, anstatt in den Flur zu treten.

»Hey, Micah, ist alles in Ordnung? Was ist los? Mann, du bist ja kreidebleich!« Julian legte einen Arm um Micahs Schultern und stützte ihn. »Du wärst beinahe hingefallen.«

»Ich habe Farben gesehen. Ich werde mich ein kleines bisschen hinlegen«, sagte Micah mit belegter Stimme, denn er wusste, ihm würde nicht viel Zeit für eine Erklärung bleiben.

»Sind die Migräneanfälle zurück?«, fragte Julian ängstlich. »Ich dachte, das wäre vorbei. Du hattest doch seit Jahren keine Schübe mehr.«

»Das dachte ich auch«, brummte Micah. »Vor nicht allzu langer Zeit hat es wieder angefangen. Ich bin hierhergekommen, weil der Arzt mir eine Auszeit nahegelegt hat. Meine Mitarbeiter kümmern sich in der Zeit um das Tagesgeschäft.«

»Du ernährst dich nicht gesund, vernachlässigst dich und spielst für unseren kleinen Bruder das Kindermädchen, richtig?«, fragte Julian wütend und schob Micah in Richtung des Schlafzimmers, das sein Bruder im Gästehaus benutzt hatte. »Hast du Tabletten?«

»Ja. Sie helfen ein wenig. Ich werde auf dem Flug nach Kalifornien schlafen.«

Julian folgte ihm. »Du wirst nicht fliegen. Du legst dich jetzt in einen dunklen Raum und ich kümmere mich um Xander. Sieht ganz so aus, als sei ich jetzt mal an der Reihe. Ist es wirklich so schlimm? Sag mir die Wahrheit, Micah!«

»Ja. Es ist wirklich so schlimm. Dies ist seine dritte Überdosis und die meiste Zeit antwortet er nicht auf Nachrichten. Für gewöhnlich muss ich ihn besuchen, um nachzusehen, ob mit ihm alles in Ordnung ist. Normalerweise ist er betrunken und total high. Wir müssen ihn von seiner Bezugsquelle abschneiden. Die Ärzte verschreiben ihm keine Medikamente mehr, aber er schafft es trotzdem, sie sich von irgendwoher zu besorgen.« Micah fiel auf das Bett und ein dumpfer Schmerz begann hinter seinem Auge und schoss dann in die Seite seines Kopfes.

Julian besah sich das kleine Döschen mit den verschreibungspflichtigen Tabletten, das auf Micahs Nachttisch stand, bevor er einige Pillen herausnahm. Er ging ins Badezimmer, füllte ein Glas mit Wasser und kam zurück, um Micah beides zu übergeben.

Danach tätigte er einige Anrufe, um seinen Flug nach Kalifornien zu arrangieren. Als er damit fertig war, sagte er zu Micah: »Mir juckt es in den Fingern, Xander ordentlich in den Hintern zu treten, aber ich will verstehen, warum er es tut. Von uns dreien war er immer der Netteste. Er hat nie viel getrunken und schon gar keine Drogen genommen. Was zum Teufel ist bloß mit ihm passiert?«

»Bring ihn hierher!«, forderte Micah. »Er braucht einen Ortswechsel. Ich habe keine Ahnung, ob er sich darauf einlassen wird, aber du musst es versuchen.«

»Ich werde mehr als nur das tun. Ich werde seinen Hintern hierher schleifen, ob es ihm passt oder nicht.«

»Sei vorsichtig. Er beißt«, warnte Micah ihn. Er wusste, dass Xander alles andere als freundlich gestimmt war.

»Dann beiße ich eben zurück«, knurrte Julian. »Es tut mir leid, Micah, aber ich muss jetzt gehen. Ich weiß, dass es dir schlecht gehen wird. Kann ich sonst noch etwas für dich tun?«

»Sende Tessa bitte eine Nachricht. Ihre Handynummer ist in meinem Telefon gespeichert. Sag ihr, dass ich heute nicht bei ihr sein kann. Vielleicht morgen.« Micah biss bei dem Schmerz, der durch die rechte Seite seines Kopfes fuhr, die Zähne zusammen und versuchte, seine Umgebung weiterhin wahrzunehmen, um noch einige Minuten länger zu funktionieren.

»Ruf mich an, sobald du kannst«, sagte Julian. Dann verließ er das Schlafzimmer und schloss die Tür leise hinter sich.

Micah vergrub seinen Kopf unter dem Kissen. Er konnte sich darauf verlassen, dass Julian sich schon um alles kümmern würde. Als Kinder hatten seine beiden Brüder ihn viele Male mit Migräne erlebt. Julian wusste, dass Micah in einem oder zwei Tagen wieder auf den Beinen sein würde.

Als er sich dem Schmerz endlich ergab, hoffte Micah, dass Julian einen Weg finden würde, um zu Xander durchzudringen, das zu tun, was er selbst nicht geschafft hatte: Xander ein für alle Mal auf den richtigen Weg zu bringen.

Tessa trank gerade ihren Morgenkaffee, da sah sie, dass sie eine Nachricht von Micah erhalten hatte. Aus irgendeinem Grund musste er früh aus dem Haus gegangen sein und war bislang noch nicht zurückgekehrt.

Während sie einen Schluck von ihrem Kaffee nahm, öffnete sie die Nachricht.

Micah: Es ist gerade kein guter Zeitpunkt, um mit dir zusammen zu sein. Vielleicht irgendwann in der Zukunft. Es tut mir leid.

Nachdem sie die Mitteilung dreimal gelesen hatte, wusste sie immer noch nicht, was sie mit dem Inhalt anfangen sollte. Es war offensichtlich, dass er sich entschieden hatte, sich zurückzuziehen, und obwohl sie sich geschworen hatte, dass sie nicht traurig sein würde, wenn er ginge, brach es ihr das Herz.

Ich wusste, dass es nicht für immer sein würde. Ich wusste, dass er irgendwann gehen muss.

Das Geräusch eines abhebenden Flugzeugs war für sie der finale Stich ins Herz. In Amesport wurden lediglich Privatmaschinen abgefertigt und von denen existierten nicht viele in ihrer Stadt.

Eigentlich war es sogar so gewesen, dass der Flughafen so gut wie geschlossen gewesen war, bis Grady Sinclair sich dazu entschieden hatte, seinen Hauptwohnsitz nach Amesport zu verlegen und sein Privatflugzeug mitzubringen. Nach und nach waren alle anderen Brüder hierhergezogen und mit ihnen allen kamen ebenfalls Privatmaschinen.

Die meisten Menschen in Amesport wussten, wenn ein Sinclair ankam oder die Stadt verließ, weil sie so ziemlich die Einzigen waren, die den außerhalb der Stadt gelegenen Flughafen nutzten.

Tessa trank ihren Kaffee aus und versuchte, nicht zu weinen. Sie hielt sich an ihre morgendliche Routine, ging joggen und machte sich dann auf den Weg zur Eishalle. Sie lief ihre Kür zahlreiche Male, doch ihr Herz schmerzte, denn Micah stand dieses Mal nicht an der Bande, um sie anzufeuern oder ihr mit albernen kleinen Gesten, die sie sich für jedes mögliche Szenario ausgedacht hatten, mitzuteilen, dass sie nicht mehr im Takt der Musik lief.

Sie kam erst zum Abendessen wieder nach Hause und das Haus wirkte unheimlich leer. Es war ihre Schuld. Sie hatte zugelassen, dass sie sich an Micahs Anwesenheit gewöhnte, und alles schien düster, weil er nicht hier war, um mit ihr zu lachen, zu sprechen, sie zu berühren und ihr das Gefühl zu geben, als sei sie Teil eines Paares und nicht schrecklich allein und isoliert von allem.

Als sie ein Fertiggericht in die Mikrowelle stellte, bemerkte sie, dass eine weitere Nachricht auf ihrem Telefon erschienen war, doch sie kannte die Nummer nicht.

Hast du heute Morgen meine Nachricht erhalten?

Die einzige Mitteilung, die sie bekommen hatte, war von Micah gewesen und dies war nicht seine Nummer. Vorsichtig antwortete sie.

Wer ist da?

Der Absender benötigte einige Minuten, um ihr zurückzuschreiben.

Julian Sinclair. Ich glaube nicht, dass Micah wollte, dass ich dir irgendetwas sage, aber er hat mich nicht angerufen und ich mache mir etwas Sorgen. Keiner meiner Cousins befindet sich heute auf der Halbinsel und ich brauche jemanden, der nach Micah sieht. Ich nehme an, dass du dich nicht gerade zufällig in dieser Gegend aufhältst?

Micah? Er war immer noch hier?

Wo war *Julian*? Wo war *Micah*? Die beiden schickten sich einige Minuten lang mehrere Nachrichten hin und her, bevor sie die Informationen erhielt, die sie benötigte. Micah lag in Jareds Gästehaus krank im Bett. Julian befand sich in Kalifornien, weil Xander eine Überdosis Drogen genommen hatte. Die Nachricht heute Morgen war eine übereilte Mitteilung von Julian gewesen, die er von Micahs Telefon gesendet hatte. Julian hatte sich ihre Nummer notiert für den Fall, dass er sie brauchen würde, und nutzte sie jetzt, weil keiner seiner Verwandten zu erreichen war.

Micah hatte sie gar nicht verlassen. Es war *Julian* gewesen, der versucht hatte, ihr mitzuteilen, dass Micah mit einer Migräne zu Hause bleiben musste und es heute nicht mehr schaffen würde, sie zu sehen.

Ihre Finger tippten in Windeseile eine erneute Antwort an Julian.

Ich fahre hin. Wie geht es Xander?

Nur einige Augenblicke später erhielt sie seine Nachricht.

X ist stur wie ein Esel, aber es geht ihm soweit ganz gut. Danke der Nachfrage. Micah hat zwar noch nie um Hilfe gebeten, wenn er sie gebraucht hat, doch ich würde mich besser fühlen, wenn jemand bei ihm wäre. Seine Migräne kann ziemlich schlimm werden.

Tessa suchte ihre Sachen zusammen, damit sie so schnell wie möglich zur Halbinsel aufbrechen konnte.

T. A. Scott

Ich bin schon unterwegs. Ich werde mich um Micah kümmern.
Versprochen!

Julian bedankte sich und versprach ihr ebenfalls, dass er ihr
sämtliche Neuigkeiten über Xander mitteilen würde, sobald er sie
erhielt. Sie verstaute ihr Telefon in ihrer Handtasche und verließ
das Haus, um sich in ihrem Kleinwagen auf den Weg zur Halbinsel
zu machen. Weil sie Micah so schnell wie möglich sehen wollte,
trat sie das Gaspedal bis zum Anschlag durch und fuhr sogar noch
schneller als ein Jugendlicher, der gerade seine Führerscheinprüfung
bestanden hatte.

Als sie bei Jareds Gästehaus ankam, war die Tür verschlossen, doch
sie besaß einen Schlüssel und spürte keinerlei Reue, ihn zu benutzen,
obwohl sie gar nicht arbeitete. Weil es bereits dunkel wurde, schaltete
sie im Wohnzimmer und in der Küche das Licht an, um sich besser
zurechtfinden zu können. Sie füllte ein Glas mit kaltem Wasser,
nahm ein kühles Tuch und einige Cracker aus dem Küchenschrank
und schlich langsam zu der Tür, hinter der sich Micahs Schlafzimmer
befand.

Sie kannte das Haus und wusste, welchen Raum Micah als
Schlafzimmer nutzte, wenn er hier zu Besuch war. Sie putzte diese
Häuser und kannte sich in allen Gästehäusern gut aus.

Vorsichtig öffnete Tessa die Tür und sah, wie Micah sich unruhig
im Bett herumwälzte. Sie trat ein, zog die Vorhänge so gut es ging zu
und fühlte sich schuldig, dass sie während des Tages nicht dagewesen
war, um ihm zu helfen. Als das verbliebene Sonnenlicht komplett
ausgeschlossen war, stellte sie die Utensilien, die sie mitgebracht
hatte, auf dem Nachttisch ab, setzte sich auf die Bettkante und legte
sanft ihre Hand auf Micahs Stirn.

Seine Haut war feucht und kühl, sein Körper schweißnass.
Langsam nahm sie das Kissen von seinem Kopf und legte ihm das
kühle Tuch auf die Stirn.

Micah erschrak und knipste die kleine Lampe auf seinem
Nachttisch an.

»Tessa?«, zischte er leise und blickte sie mit roten, verquollenen Augen verwirrt an.

»Ja«, flüsterte sie leise. »Bleib still. Brauchst du noch mehr Tabletten?«

»Ja. Ich konnte nicht aufstehen, um sie selbst zu nehmen. Ich glaube, Julian hat sie im Badezimmer gelassen.«

»Ist dir übel?«

»Nein, nicht mehr.«

Sie stand auf und betrat das kleine Bad. Sie schloss die Tür, bevor sie das Licht anschaltete und seine Tabletten fand. Nachdem sie die korrekte Dosis entnommen hatte, verschloss sie den Behälter und kehrte zu seinem Bett zurück, wo sie ihm dabei half, die Tabletten mit dem Wasser zu nehmen, das sie ihm mitgebracht hatte.

Sie fütterte ihn mit einigen Crackern und holte danach eine Schüssel mit kaltem Wasser, damit sie in regelmäßigen Abständen das Tuch auf seiner Stirn neu anfeuchten konnte. Als sie damit fertig war, zog sie sich die Schuhe aus und legte sich vorsichtig neben ihn.

»Woher wusstest du, was los ist?«, fragte Micah schwach.

»Julian. Er hat sich Sorgen gemacht«, teilte sie ihm flüsternd mit, denn sie wusste, dass ihm laute Geräusche Schmerzen bereiten würden.

»Ich wollte nicht, dass du mich so siehst«, sagte er traurig.

»Ich will für dich da sein, wenn du mich brauchst«, entgegnete sie. »Ruh dich jetzt aus. Ich bin direkt neben dir, falls du irgendetwas benötigst.«

Vorsichtig, um ihn nicht zu berühren, streckte sie den Arm über seinem Körper aus und löschte das Licht der Nachttischlampe wieder. Damit beendete sie jegliches Gespräch, da sie ihn nicht sehen konnte.

Er streckte seinen Arm aus, schlang ihn um ihre Taille und zog sie an sich. Vorsichtig kuschelte sie sich an ihn und legte eine Hand auf seine Brust. Sie war sich nicht sicher, ob er berührt werden wollte.

Doch wie es aussah, wollte er sie spüren und von ihr berührt werden. Er legte seine Hand auf die von Tessa und war – kurz nachdem sie das Licht ausgeschaltet hatte – schon wieder eingeschlafen und deutlich ruhiger.

Kapitel 14

Micah erwachte in einem dunklen Raum ohne jegliche Orientierung. Er konnte sich nicht genau daran erinnern, wo er sich befand, doch die Wärme von Tessas Hand in seiner beruhigte ihn und zwang ihn zum Nachdenken.

Xander.

Die Migräne.

Der verdammte Schmerz.

Dann war Tessa gekommen. Sie hatte sich um ihn gekümmert, das wusste er, doch die Einzelheiten blieben verschwommen.

Nach und nach fiel ihm ein, dass Julian nach Kalifornien geflogen war, weil Xander eine Überdosis genommen hatte. Er war sich nicht sicher, wie oder warum Tessa erfahren hatte, dass er sie brauchte, doch Julian musste diese Information an sie weitergegeben haben. Er war der Einzige, der über alles Bescheid wusste. Als sein Gehirn wieder anfing zu arbeiten, erinnerte er sich dunkel daran, dass Tessa ihm von Julians Nachricht und seiner Sorge um Micah erzählt hatte.

Der unerträgliche Schmerz war weg und hatte nur ein dumpfes Pochen hinterlassen, ein leichtes Unbehagen, von dem Micah bereits wusste, dass es in den kommenden Tagen verschwinden würde. Er drehte sich und sah auf den Radiowecker, dann erkannte er, dass er beinahe vierundzwanzig Stunden lang in einem Dämmerzustand verbracht hatte. Dieses Mal hatte es nicht so lange gedauert wie bei seinem letzten Schub, der ihn für rund zwei Tage außer Gefecht gesetzt hatte.

Es war bereits später Vormittag, doch die Vorhänge vor den großen Fenstern waren sorgfältig geschlossen worden und ließen so gut wie kein Tageslicht herein.

»Micah? Ist alles in Ordnung?« Tessa war mit einem Schlag wach und saß sofort aufrecht im Bett.

Allein von der Sorge in ihrer Stimme, der ehrlichen Angst um seine Gesundheit, begann seine Brust zu schmerzen. Er schaltete das Licht auf dem Nachttisch an, um mit ihr kommunizieren zu können, und richtete sich langsam auf.

Er nahm ihr erschrockenes Gesicht in beide Hände und sagte: »Es geht mir gut. Ruh dich aus, Tessa. Ich kann mir vorstellen, dass du vermutlich nicht viel geschlafen hast.« An der Art und Weise, wie sie reagiert hatte, als er aufgewacht war, konnte er erkennen, dass sie nicht sehr tief geschlafen hatte. Sie trug noch immer ein T-Shirt und ihre Jeans und hatte, während er schlief, ihren Job als sein Schutzengel ausgeübt.

Sie antwortete gähnend: »Ich habe geschlafen. Du warst sofort wie weggetreten, nachdem du deine Tabletten genommen und ein paar Cracker gegessen hattest. Wie fühlst du dich?«

»Besser«, antwortete er verhalten. Er fühlte sich nicht gerade wohl damit, hilflos zu sein und Schmerzen zu haben, wenn jemand ihn dabei beobachtete. »Du hättest nicht herkommen müssen.«

»Das hätte ich vielleicht nicht. Aber ich wollte es«, teilte sie ihm leise mit und legte eine Hand an seine Wange, um über seine Bartstoppeln zu streicheln. »Meine Mutter hat unter Migräneanfällen gelitten. Ich weiß, wie schlimm das sein kann.«

Micah dachte darüber nach, wie sie am letzten Abend vermutlich die Vorhänge geschlossen, die kalten Tücher auf seiner Stirn erneuert und seine Tabletten gefunden hatte. Er hatte seine Migräne immer schon als entmannend empfunden. Diese Erkrankung trat bei Frauen wesentlich häufiger auf als bei Männern und er hatte sich immer gefragt, warum ausgerechnet er darunter leiden musste. Als Jugendlicher hatte er sich wie ein Schwächling gefühlt, wenn er mit allem aufhören musste, weil er dämliche Kopfschmerzen hatte. Weil er die Warnsignale kannte, wussten nur seine engsten Freunde von seinen Anfällen. Die Einzigen, die jemals verstanden hatten, wie schlimm es wirklich für ihn war, waren seine Brüder und Eltern gewesen.

»Dieser Schub hat nicht so lange angehalten wie der letzte. Vielleicht geht die Migräne ja irgendwann ganz weg«, brummte er.

»Ist es das, was passiert ist? Sie war verschwunden und ist jetzt zurückgekommen?«

»Ja. Bis vor etwa einem Jahr hatte ich seit mehr als einem Jahrzehnt keine Migräne mehr gehabt.«

»Nachdem deine Eltern ermordet wurden und Xander schwer verletzt worden ist. Ist das der Grund, warum der Arzt dir geraten hat, von all dem Stress Abstand zu nehmen?«

Micah zuckte mit den Schultern. »Ja, so ungefähr. Er hat gedacht, dass die Migräne vielleicht wegen der Art, wie meine Eltern umgekommen sind, der Situation mit Xander und den Änderungen meiner Lebensweise, seit ich meine eigene Firma habe, zurückgekehrt ist.«

Tessa nickte. »Er hat vermutlich Recht. Meine Mutter hat immer nur Anfälle bekommen, wenn sie unter sehr viel Stress stand. Nach dem Tod meines Vaters traten sie bei ihr sehr häufig auf.«

»Ich kann doch nicht einfach mein Leben aufgeben! Ich bin für eine Weile ausgestiegen, aber ich muss in der Realität leben. Ich liebe meine Firma und ich liebe meinen Bruder«, sagte er ärgerlich.

Tessa ließ sich von seinem feindseligen Gesichtsausdruck nicht aus der Ruhe bringen. Sie wusste, dass Micah auf die Umstände wütend war und nicht auf sie. »Ich weiß, dass du das tust, doch das bedeutet nicht, dass du dich alleine um alle Probleme in deiner Familie kümmern musst. Hat Julian sich bei dir beschwert, dass er dieses Mal nach Xander sehen muss?«

Micah dachte eine Minute lang nach, bevor er antwortete: »Nein. Vielmehr hatte ich den Eindruck, dass er sauer war, weil ich ihm nicht alles erzählt habe.«

»Du hättest es ihm sagen sollen. Ich weiß, wie es sich anfühlt, wenn sich ein Geschwisterteil so sehr für dich aufopfert. Julian verdient es zu wissen, was mit Xander los ist, damit er helfen kann. Vielleicht hätte er sich entschieden, diese Last unter euch aufzuteilen.«

»Das hätte er sicherlich getan. Und genau darin liegt das Problem«, entgegnete Micah stur.

Tessa legte ihre Hand auf seine Schulter. »Es muss kein Problem daraus werden. Wenn du offen über die Situation gesprochen hättest, bin ich mir sicher, dass deine Cousins ebenfalls angeboten hätten zu helfen. Vielleicht muss jemand bei Xander einfach so radikal wie möglich einschreiten und dafür benötigst du jede Hilfe, die du bekommen kannst.«

»Genauso ist es. Und ich denke, dass es vermutlich auch passieren wird. Julian hat geschworen, Xander hierher nach Amesport zu bringen, damit er von den Leuten in Kalifornien loskommt, von denen er seine Medikamente bezieht.«

»Gut. Wir können einen Experten hinzuziehen, der uns helfen kann. Aber jetzt mache ich dir erst einmal Frühstück. Du musst halb verhungert sein.«

Micah sah Tessa mit zusammengekniffenen Augen an. Er wollte die Arme ausstrecken, sie hochnehmen und sich in ihr vergraben, für eine kurze Zeit alles außer ihr vergessen. Sie sah wunderbar verschlafen aus und ihre dichten Locken waren zerzaust und verdammt sexy. Es gab nur eine Sache, die ihn in seinem Vorhaben aufhielt.

»Oh Gott! Ich stinke! Wie hast du es geschafft, mit mir im selben Zimmer zu sein, geschweige denn im selben Bett?« Die Tatsache, dass er seinen eigenen Schweiß riechen konnte, sagte ihm, dass der Gestank schlimmer war als etwas, an das er sich gewöhnen oder das er ignorieren könnte.

Tessa grinste ihn an. »Es ist ja nicht so, als hätte ich deinen Schweiß noch nie gerochen.«

Als Micah an die vielen Male dachte, an denen er mit ihr im Bett gemeinsam ins Schwitzen geraten war, wurde sein Schwanz steif. Das hier jedoch war etwas anderes. »Es ist alter Schweiß und er stinkt.« Wenn er einen Migräneschub bekam, schwitzte er immer ganz fürchterlich, aber er war für gewöhnlich alleine dabei.

»Geh duschen, ich beziehe derweil das Bett neu«, forderte sie ihn auf, während sie aufstand. »Es ist wirklich nicht *so* schlimm. Kommst du alleine zurecht?«

Micah hätte gern entgegnet, dass er nicht alleine zurechtkommen und sie nackt bei sich in der Dusche benötigen würde. Am Ende entschied er sich jedoch, sie seinem Körpergeruch nicht noch länger auszusetzen. »Ja, kein Problem.«

Sie hatte sich bereits daran gemacht, die Bettwäsche zu wechseln, als er das Schlafzimmer verließ. Micahs Brust schmerzte erneut bei dem Gedanken daran, dass Tessa bei ihm geblieben war, obwohl es in keiner Weise angenehm gewesen sein musste.

Er war es nicht gewohnt, dass sich jemand um ihn kümmerte, und er war sich auch nicht sicher, ob es ihm gefiel. Aber dennoch fühlte es sich verdammt gut an zu wissen, dass er sich auf Tessa verlassen konnte.

Ich bin direkt neben dir, falls du irgendetwas benötigst.

Tessas liebevolle Worte der vergangenen Nacht kamen ihm zurück ins Gedächtnis, als er sich seiner ekelhaft riechenden Kleidung entledigte. Er hatte sie sich nicht bloß eingebildet. Sie hatte sie wirklich gesagt. Und sie war die ganze Nacht bei ihm geblieben.

»Ich brauche sie. Ich brauche sie wirklich, verdammt nochmal, und nicht nur, wenn ich Migräne habe«, brummte er, als er das Wasser anstellte.

Tessa verstand sich mit ihm auf einer Ebene, die für einen Mann wie ihn beinahe schon beängstigend war. Er war es gewohnt, der Älteste zu sein, der Problemlöser in seiner Familie. Als seine Eltern ermordet worden waren, hatte er alles geregelt und sich um alle anfallenden Dinge gekümmert. Er war es ebenfalls gewohnt, der Aufpasser zu sein, und er war sich nicht ganz sicher, was er mit einer Frau anstellen sollte, die sich um ihn kümmerte und in ihm den Menschen sah, der sich hinter seinem Vermögen versteckte.

Behalte sie!

»Sie gehört mir!«, sagte er, als er sich unter die heiße Dusche stellte. »Nur mir.«

Er war sich nicht sicher, wie es ihm gelingen würde, sein Leben in den Griff zu bekommen, und er hatte auch keinen Plan. Nur einmal würde er nach seinem Bauchgefühl handeln, seinem Instinkt, und einer Überzeugung, die er ganz deutlich bis tief in seine Seele spüren konnte.

Tessa Sullivan gehörte zu ihm und er würde sie *nie wieder* gehen lassen.

Micah fühlte sich gleich schon viel lebendiger, als er am Küchentisch saß und eine Tasse Kaffee trank. Tessa hatte die Bettwäsche in die Waschmaschine gesteckt und dann selbst eine Dusche genommen, bevor sie das Frühstück bereitet hatte.

Er verschluckte sich beinahe an seinem Kaffee, als Tessa in die Küche geschlendert kam, frisch geduscht, mit ungezähmten Locken und ihren nackten Beinen deutlich sichtbar, weil sie eines seiner Hemden übergezogen hatte. Es war ihr viel zu groß, weshalb sie die Ärmel bis zu den Ellbogen hochgekrempelt hatte und der Hemdsaum ihr bis zur Mitte der Oberschenkel reichte. Sie in einem seiner Kleidungsstücke zu sehen ließ seinen Schwanz erwartungsvoll von innen gegen seine Jeans drücken.

»Hübsches Hemd«, sagte er, als sie ihn ansah.

»Ich hoffe, du hast nichts dagegen. Ich bin direkt hierhergefahren und habe keine frischen Anziehsachen mitgebracht.«

Sie sah zerknirscht aus und er hasste das. Zum Teufel, wenn sie wollte, konnte Tessa jedes Hemd anziehen, das sich in seinem Kleiderschrank befand. Eigentlich konnte sie alles tun, worauf sie Lust hatte, solange sie nur bei ihm blieb. »Behalte es. Dir steht es viel besser, als es mir jemals gestanden hat«, sagte er mit heiserer Stimme und in seinem Kopf machten sich schmutzige Gedanken breit, während er darüber nachdachte, ob sie wohl Unterwäsche trug, wo sie doch nichts zum Wechseln mitgebracht hatte. »Hast du dir auch meine Boxershorts geborgt?«

Tessa wurde rot. Sie hielt am Tisch an und sah auf ihn hinunter. »Meine Sachen sind alle in der Waschmaschine.«

Der hinreißend nervöse Blick auf ihrem Gesicht machte Micah verrückt. Sie war einfach unwiderstehlich, wenn sie nicht wusste, was sie sagen sollte, was nicht sehr häufig der Fall war.

Er nahm seine leere Tasse und stellte sie auf einem kleinen Beistelltisch hinter sich ab. Dann stand er auf, hob sie an und setzte sie vor sich auf den Tisch. »Ich glaube, ich muss mir einmal genauer ansehen, was du da eigentlich unter meinem Hemd trägst.«

»Nichts«, gestand sie, ihren Blick fest auf seinen Mund gerichtet. »Das habe ich dir doch bereits gesagt.«

Er legte seine Hände auf ihre Oberschenkel und schob das Hemd langsam höher. »Ich würde gern selbst nachsehen.«

»Ich dachte, du wärst hungrig«, antwortete sie mit vor Erregung zitternder Stimme.

»Das bin ich auch. Und deswegen will ich mir auch mein Frühstück ansehen, Baby«, entgegnete er heiser und atmete langsam aus, als er das Hemd hochschob und ihre nackte Muschi zum Vorschein kam. Er drückte sie mit dem Rücken nach hinten und öffnete dann mit einem Ruck das Hemd, sodass alle Knöpfe absprangen und Tessa in ihrer ganzen nackten Schönheit entblößt vor ihm lag und sich ihm wie ein Buffet präsentierte.

»Mein Gott, wie schön du bist«, sagte er ehrfurchtsvoll, als sie ihm in Rückenlage weiterhin auf die Lippen starrte.

»Wenn du mich ansiehst, fühle ich mich schön«, hauchte sie zärtlich und lustvoll zugleich. »Ich habe noch niemals zuvor so empfunden.«

Micah war verärgert, doch gleichzeitig erleichtert, dass kein anderer Mann ihr je gesagt hatte, wie umwerfend sie war. Sie sollte es wissen. Sie sollte erkennen, dass ihr bloßer Anblick einen Mann den Kopf verlieren lassen konnte.

Er beugte sich über sie und küsste sie, eine langsame, sinnliche Umarmung, die es ihm erlaubte, ihren Mund ausgiebig, vollständig und zärtlich zu erforschen. Zur Abwechslung wollte er es nicht überstürzen, sie zu besitzen. Es war nicht so, dass er nicht den Drang dazu verspürte, doch sein Bedürfnis, sie zu ehren und ihr Lust zu bereiten, war in diesem Moment noch größer.

Sein Mund bewegte sich ihren Hals hinauf und seine Zunge begann, die weiche Haut an ihrem Ohrläppchen zu erkunden. Ihr lustvolles Stöhnen klang wie Musik in seinen Ohren und er bewegte sich abwärts, um seine Lippen um eine ihrer perfekten Brustwarzen zu schließen. Er berührte ihr zartes Fleisch mit der Zunge und machte sich dann daran, sie zu kleinen, harten Kieselsteinen zu lecken und zu saugen, eine nach der anderen.

Weil sie enttäuscht aufseufzte, als er sich tiefer bewegte, nahm er ihre Hände, platzierte sie sanft auf ihren Brüsten und ermutigte sie, sich selbst Lust zu bereiten. Es dauerte einige Augenblicke, doch als er ihre Beine spreizte und anfing, ihre feuchte Muschi mit seinen Fingern zu stimulieren, wurden ihre Bewegungen schneller und intensiver. Sie kniff sich unter einem lauten Stöhnen in die Brustwarzen, während Micah sie weiter zwischen den Beinen streichelte.

»Bitte, Micah. Bitte!«

Oh Gott, wie sehr er es liebte, wenn ihr sein Name über die Lippen kam und sie ihn anbettelte, es ihr zu besorgen. Doch er war noch nicht bereit dazu, sie zum Höhepunkt zu bringen. Wenn es passieren würde, wollte er, dass sie unter seinen Lippen explodierte. Sie gehörte ihm und nur er durfte sie schmecken und erkunden, und er hatte vor, ihr den besten Orgasmus zu bescheren, den sie jemals erlebt hatte.

Als er mit seiner Zunge über ihren straffen Bauch wanderte und das süße Aroma ihrer Lust ihm einen harten Schlag in den Magen verpasste, lief ihm in Vorfreude auf ihren Geschmack das Wasser im Mund zusammen. Er konnte es nicht mehr abwarten, spreizte ihre Schamlippen mit seinen Fingern und entblößte ihre pulsierende, rosafarbene Knospe. Das Fleisch glitzerte feucht und flehte ihn an, sich an dem süßesten Nektar, den er je gekostet hatte, zu betrinken.

Er tauchte zwischen ihren Beinen ab und leckte sie mit seiner Zunge von unten nach oben. An ihrem Nervenbündel machte er halt und begann, daran zu saugen.

»Oh Micah. Ja! Bitte!«

Tessas Stimme war verzweifelt und zitterte vor Erregung. Er intensivierte seine Bemühungen, vergrub sein Gesicht in ihrer Muschi und genoss ihre Lust, in der er zu ertrinken drohte. Er leckte jeden verführerischen Tropfen ihres Verlangens auf und war zufrieden, dass ihre Säfte nur deswegen flossen, weil sie ihn begehrte. Dieses Wissen befriedigte ihn auf einer Ebene, die er noch nie zuvor gekannt hatte.

Micah stöhnte zwischen ihren Beinen auf und bekam schließlich ihre Klitoris sanft mit seinen Zähnen zu fassen, nur um sie danach wieder mit seiner Zunge zu stimulieren. Während er die zarte Haut an der Innenseite ihrer Schenkel streichelte, spürte er, wie ihre Beine anfingen zu zittern. Ihr Stöhnen wurde lauter und wilder.

Ich mag sie genau so: ungehemmt und so erregt, dass sie nur an mich denken kann und daran, wie ich sie zum Höhepunkt bringe.

Ihm entfuhr ein tiefes Knurren, als sich ihre Hände in seinem Haar vergruben und sich darin festkrallten. Er wusste, dass sie kurz vor einer Explosion stand.

»Micah! Besorge. Es. Mir!«

Er lächelte in ihre feuchte Muschi, amüsiert, wie sich ihr Ton von bettelnd zu fordernd verändert hatte. Doch er würde ihr die absolute Lust nicht länger vorenthalten. Er bezweifelte, dass er dieser Frau irgendeinen Wunsch ausschlagen konnte, jetzt, da sie sich ein Haus in seiner Seele gebaut hatte.

Er erhöhte den Druck auf die steife Knospe, von der er wusste, dass sie stimuliert werden wollte, leckte mit der Zunge darüber, bis ihr gesamter Körper anfing zu beben und sich ihr Rücken durchbog. Ihre Hände rissen schmerzhaft an seinem Haar, doch er beklagte sich nicht. Er schob zwei Finger in ihre seidige Muschi, weil er ihren Griff fühlen wollte, während die Zuckungen ihren Körper durchschüttelten.

»Micah!«, schrie sie völlig hemmungslos und in ihrer Stimme vibrierte die Lust.

Er leckte ihr Elixier auf, von dem sie während ihres heftigen Orgasmus noch mehr ausschüttete, bis sie seine Haare losließ und er hörte, wie sie keuchte, um wieder zu Atem zu kommen. Er richtete ihren schlaffen Körper auf und drückte ihren Oberkörper an seine Brust. Dabei umarmte er sie fest und beschützte sie in ihrem Moment der Verwundbarkeit.

Die beiden blieben in genau dieser Position, bis Tessa wieder normal atmen konnte. Dann schob sie ihn sanft von sich und runzelte zum Spaß die Stirn. »Ich wollte dir eigentlich Frühstück machen. Vielleicht hätte ich besser doch deine Boxershorts angezogen.«

Er grinste sie an. »Ich habe gegessen. Das Frühstück war köstlich. Darüber hinaus bin ich der Meinung, dass Unterwäsche vollkommen überbewertet ist. Glaub mir, nachdem ich dich in meinem Hemd gesehen habe, hätte mich nichts davon abhalten können, dich zu vernaschen.«

»Du brauchst Nahrung«, schalt sie ihn.

»Ich brauche dich«, korrigierte er sie.

Sie streichelte ihm mit einer Hand sanft durch sein zerzaustes Haar. »Ich brauche dich auch. So sehr, dass es mir manchmal Angst macht. Julian hat mir eine schnelle Nachricht von deinem Telefon aus gesendet, in der nur stand, dass jetzt keine gute Zeit sei, mich zu sehen, aber vielleicht in der Zukunft einmal. Und dass es dir leid täte. Ich habe gehört, wie das Flugzeug abgehoben ist, also habe ich gedacht, dass du Amesport verlassen hättest.« In ihren Augen glitzerten die Tränen, als sie hinzufügte: »Tu mir das bitte niemals an, okay? Ich weiß, dass das hier zwischen uns nicht für immer ist, aber bitte verabschiede dich von mir, wenn du gehst. Versprich es mir!«

»Ich bringe ihn um!«, knurrte Micah. »Ich habe ihn nur gebeten, dich zu informieren, dass ich nicht mit dir joggen kann und dass es mir leid tut.«

Tessa schüttelte den Kopf. »Es war nicht seine Schuld. Er war in Eile und hat sich Sorgen um Xander gemacht. Ich verstehe schon.

Aber ich habe gemerkt, wie sehr es mir wehtun würde, wenn du einfach so gehen würdest, ohne Auf Wiedersehen zu sagen. Tu das also nicht, okay? Du bist zu meinem Geliebten geworden, aber du bist ebenso mein Freund. Mit einer Verabschiedung kann ich umgehen, aber nicht damit, einfach so abserviert zu werden.«

Er war etwas ungehalten, als er ihr Kinn in die Hand nahm und ihren Kopf nach oben drehte, um sie anzusehen. »Als ich dir gesagt habe, dass ich dich nicht fallen lassen würde, hatte ich es auch so gemeint. Ich werde dich niemals abservieren, Tessa. Niemals!« Mit einem Blick in ihre wunderschönen Augen fügte er hinzu: »Und Julian bringe ich immer noch um.«

»Nein, das wirst du nicht«, sagte sie ruhig.

Er hat dich verletzt und das kann ich nicht akzeptieren. »Ich könnte es tun«, widersprach er.

Micah wusste, dass er und Tessa sich niemals trennen würden. Tessa war die einzige Frau für ihn, genau wie Beatrice es vorausgesagt hatte. Er war vielleicht ein Sturkopf, doch er war nicht dumm. Er musste einen Weg finden, um sie für den Rest ihres Lebens an sich zu binden.

»Frühstück?«, murmelte sie.

Sie machte sich Gedanken darüber, dass er etwas zu sich nehmen musste, und er zerbrach sich den Kopf darüber, was er tun konnte, damit sie für immer an seiner Seite blieb. Welch Ironie, wo er doch normalerweise derjenige war, der sofort das Thema wechselte, wenn eine Frau darüber sprach, eine ernsthafte Beziehung mit ihm führen zu wollen. Vielleicht war es eine Art durcheinandergewirbeltes Karma, dass er endlich eine Frau gefunden hatte, ohne die er nicht mehr leben konnte, jedoch wollte sie nichts weiter, als ihm Frühstück zu machen.

Widerwillig ließ er sie los und half ihr vom Tisch herunter. »Ich werde Julian anrufen.«

Tessa legte eine Hand an seine Wange. »Es wird alles gut werden, Micah. Xander wird zurückkommen. Er ist ein guter Kerl. Dieser Mann existiert noch immer. Ich glaube, er muss sich einfach selbst wiederfinden.«

Micah nahm ihre Hand und küsste sie sanft auf die Stirn. Am liebsten hätte er sie zurück ins Bett getragen und sich vollkommen in ihr verloren. »Ich nehme an, du möchtest dich nicht zuerst noch etwas hinlegen?«, fragte er anzüglich.

»Auf gar keinen Fall! Du erholst dich noch immer und hättest schon längst gegessen haben sollen. Ich mache mir bereits Vorwürfe, weil ich es zugelassen habe, dass du … du weißt schon …« Ihr entfuhr ein Seufzer.

Und damit drehte sie sich auf dem Absatz um und marschierte in die Küche. Micah war kein bisschen überrascht, dass sie sich mehr um ihn sorgte, als sich lustvollem Morgensex hinzugeben, den sie beide liebten. Doch weil sie seine Tessa war, konnte er nicht anders als zu grinsen, während er ihr dabei zusah, wie sie versuchte, sein Hemd geschlossen zu halten – ein Kleidungsstück, das nun keine Knöpfe mehr besaß – und sich daran machte, das Frühstück zu bereiten.

Kapitel 15

S päter am Nachmittag musste Tessa lächeln, als sie die Knöpfe von Micahs Hemd vom Boden aufhob. Jareds Ehefrau Mara hatte ihr freundlicherweise eine Yogahose und ein T-Shirt geliehen, die ihr sowieso zu klein geworden waren, und das Gästehaus wenig später verlassen, nicht jedoch ohne Tessa einen Blick zuzuwerfen, der ihr mitgeteilt hatte, dass sie gern wissen würde, warum sie und Micah im selben Haus schliefen. Aber Mara war zu höflich gewesen, um die Frage laut auszusprechen.

Tessa nahm die Knöpfe und legte sie gemeinsam mit dem Hemd, das sie mittlerweile gewaschen hatte, auf den Tisch, denn sie weigerte sich, es wegzuwerfen. Sie würde die Knöpfe wieder annähen und wenn Micah es nicht haben wollte, würde sie es behalten. Vielleicht würde sie ihn auch einfach gar nicht erst fragen. Er hatte doch gesagt, dass sie es haben könnte. Das Hemd war eine schöne Erinnerung und irgendwann wäre das alles, was ihr von ihrer Zeit mit Micah Sinclair bleiben würde.

Als sie sich umdrehte, sah sie, wie sich die Tür des Gästehauses öffnete und Micah ins Haus trat. Er wirkte von seiner Migräne sehr erholt und schien aufgeregt zu sein wie ein kleiner Junge.

Bei genauerem Hinsehen bemerkte sie den Hund an seiner Seite, mit dem er liebevoll sprach, und ihr blieb vor Erstaunen der Mund offen stehen. Sie hatte nicht gewusst, dass er überhaupt einen Hund besaß, geschweige denn einen, der einer eher fragwürdigen Rasse angehörte. Um es einfacher auszudrücken würde sie sagen, dass es sich bei dem Hund um eine Promenadenmischung handelte, irgendeine Kreuzung zwischen einem Border Collie und einem Labrador. Trotz allem sah der Vierbeiner mit seinen Schlappohren und dem intelligenten Blick unglaublich niedlich aus, wie er vor Micah saß und ihn ansah, als sei dieser sein großer Held.

»Ich wusste gar nicht, dass du einen Hund hast«, sagte Tessa aufgeregt, als sie sich Micah und dem Tier näherte. »Ist er lieb?«

Micah grinste und übergab ihr die Leine. »Bei dir wird er das bestimmt sein. Er gehört dir.«

Sie schüttelte verneinend den Kopf, sank jedoch trotzdem auf die Knie und vergrub ihre Hände in dem seidigen Hundefell. »Er ist zauberhaft!« Sie sagte die Wahrheit. Der Hund war zwar nicht reinrassig, doch sein braunweißes Fell war gepflegt und als er sie mit seinen dunklen Augen ansah, musste sie lächeln. »Ich habe mir schon immer einen Hund gewünscht, doch als ich jünger war, bin ich zu viel gereist. Als ich älter wurde, war ich so beschäftigt, dass es mir unfair erschienen war, ein Tier so oft alleine zu Hause zu lassen.« Sie blickte mit Tränen in den Augen zu Micah auf. »Ich würde ihn zu gern haben, doch ich weiß nicht, ob ich das kann.«

»Du würdest ihn nicht alleine lassen müssen.« Micah hielt ihr ein Stück Stoff hin. »Homer ist ein Assistenzhund. Ein zertifizierter Signalhund, um genau zu sein.«

Tessa nahm Micah das Tuch aus der Hand und sah dann, dass es sich um eine Hundejacke handelte, die auf beiden Seiten mit dem Wort »Assistenzhund« beschriftet war.

»Homer?«, fragte sie und verstand noch immer nicht ganz, was gerade passierte.

»Er ist ein ehemaliger Straßenhund. Als Welpe muss er schlimm behandelt worden sein, doch er ist so klug, dass er ausgebildet werden konnte. Die Mitarbeiter der Rettungsstation dachten, dass er nur ein gutes Zuhause haben wollte, deswegen haben sie ihn Homer genannt.«

Tessas Blick wanderte von Micahs Gesicht zu dem Hund, den sie die ganze Zeit über unbewusst weiter gestreichelt hatte. »Du armer Kerl«, säuselte sie, als der Hund aufmerksam seine Ohren aufstellte, als ob er auf ein Kommando wartete. »Was macht ein Signalhund?«

»Ich persönlich glaube ja, dass Homer nur Zuneigung haben möchte. Er wird so gut wie alles für dich tun. Wenn jemand an der Tür ist, wird er dich darauf aufmerksam machen. Er wird dich vor gefährlichen Geräuschen warnen. Er wird dich sogar wach machen, wenn du den Wecker stellst und er anfängt zu klingeln. Er ist ziemlich gut in seinem Job.«

Eine einzelne Träne fiel Tessa aus dem Auge und der Hund leckte sie sofort von ihrer Wange.

»Ich wusste nicht einmal, dass Signalhunde überhaupt existieren. Sie sind also sozusagen die Ohren für gehörlose Menschen?«

»Das sind sie«, antwortete Micah. »Es gibt Organisationen, die streunende Hunde auflesen und sie ausbilden. Ich hatte Glück, Homer bekommen zu haben. Derjenige, für den er bestimmt war, hatte seine Meinung geändert und sie haben mich angerufen und mir gesagt, dass ich ihn nehmen könnte, weil ich auf der Warteliste stand. Er ist heute früh mit meinem Privatflugzeug gekommen. Sie haben ihn zusammen mit einer Trainerin geschickt, die mir die Befehle gezeigt hat, damit ich sie dir beibringen kann. Schau mal!«

Tessa streichelte dem Hund weiter über den Kopf, während Micah das Zimmer verließ. Nach einigen Augenblicken klopfte er an der Tür.

Homer hob sofort die Ohren an, berührte mit seiner Pfote ihre Hand und lief wieder und wieder zur Tür, bis sie aufstand und Micah öffnete. Instinktiv streichelte sie seine Flanke und murmelte: »Guter Hund!«

Homer sah sie bewundernd an und Tessas Herz begann zu schmelzen. »Ich glaube, er mag mich.« Ihre Augen wanderten zu Micah.

»Auf dem gesamten Weg zurück zum Haus habe ich über dich gesprochen. Ich glaube, er versteht, zu wem er gehört. Er ist noch jung und hat sehr viel Energie, du kannst also mit ihm laufen gehen. Wenn du ihm seine Uniform anziehst, gibt es kaum einen Ort, an den du ihn nicht mitnehmen kannst. Er kann dich sogar mit nach New York begleiten.«

»Ich kann nicht glauben, dass du das getan hast. Warum?«

Micah zuckte mit den Schultern. »Du hast gesagt, dass du es mit den Implantaten nicht noch einmal versuchen willst, also habe ich mir gedacht, dass Homer dir stattdessen helfen könnte.«

»Es macht dir nichts aus, dass ich nicht hören kann?« Die Frage kam nicht so heraus, wie sie sie hatte stellen wollen. Sie hatte eigentlich wissen wollen, ob es ihn gar nicht kümmerte, dass sie gehörlos war und sich dazu entschlossen hatte, es zu bleiben.

»Ich möchte, dass du tust, was immer dich glücklich macht, Tessa.«

Nun brachen alle ihre Dämme und die Tränen liefen ihr in Sturzbächen über das Gesicht, als sie erkannte, dass es Micah *wirklich* egal war, ob sie die Operation zum Einsetzen der Implantate nicht noch einmal durchführen würde, solange sie nur zu ihrer Entscheidung stand und zufrieden damit war. »Vielleicht werde ich es irgendwann erneut versuchen«, sagte sie. »Ich habe Angst gehabt und ich kann nicht ständig das Geld vorschieben.«

»Du hast das Geld. Liam hat es mir gesagt. Warum hast du dich nie für deinen Kontostand interessiert?«

»Ich weiß nicht. Vielleicht hatte ich Angst, dass ich keine Ausrede mehr haben würde, wenn ich wüsste, wie viel Geld ich wirklich besitze.«

»Liam hat genügend Geld, um das Restaurant zu renovieren. Er braucht nur etwas Zeit.«

Sie nickte. »Ich weiß. Aber ich muss mich beschäftigen oder ich werde verrückt. Darüber hinaus will ich mein eigenes Geld verdienen. Ich habe mir immer eingeredet, dass das Geld Liam gehört, und ich wusste wirklich nicht, wie viel es war. Er hat mir den Betrag, von dem er überzeugt ist, dass er mir zusteht, vor einigen Tagen auf mein Bankkonto überwiesen. Das beinhaltet meinen Teil des Erbes sowie meinen Gewinnanteil vom Restaurant. Ich habe mir noch nicht angesehen, wie viel das ist. Ich lebe von meinem Trinkgeld und dem, was ich bei meinen anderen Jobs verdiene. Ich wollte wirklich, dass *er* das Geld behält, das Mom und Dad uns hinterlassen haben, und die Gewinne des Restaurants ebenfalls für sich beansprucht. Er arbeitet so hart und hat meinetwegen extrem viel aufgegeben.«

»Ich hatte nicht den Eindruck, als würde er sein Leben bereuen. Er steht bei einigen Filmen immer noch als Berater zur Verfügung und ihm scheint die Arbeit im Restaurant Spaß zu machen.«

Tessa schien überrascht zu sein, das zu hören. »Er arbeitet noch immer an Filmen?«

»Das hast du nicht gewusst?«

Sie hatte nie danach gefragt. Vielleicht sollte sie mehr Zeit mit Liam verbringen und sich für sein Leben interessieren. »Nein, ich habe es nicht gewusst. Meine Güte, er sorgt sich so sehr um mich, dass er nicht einmal mehr mit Frauen ausgeht.«

»Ich habe das Gefühl, dass das ganz allein seine Entscheidung ist. Er scheint ein Auge auf eine seiner Mitarbeiterinnen geworfen zu haben.«

»Woher weißt du das? Auf wen?« Oh, sie würde sich freuen, wenn Liam endlich eine Frau finden würde, die er liebte und die erkannte, was für ein großartiger Mann er war. Sie hatte bereits zahlreiche Male versucht, ihn mit ihren Freundinnen zu verkuppeln, aber es war nie etwas daraus geworden.

»Ich habe sie nur flüchtig gesehen, aber Liam konnte seinen Blick einfach nicht von ihr abwenden. Sie ist hübsch – lange, dunkle Haare – und jung.«

»Ich weiß, wen du meinst. Sie ist neu und arbeitet noch nicht sehr lange in unserem Restaurant. Aber *so* jung ist sie nun auch wieder nicht.«

»Sag das Liam. Er scheint eine Frau anzuschmachten, die er nie ansprechen wird. Dabei sieht es ganz so aus, als würde sie ihn ebenfalls nett finden.« Er hielt inne, bevor er hinzufügte: »Willst du sehen, was Homer alles kann?«

»Ja. Sehr gern.« Sie hatte keinen Zweifel, dass sie diesen Hund behalten würde, doch … »Du hast doch sicherlich Geld für ihn bezahlt. Ich möchte es dir zurückgeben.« Sie zuckte beinahe zusammen, als sie den nachdenklichen Blick auf Micahs Gesicht sah. »Homer ist ein Geschenk. Und ich habe ihn aus vollkommen egoistischen Gründen geholt. Ich will, dass du Schutz und Hilfe hast, wenn du beides benötigst.« Sie konnte nicht entziffern, was er wohl gerade dachte.

»Danke«, sagte sie. Sie wusste, dass Micah ihr Geld auf gar keinen Fall annehmen würde.

Sie sah dabei zu, wie er Homer auf Herz und Nieren prüfte und verschiedene Befehle ausführen ließ, um Tessa auf Dinge hinzuweisen. Er machte sie auf so ziemlich jedes Geräusch aufmerksam und je mehr sie ihn lobte, umso mehr hörte er auf sie. Ihr Hund war ebenso dazu erzogen worden zu gehorchen und er führte die Befehle absolut perfekt aus.

Als er fertig war, sagte Micah: »Du wirst dich an ihn gewöhnen und er wird sich an dich gewöhnen. Irgendwann wirst du die Einzige sein, auf deren Kommandos er hört.«

Sie hob den Befehl »Bleib!« auf, den sie ihm gegeben hatte, und ließ Homer zu ihr kommen, um ihn zu loben. Sie tat es mit Genuss und kraulte sogar seinen Bauch, als er sich auf den Rücken rollte, um noch mehr Streicheleinheiten zu bekommen.

»Er ist so süß«, sagte Tessa, als der Hund sich wieder hinsetzte und in dieser Position nicht von ihrer Seite wich.

»Er ist sehr gut ausgebildet. Er kann Dinge für dich finden, wenn er das Objekt kennt, das du suchst. Du kannst es üben, indem du ihm verschiedene Dinge zeigst, die er dann suchen soll.«

»Das könnte mich sehr faul machen«, sagte sie lachend. »Ich nehme an, er ist stubenrein?«

»Selbstverständlich. Du kannst ihn nach draußen lassen, aber er wird nur sein Geschäft erledigen und sofort zurückkommen. Er weiß, dass es seine Aufgabe ist, auf dich aufzupassen.«

Sie erhob sich und warf sich Micah in die Arme. »Vielen Dank! Das ist das beste Geschenk, das ich jemals bekommen habe.«

Er drückte sie fest an sich. »Wenn das dein Dank ist, dann werde ich dir noch weitere Hunde kaufen.«

Tessa schnaubte. »Einer reicht mir!«

Er fasste sie bei den Schultern und küsste sie zärtlich auf die Stirn, damit sie ihn ansehen konnte. »Er ist zum perfekten Zeitpunkt gekommen«, sagte Micah und seine Miene verdunkelte sich. »Ich habe heute mit einem meiner Mitarbeiter gesprochen. Ich hatte vollkommen vergessen, meinen Leuten meine neue Telefonnummer mitzuteilen. Sie brauchen mich in New York. Ich muss innerhalb der nächsten vierundzwanzig Stunden einen Entwurf absegnen oder wir verlieren Produktionszeit und können unsere nachfolgenden Termine nicht einhalten.«

Beim Gedanken daran, dass Micah Amesport verlassen würde, wurde ihr schwer ums Herz, doch sie lächelte ihn tapfer an. »Dann musst du gehen. Manchmal vergesse ich vollkommen, dass du ziemlich viel Verantwortung trägst.«

»Meine besten Mitarbeiter machen ihre Sache sehr gut. Ich bin es, der darauf besteht, immer den letzten Blick auf jedes Produkt, das meinen Firmennamen trägt, zu werfen, bevor es produziert wird.«

Sie zog eine Augenbraue hoch. »Du bist pedantisch, was?«

»Wenn es um die Sicherheit eines Produkts geht, will ich jedes noch so kleine Detail wissen«, sagte er. »Das ist der Grund, warum ich dieses Unternehmen gegründet habe. Mir war bewusst, dass Extremsport immer gewisse Risiken bergen würde, doch mit der richtigen Ausrüstung können diese Risiken minimiert werden.«

Tessas Herz füllte sich mit Stolz. Sie hob ihre Hand und strich ihm diese eine Haarsträhne aus der Stirn, die nie an ihrem Platz bleiben wollte. Micah machte diese Arbeit nicht nur wegen des Geldes; es war ihm wichtig, was er auf den Markt brachte. Sein einziges Ziel war es, Extremsport so sicher wie möglich zu machen. Für Tessa gab es nichts, das bewundernswerter war, als dazu fähig zu sein, möglicherweise Leben zu retten, indem man bessere Produkte herstellt.

»Brauchst du Hilfe beim Packen?«, bot sie ihm an.

»Freu dich ja nicht zu sehr darüber, mich los zu sein.« Er sah sie unglücklich an. »Ich werde nur einen oder zwei Tage fort sein. Ich werde schnell zurückkommen, damit wir genügend Zeit haben, die finalen Trainingseinheiten zu absolvieren und dich zu deiner Aufführung zu bringen.«

»Du wirst mir fehlen«, gestand sie, bevor sie verhindern konnte, dass die Worte ausgesprochen wurden.

Er grinste sie an. »Gut! Ich will dir fehlen, weil ich dich ebenfalls vermissen werde.«

»Mara hat mich zum Essen eingeladen. Ich glaube, die Mädels wollen zur Abwechslung zum Chinesen gehen anstatt ins *Brew Magic*. Emily, Sarah und Kristin werden ebenfalls kommen. Hope und Jason sind nicht in der Stadt, genau wie Randi und Evan, also werden wir nicht so viele sein wie sonst. Ich denke, ich werde das Angebot annehmen und gehen.«

»Du hättest auch gehen können, wenn ich hier gewesen wäre«, sagte Micah.

»Ich weiß«, sagte sie knapp und senkte den Kopf, um ihn nicht ansehen zu müssen.

Er berührte sie am Kinn und bog ihren Kopf sanft wieder nach oben. »Hey, was ist los? Stimmt etwas nicht?«

Sie zuckte mit den Schultern. »Ich habe immer mit ihnen gehen wollen und Randi hat mich auch schon früher zu ihren Frauentreffen eingeladen, aber ich hatte Angst, dass es komisch sein würde.«

Er runzelte die Stirn. »Warum?«

»Ich lese von den Lippen, Micah. Es ist unmöglich für mich, einer Gruppenunterhaltung zu folgen. Ich würde mich fehl am Platz fühlen.« Sie konnte mit einem oder zwei Menschen kommunizieren und wenn sie sich in einer Gruppe befand, konnte sie sich aussuchen, auf wen sie sich konzentrierte. Doch wenn mehrere Personen gleichzeitig sprachen, würde sie den Faden verlieren. Randi war die Einzige, die ASL beherrschte, und sie würde nicht einmal dort sein.

»Du lässt dich von einem Zusammentreffen von Frauen einschüchtern?«, fragte Micah erstaunt.

Sie hob ihr Kinn an. »Ja. Für eine gehörlose Frau ist es beängstigend.«

Sie sah dabei zu, wie Micah anfing zu lachen. Obwohl sie ihn nicht hören konnte, konnte sie dennoch sehen, wie sehr ihn das Ganze amüsierte.

»Hör auf! Das ist nicht komisch!« Sie hatte soeben eine ihrer größten Ängste mit ihm geteilt und er *lachte*?

Er packte sie immer noch grinsend an den Schultern. »Tessa, du hast kein Problem damit, dich vor Millionen von Menschen auf dem Eis zu präsentieren, aber du hast Angst vor ein paar Frauen? Und noch dazu sehr netten Frauen.«

»Du verstehst das nicht«, sagte sie traurig.

»Doch, das tue ich. Ich weiß, dass dir diese Ängste sehr real vorkommen. Du konzentrierst dich auf das, was du verstehen willst, und ignorierst den Rest einfach. Du wirst dich nicht unwohl oder verloren fühlen. Diese Frauen wollen deine Freundinnen sein. Höchstwahrscheinlich werden sie wissen wollen, in welcher Verbindung du zu mir stehst. Hör bloß nicht darauf, was sie über mich zu sagen haben.«

Seine Worte brachten sie zum Lächeln. »Es ist furchtbar arrogant zu denken, dass sie sich nur über die Männer in ihrem Leben unterhalten wollen. Sarah ist Ärztin und hat einen bemerkenswerten Intelligenzquotienten. Kristin ist medizinische Assistentin. Mara eine erfolgreiche Unternehmerin. Und Emily leitet das Zentrum. Glaubst du nicht, dass sie viel mehr Themen haben, über die sie sich unterhalten können, als nur euch Männer?«

»Nein.«

Tessa rollte mit den Augen. »Ich bin mir sicher, dass es noch andere Dinge gibt«, entgegnete sie stur. »Soll ich dir jetzt also beim Packen helfen oder nicht?«

»Es gibt keinen Grund zu packen«, antwortete Micah. »Alles, was ich brauche, habe ich zu Hause und in meinem Flugzeug. Aber ich könnte deine Hilfe im Schlafzimmer gebrauchen.«

Tessa bemerkte den aufgeheizten Blick in seinen Augen und wusste ganz genau, wovon er sprach.

»Warum?« Sie sah ihn unschuldig an.

»Komm mit und ich zeige es dir.« Er hielt ihr seine Hand hin.

Sein Gesichtsausdruck war spitzbübisch und leidenschaftlich zugleich und seine Augen lockten sie.

Tessa hätte nicht widerstehen können, selbst wenn sie es gewollt hätte, was jedoch nicht der Fall war. Auch wenn es sich nur um einige Tage handelte, sie würde ihn eine Zeitlang nicht sehen.

Sie ergriff seine Hand und folgte ihm.

Kapitel 16

»Also. Wir wollen es alle wissen. Schläfst du mit Micah oder nicht?«

Tessa empfand es als ziemlich seltsam, dass sie sich trotz ihrer stillen Welt fast schon die Stimmen der Frauen vorstellen konnte, die mit ihr gemeinsam am Tisch saßen und versuchten, zur gleichen Zeit zu sprechen. Die Frage war von Mara gekommen und sie hatte ihren Arm berührt, bevor sie sie gestellt hatte, damit Tessa sie ansehen konnte. Alle Frauen hatten es heute Abend so gehandhabt und jede hatte sie kurz am Unterarm berührt, wenn sie eine Frage stellen oder ihr etwas mitteilen wollte. Ganz im Gegensatz zu ihren Ängsten hatte Tessa es tatsächlich genossen, an dem ausgelassenen Frauentisch mit dem ununterbrochenen Geplapper zu sitzen. Es war überhaupt nicht merkwürdig, weil die Frauen klug genug waren, um ihr immer wieder diskrete Zeichen zu geben, damit sie sich nicht vom Gespräch ausgeschlossen fühlte.

Tessa verstand nicht alles, was gesagt wurde, aber sie war Teil der Konversation.

Jedes weibliche Augenpaar am Tisch sah sie neugierig und erwartungsvoll an. Obwohl sie wusste, dass sie sich dafür interessierten, was in ihrem Leben vor sich ging, hatte Maras Frage sie in eine schwierige Situation gebracht.

Sie öffnete ihren Mund, um zu sprechen, und schloss ihn gleich darauf wieder, weil sie nicht wusste, was sie sagen sollte.

Glücklicherweise rettete Homer sie, der von seinem Platz neben ihr am Boden aufgestanden war, ihre Handtasche mit der Schnauze anstupste und seine Pfote auf ihr Bein legte. Es war offensichtlich ein Zeichen dafür, dass ihr Telefon vibriert hatte.

»Entschuldige mich bitte einen Augenblick«, sagte sie nervös lächelnd zu Mara, während sie Homer lobend streichelte und dann in ihre Handtasche griff, um das Telefon herauszuholen.

Sie hatte darauf gewartet, dass Micah ihr schreiben würde, um ihr zu sagen, dass er gut in seinem Penthouse in New York angekommen war. Wie erwartet stammte die Nachricht von ihm.

Micah: Ich bin zu Hause. Sprecht ihr schon über uns Männer?

Sie lächelte, auch wenn sie es hasste zuzugeben, dass er richtig lag. Die Gruppe von Frauen sprach *wirklich* sehr viel über die Männer in ihrem Leben, dennoch war es nicht das *einzige* Gesprächsthema, das sie kannten. Es war offensichtlich, dass sie alle schwer verliebt in ihre Partner waren, deswegen kam das Gespräch über sie auch automatisch auf.

Sie antwortete.

Tessa: Denken alle Männer, dass wir Frauen nur über sie sprechen?

Micah: So ziemlich.

Tessa schnaubte leise. Sie wollte seine Seifenblase zu gern zum Zerplatzen bringen, doch zuerst musste sie ihm eine Frage stellen.

Tessa: Die Mädels wollen etwas über meine Beziehung zu dir wissen. Mara hat mich gerade gefragt, ob ich mit dir schlafe.

Micah: Einen Augenblick.

Sie wartete und fragte sich, was er wohl gerade tat. Vielleicht war er noch gar nicht in seinem Penthouse angekommen und war mit anderen Dingen beschäftigt.

Tessa erschrak, als Mara ihr auf den Arm tippte. Sie blickte auf und sah, dass Mara lachte. Das Gesicht ihrer Freundin war voller Belustigung, als sie Tessa ihr Telefon hinhielt.

»Lies!«, forderte Mara sie auf.

Tessa lehnte sich über den Tisch und konnte sehen, dass Micah die Zeit genutzt hatte, um Mara eine Nachricht zu schreiben.

Micah: Tessa schläft nicht mit mir. Ich schlafe mit ihr … und zwar bei jeder sich bietenden Gelegenheit. Und jetzt lass die arme Frau in Ruhe ihr Essen genießen. Sie wird ihre Kraft brauchen, wenn ich nach Amesport zurückkehre.

Tessa starrte noch immer ungläubig auf die Nachricht auf Maras Telefon, als ihr eigenes erneut vibrierte.

Micah: Ist erledigt.

Sie schrieb ihm schnell zurück.

Tessa: Ich kann nicht glauben, dass du das wirklich gerade getan hast!

Micah: Warum nicht? Es stimmt doch.

Tessa: Aber jetzt wird es deine gesamte Familie erfahren.

Micah: Die weiß es sowieso schon. Ich habe es nur gerade offiziell gemacht. Wenn du nichts mehr dazu sagen willst, dann hülle dich in Schweigen.

Tessa: Ich war mir nicht sicher, was ich hätte sagen sollen.

Micah: Sag, was immer du willst. Wir Sinclairs haben den Ruf, sehr direkt zu sein.

Tessa: Es macht dir nichts aus, dass sie es wissen?

Micah: Nein. Ich habe vor, noch sehr lange mit dir zu schlafen. Vielleicht lasse ich dich sogar mal mit mir schlafen.

Tessa: Das bezweifele ich. Du hast zu gern alles unter Kontrolle.

Micah: Wenn ich zurückkomme, lasse ich dich auch mal den Chef spielen. Nicht sehr lange, aber einmal werde ich es ausprobieren.

Tessa kicherte, als sie an Micahs dominante Neigungen dachte und ihre Chancen darauf berechnete, dass er sie die Kontrolle übernehmen lassen würde.

Tessa: Versprochen?

Sie war nicht überrascht, dass er lange zögerte, bevor er ihr antwortete.

Micah: Ich verspreche, es zu versuchen. Gerade jetzt würde ich so ziemlich alles tun, um dich nackt neben mir zu haben. Ich vermisse dich schon jetzt.

Tessas Herz schlug schneller und sie wurde nervös, als sie ihre Antwort tippte.

Tessa: Ich vermisse dich auch. Und ich glaube, du fehlst Homer ebenfalls.

Bevor sie das Gästehaus verlassen hatten, war Homer mit einem von Micahs Laufschuhen in das Wohnzimmer getrottet, hatte ihn vor ihren Füßen abgelegt und sie fragend angesehen. Er schien sich nach Micah erkundigen zu wollen, was sie zum Lachen gebracht hatte.

Micah: Viel Spaß und sende mir eine Nachricht, wenn du wieder sicher zu Hause bist.

Seine Angst um ihre Sicherheit wärmte ihr das Herz.

Tessa: Ich hoffe, du hast einen guten Aufenthalt.

Micah: Morgen werde ich wissen, wann ich zurückkommen kann.

Tessa: Okay.

Glücklich lächelnd steckte sie das Telefon zurück in ihre Handtasche. Als sie aufsah, bemerkte sie, dass alle Frauen am Tisch sie anstarrten.

Mara drehte das Telefon erneut in ihre Richtung. »Wir wollen Details wissen«, sagte Jareds Ehefrau.

Emily saß neben ihr und tippte ihr auf den Arm. »Ist es etwas Ernstes? Ich hätte nicht gedacht, dass sich Micah jemals niederlassen würde.«

Dann berührte Sarah sie. »Wie habt ihr beiden euch überhaupt kennengelernt?«

Und Kristin fragte: »Warum hat er all die Immobilen außerhalb der Stadt gekauft? Bleibt er hier?«

Tessa beantwortete nacheinander alle ihre Fragen und teilte den Frauen mit, dass die Beziehung mit Micah nichts Ernstes war. Sie erzählte die Geschichte, wie sie anfangs versehentlich in sein Badezimmer getreten war und ihn nackt gesehen hatte. Sie lachte und sagte, es sei Lust auf den ersten Blick gewesen. Dann sagte sie zu Kristin, dass sie sich in Bezug auf den Kauf der Immobilien nicht sicher sei. Sie erklärte, dass Micah nicht die Absicht hatte, die Häuser auszubauen, sondern lediglich einige Ferienhäuser für sich und seine Brüder konstruieren wolle.

Mit Ausnahme von Sarah kannte sie all die anderen Frauen seit ihrer Kindheit – die meisten von ihnen waren im gleichen Alter – weshalb außer Dantes Ehefrau alle wussten, dass Tessa einmal Eiskunstläuferin gewesen war. Tessa wartete ab, bis Kristin Sarah kurz die Zusammenhänge erklärt hatte, und teilte ihnen dann mit, warum sie und Micah so viel Zeit miteinander verbrachten. Sie alle hatten unterstützende Worte für sie, als sie ihnen mitteilte, dass Micah ihr dabei half, sich auf eine Wiedersehensveranstaltung ehemaliger Eiskunstlauf-Olympiasieger vorzubereiten.

»Das ist fantastisch! Warum hast du mir nichts davon erzählt?«, fragte Mara und boxte vor Aufregung in die Luft. »Ich will hingehen.«

Emily nickte begeistert. »Ich auch!«

»Ich komme auch mit«, sagte Kristin.

»Wir können bei Mara und Jared mitfliegen«, fügte Sarah hinzu, nachdem sie Tessa am Arm berührt hatte, um ihr mitzuteilen, dass sie ebenfalls mit von der Partie sein würde.

Tessa wurde vor Freude ganz warm ums Herz. »Ihr würdet alle nach New York fliegen, nur um zu sehen, wie ich eislaufe? Ich bin aber nicht mehr so gut wie noch vor zehn Jahren«, warnte sie.

»Natürlich wollen wir dich sehen! Und du wirst immer noch großartig sein. Dieses Können verlernt man nicht so einfach«, sagte Mara.

»Das hat Micah auch gesagt. Er ist derjenige, der mich dazu überredet hat, wieder aufs Eis zu gehen. Er hat Recht gehabt. Ich hatte wieder eislaufen wollen, doch ich habe Angst gehabt, es zu versuchen.« Sie hielt kurz inne. »Danke. Ich bin gerührt, dass ihr alle kommen wollt. Wirklich!« Tessas Stimme wurde brüchig und sie fühlte sich überwältigt von der Unterstützung, die ihr jede einzelne der Frauen, mit denen sie am Tisch saß, zukommen ließ.

Sie war flüchtig mit Emily, Mara und Kristin befreundet. Sarah hatte sie einige Male getroffen, doch sie kannte sie nicht sehr gut. Sie hatte niemals irgendeine von ihnen kontaktiert und versucht, sich mit ihnen anzufreunden, weil sie sich so anders fühlte als diese Frauen. In Wirklichkeit war sie überhaupt nicht anders und ihr eingebildetes Problem mit der Kommunikation war nur die Angst gewesen, dass sie sie nicht akzeptieren würden und sie in ihrer Welt fehl am Platz sein könnte.

»Warum würden wir es nicht wollen?«, wollte Mara wissen und sah Tessa fragend an. »Du bist unsere Olympiasiegerin aus Amesport und unsere Freundin. Das ist eine große Sache für dich!«

Tessa sah die vier Frauen am Tisch nacheinander an.

Sie waren es nie. Ich war es.

Tessa hatte sich gefürchtet, sich irgendeiner von ihnen zu nähern, denn sie hatte nicht als anders abgestempelt und gemieden werden wollen, weil sie sich verändert hatte. Sie lebte nun in einer lautlosen Welt; die anderen taten das nicht. Aber keiner von ihnen schien es etwas auszumachen, dass sie gehörlos war. Die Einzige, die sich darüber den Kopf zerbrochen hatte, war *sie selbst* gewesen. Diese Frauen waren immer bereit dazu gewesen, sich mit ihr anzufreunden. Tessa war diejenige gewesen, die sich distanziert hatte.

Sie hatte sich an Randi gehalten, weil ihre Freundin völlig überraschend wieder in ihr Leben getreten war. Nachdem Tessa ihr Gehör verloren hatte, hatten es ihr die restlichen Frauen ermöglicht, eine sichere Distanz zu wahren, weil sie vermutlich gedacht hatten, dass es das war, was sie wollte. Sie war immer zu allen Veranstaltungen eingeladen und auch ermutigt worden, mit ihnen gemeinsam zu Mittag zu essen. *Sie* war es gewesen, die die *anderen* abgewiesen hatte.

Sogar jetzt waren alle von ihnen immer noch bereit dazu, sie zu unterstützen, und sahen sie immer noch als ihre Freundin an.

»Danke«, sagte sie zu Mara, dann blickte sie sich am Tisch um. »Ich danke euch allen, dass ihr dort sein wollt.«

Sarah tippte ihr auf den Arm. »Wir *werden* dort sein. Es tut mir leid, dass ich dich nie erkannt habe. Als Kind habe ich nie viel fernsehen dürfen und wenn, dann ganz bestimmt keinen Sport. Danach war ich mit meinem Medizinstudium und meiner Facharztausbildung beschäftigt gewesen. Wenn ich ein normaler Mensch wäre, dann hätte ich es vermutlich gewusst.«

Tessa antwortete: »Die meisten Leute erkennen mich nicht. Als ich noch Eiskunstlauf betrieben habe, bin ich unter meinem vollständigen Namen Theresa gelaufen, deswegen verbindet mich niemand mit dem Sport.« Sie spürte, dass sich hinter Sarahs Behauptung, nicht normal zu sein, eine Geschichte verbarg, jedoch wusste sie über Dantes Ehefrau nur, dass sie eine gute Ärztin war und einen überdurchschnittlich hohen Intelligenzquotienten besaß. Vielleicht war Sarah anders behandelt worden und vielleicht hatte sie sich auch als Außenseiterin gefühlt.

Sarah erweckte ihre Aufmerksamkeit, als sie fragte: »Hast du jemals Cochlea-Implantate versucht? Kristin hat mir erzählt, dass du an Gehirnhautentzündung erkrankt bist und nicht schnell genug behandelt wurdest, um den Gehörverlust zu verhindern. Ich bin keine Spezialistin auf dem Gebiet, aber ich könnte mir vorstellen, dass du für solch einen Eingriff durchaus infrage kommen würdest.«

Tessa nickte. Die Geschichte mit den Implantaten zu erzählen fiel ihr plötzlich nicht mehr so schwer wie sonst. »Ich habe eines gehabt, doch dann habe ich eine Infektion bekommen und es musste wieder entfernt werden.«

»Das passiert manchmal, kommt aber sehr selten vor. Du könntest es noch einmal versuchen«, sagte Sarah und drückte unterstützend ihren Unterarm.

Tessa sah die Freundlichkeit in Sarahs außergewöhnlich violetten Augen, als sich die Blicke der beiden Frauen über den Tisch hinweg trafen. »Ein beängstigender Gedanke«, sagte Tessa.

»Ich verstehe. Besonders nach allem, was dir zugestoßen ist. Aber die Chance, dass es noch einmal passiert, ist sehr gering. Wenn es wirklich das ist, was du willst, dann könnte es das Risiko wert sein.«

»Das ist es«, sagte sie aufrichtig. »Mich hat bisher nur die Angst davon abgehalten.« Sie würde nicht versuchen, die Kosten als Ausrede zu benutzen, weil das Geld, das dieser Eingriff kosten würde, nicht der wahre Grund war, warum sie nicht noch einmal versuchte, sich die Implantate einsetzen zu lassen. Sie hatte einfach nur fürchterliche Angst vor einem erneuten Verlust oder einer Fehlfunktion.

»Das verstehe ich«, gab Sarah zurück. »Ich glaube, ich hätte auch Angst, es noch einmal zu versuchen.«

Alle Frauen am Tisch nickten mitfühlend und stimmten Sarahs Aussage voll und ganz zu. Die Solidarität und Unterstützung, die sie für ihre Gefühle erhielt, erweckten in Tessa den Wunsch, weinen zu wollen.

Wie lange hatte sie Bestätigung gebraucht?

Wie lange hatte sie hören müssen, dass ihre Denkweise nicht falsch war?

Wie lange hatte sie gebraucht, um ihre Freunde näher an sich heranzulassen, anstatt eine sichere Distanz zwischen sich und ihnen zu halten?

Wie lange hatte sie sich einsam und isoliert gefühlt?

Viel. Zu. Lange.

Tessa holte tief Luft und fragte: »Ich möchte mich darüber informieren. Kannst du mir helfen, Sarah? Ich bin mir nicht sicher, wie die Vorgehensweise ist, wenn ich bereits ein Implantat gehabt habe, das wieder entfernt werden musste.«

Sarah lächelte sie an. »Natürlich. Es ist nicht deine Schuld, dass es nicht funktioniert hat, deswegen denke ich auch nicht, dass es für deine Versicherung ein Problem darstellen würde, aber ich werde mir die Sache einmal ansehen. Ich habe eine Kollegin, die als eine der besten Ärztinnen des Landes bei dieser Prozedur gilt. Ich kann sie kontaktieren. Vielleicht kannst du während deines Aufenthalts in New York einen Termin mit ihr vereinbaren.«

Tessa nickte aufgeregt. »Ja, bitte! Das wäre wunderbar. Mein letzter Eingriff wurde in Boston vorgenommen. Ich glaube, wenn es in einem anderen Krankenhaus gemacht werden würde, wäre das bereits sehr hilfreich. Ich habe nicht gerade die besten Erinnerungen an Boston und würde diesen Ort lieber meiden.« Sie hatte in Boston nicht nur ihr Gehör verloren, sie hatte auch zu viele schlechte Erinnerungen an Rick, um unbeschwert dorthin zurückkehren zu können. Dies würde ein neuer Anfang für sie sein. Und sie wollte ihn an einem anderen Ort beginnen.

»Ich spreche gern mit ihr und vereinbare einen Termin«, sagte Sarah und lächelte sie an.

Mara berührte Tessas Arm. »Jetzt, da wir das Medizinische geklärt haben, kannst du uns ja endlich mehr über dich und Micah erzählen. Werden meine Cousins bald nach Amesport ziehen, um dauerhaft hier zu wohnen? Das würde mir gefallen.«

Tessa lachte. »Mach dir keine Hoffnungen! Du weißt doch, wie Micah ist. Er ist immer auf der Suche nach dem nächsten Adrenalinrausch. Aber ich glaube auch, dass er ziemlich zufrieden in New York ist. Er liebt seine Firma und seine Leidenschaft liegt darin, den Extremsport sicherer zu machen.«

Emily tippte ihr auf den Arm. »Hast du Angst um ihn? Er macht ziemlich verrückte Sachen.«

Tessa dachte kurz nach, bevor sie antwortete: »Er ist mir jetzt wichtig und ich kann nicht abstreiten, dass ich mir keine Sorgen um ihn machen würde, wenn er etwas Gefährliches täte. Aber seine Leidenschaft für diese Art von Sport macht Micah zu dem Menschen, der er ist. Er ist ein guter Mann, ich würde ihn nicht verändern wollen. Davon abgesehen sind wir zusammen Fallschirm gesprungen und es war der absolute Wahnsinn!« Sie sah in die schockierten Gesichter der anderen Frauen und fragte: »Was denn? Denkt ihr etwa, eine gehörlose Frau kann nicht mit dem Fallschirm abspringen?«

Tessa war davon überzeugt, dass sie eines Tages ihre Berechtigung erhalten würde, um alleine zu springen, auch wenn Micah nicht besonders glücklich darüber zu sein schien, dass sie sich – ohne an ihn gegurtet zu sein – aus einem Flugzeug werfen wollte.

Die anderen Frauen schüttelten ihre Köpfe, als ob die meisten von ihnen nicht einmal auf den Gedanken kommen würden, sich aus einem Flugzeug in die Tiefe zu stürzen.

Komisch, sie hatte das Gleiche gedacht, bis sie Micah getroffen hatte. Vielleicht hatte sie einen Traum gehabt, dass sie eines Tages mutig genug sein würde, um es zu versuchen, doch jeder hatte Träume, die sich nie erfüllen würden. Wenn sie ehrlich war, dann war sich Tessa nicht einmal sicher, ob sie mit irgendjemand anderem außer Micah gesprungen wäre. Aber nach dieser Erfahrung konnte sie sehr gut verstehen, warum er den Adrenalinrausch so sehr liebte.

Endlich kamen ihre Speisen und alle aßen mit großem Appetit. Tessa gab Homer heimlich einige Stückchen Huhn ihrer Lo Mein Nudeln, obwohl sie wusste, dass sie das nicht tun sollte. Er bedankte sich mit einem anbetungswürdigen Hundegesicht, bei deren Anblick sie kichern musste.

Die Frauen unterhielten sich auch während des Essens und der Abend verging wie im Flug. Tessa konnte kaum glauben, dass es bereits zehn Uhr war, als sie das Restaurant verließen. Sie umarmten sich alle, als würden sie nicht in derselben Stadt leben, und Tessa genoss jede Minute dieser Verabschiedung. Körperlicher Kontakt war ihre Art von Verbindung zu anderen Menschen und es fühlte sich gut an, diesen Frauen so nahe zu sein.

Nachdem alle Tessa ihre Telefonnummern gegeben hatten, ließ sie Homer in ihrem kleinen Auto Platz nehmen. Er nahm den gesamten Beifahrersitz ein und beobachtete sie aufmerksam, während sie um den Wagen herumging und auf der Fahrerseite einstieg.

»Das ganze Weibergeschwätz war bestimmt nichts für dich, oder, mein Junge?«, sagte sie zu Homer und streichelte ihm über den Kopf. »Fahren wir nach Hause. Dann bekommst du ein echtes Leckerli.«

Der Hund lehnte sich herüber und leckte ihre Wange, bevor er sich auf den Sitz legte.

Tessa lachte, als sie den Wagen anließ und darüber nachdachte, wie wichtig dieser Abend für sie gewesen war. Sie hatte nicht nur Freundschaft mit vier Frauen geschlossen, die sie bewunderte, ihr Hund schien mit ihr als Frauchen ebenfalls zufrieden zu sein.

Ihr Leben hatte angefangen, sich sehr zu verändern. Sie konnte sich so vielen Dingen nun viel einfacher stellen, weil sie erkannt hatte, dass die meisten ihrer Ängste genau wie ihre Unsicherheiten und Selbstzweifel selbstverschuldet waren.

»Mit alledem bin ich fertig«, sagte sie zu Homer, als sie aus ihrer Parklücke herausfuhr und sich auf den Weg zu Randis altem Haus machte.

Vor vielen Jahren hatte sie sich geschworen, dass sie sich selbst wiederfinden würde. Jetzt hatte sie das Gefühl, dass sie vielleicht, ganz eventuell zum ersten Mal herausfinden würde, wer sie wirklich war.

Zufrieden mit ihrer Eingebung fuhr sie nach Hause, denn sie war sich ziemlich sicher, dass ihr die Tessa gefallen könnte, die sie unter ihrer verängstigten, gehörlosen Hülle gefunden hatte. Hoffentlich würde sie diese Tessa tatsächlich mögen.

Kapitel 17

E inen vierbeinigen Gefährten zu haben bereicherte Tessas Leben
mehr, als sie sich jemals hätte vorstellen können. Am nächsten
Morgen ging sie mit ihrem Hund laufen und er schaffte es
tatsächlich, an ihrer Seite zu bleiben, während sie in gleichmäßigem
Tempo joggte. Ab und zu wurde sie etwas langsamer, weil sie sich
sorgte, dass der arme Homer eventuell erschöpft sein könnte, doch
der Hund steckte voller Energie. Immer dann, wenn sie ihm eine
Pause gönnen wollte, trieb er sie weiter an.

Wenn sie in der Eishalle waren, kletterte ihr Hund die alten
Sitzreihen immer etwas hinauf, um sie sehen zu können. Dort
saß er dann während ihres Trainings und beobachtete sie still mit
aufmerksamem Blick.

Tessa hatte sich nicht die Mühe gemacht, mit Musik zu üben,
weil Micah nicht anwesend war, um ihr Zeichen zu geben. Dennoch
lief sie ihre gesamte Kür, einschließlich der längeren Haltestellung
am Ende.

Das war auch der Moment, in dem sie einen Mann an der Bande
stehen sah, der in die Hände klatschte und ihrer Vorführung
applaudierte. Sie näherte sich, um zu erkennen, wer ihr zugesehen
hatte, und bekam mit einem Mal ein beklommenes Gefühl. Das war

nicht Micah. Sie erwartete ihn vor morgen nicht zurück. Als Tessa realisierte, wen sie dort stehen sah, auch wenn sie es nicht so ganz glauben konnte, hielt sie an der Bande an, dem einzigen Objekt, das die beiden voneinander trennte.

Rick? Was zum Teufel tut er in Amesport?

Sie starrte ihn an und ihr fiel auf, dass er sehr viel älter aussah, obwohl er nur ein oder zwei Jahre älter war als Micah. Er hatte zugenommen. Sie würde nicht sagen, dass er fett war, doch er hatte während der Jahre, in denen sie nicht zusammen gewesen waren, definitiv zu viel kalorienreiches Essen zu sich genommen und zu viel Alkohol getrunken.

Seine Augen richteten sich automatisch auf seinen Mund, als dieser begann, sich zu bewegen.

»Ich muss schon sagen, das war wirklich sensationell, Tessa. Kannst du wieder hören? Ich habe gesehen, dass dein Name auf der Liste der Athleten steht, die in New York auftreten werden. Du bist noch genauso elegant wie vor zehn Jahren.«

Tessa war vollkommen durcheinander, nach so langer Zeit plötzlich ihre erste große Liebe vor sich zu sehen, dass sie kaum ein Wort herausbrachte. Dieser Mann hatte sie vernichtet, aber ihr Herz schien das nicht zu interessieren. Nach einem Moment der Überraschung … fühlte sie … nichts. Nein, das stimmte nicht ganz. Sie war wütend.

»Was willst du, Rick?«, fragte sie kurz angebunden.

»Ich habe gesehen, dass du wieder läufst, und mich dazu entschlossen hierherzukommen, um dich zu sehen. Du bist wirklich erwachsen geworden, Tessa. Ich habe dich vermisst.«

Sie sah, wie Homer von seinem Platz auf der Tribüne aufstand, hinunterkletterte und sich mit aufmerksamem Blick einige Meter von Rick entfernt hinsetzte, ganz so, als würde er ihm nicht trauen.

Keine Sorge, Homer. Ich traue ihm auch nicht.

»Du hast dich dazu entschlossen, mich nach all diesen Jahren sehen zu müssen? Warum?« Sie spürte, wie sich ihr Körper anspannte.

»Wir beide hatten etwas zusammen, Tessa. Vielleicht haben wir es zu schnell aufgegeben. Ich habe nie wieder eine Frau wie dich gefunden.«

Der Ärger kochte in ihr hoch, eine Wut, von der sie nicht einmal gewusst hatte, dass sie immer noch existierte. »Oh, du meinst wohl, nachdem du mich aus deinem Haus geworfen und mit einer anderen Frau ersetzt hast? Oder nachdem du mich an einem der tiefsten Punkte in meinem Leben verlassen hast?«

»Ich habe dich geliebt, Tessa. Ich habe einfach nur nicht gewusst, wie ich mit deiner Behinderung umgehen soll. Aber jetzt, wo du wieder hören kannst –«

»Nein!«, schrie sie ihn an. Für den Bruchteil einer Sekunde erinnerte sie sich an das Leben, das sie gemeinsam gehabt hatten. Es war ein gutes Leben gewesen, doch nur, wenn sie sich wie seine perfekt erzogene Eiskunstlaufsiegerin verhalten hatte, die er sich genau so geformt hatte, wie er sie haben wollte. »*Ich* habe gelernt, mit meiner Gehörlosigkeit umzugehen, und ich bin nicht behindert. Und ich brauche dich auch nicht mehr. Ich glaube, ich habe dich nie gebraucht.«

»Du hast Recht. *Jetzt* bist du nicht behindert«, sagte Rick. »Komm zu mir zurück, Tessa. Es kann alles so werden wie früher. Wir haben viele Jahre und viel Arbeit in unsere Beziehung investiert. Das kannst du doch nicht einfach vergessen. Ich habe sogar noch deinen Ring.« Er zog eine kleine Schachtel aus seiner Tasche und öffnete sie.

Es war der Diamantring, den sie an ihrem Finger getragen hatte, derselbe Ring, ohne den ihre Hand nach der Trennung eine ganze Zeitlang nackt und leer ausgesehen hatte.

Er muss sich gerade erst getrennt haben, wenn er hierhergekommen ist, um mit mir zu sprechen. Oder er findet keine andere Frau als eine naive Achtzehnjährige, die mit ihm zusammen sein will. Was zum Teufel? Denkt er etwa, dass ich immer noch das kleine Mädchen bin, das er sich hinbiegen kann wie er will?

Tessa schauderte. Sie konnte sich wirklich überhaupt nicht vorstellen, wieder der Mensch zu werden, der sie einmal gewesen war. In diesem speziellen Fall war ihr Gehörverlust vermutlich ein Segen gewesen. Er hatte sie gelehrt, was Liebe *nicht* war, und sie davor bewahrt, den selbstsüchtigsten Mann der Welt zu heiraten.

»Lustig, dass du das sagst, denn ich erinnere mich daran, dass du mir erzählt hast, deine Liebe für mich sei verschwunden«, entgegnete sie, während ihr Teile ihres letzten Gesprächs, dieser Diskussion mit ihm, die sie einmal so verletzt hatte, durch den Kopf gingen.

»Ich weiß, was ich gesagt habe, aber ich bin jetzt bereit, dich zurückzunehmen.« Sein Gesichtsausdruck wurde mit einem Mal düster und ärgerlich.

Tessa glitt zu der Öffnung in der Bande und Homer kam zu ihr, um sie zu begrüßen. Sie tätschelte dem Hund den Kopf, zog rasch ihre Schlittschuhe aus und schlüpfte in ihre Schuhe. Dann stopfte sie die Schlittschuhe in ihre Sporttasche und schwang sie sich über die Schulter. Dabei ignorierte sie Rick vollkommen, bis sie auf dem Weg nach draußen an ihm vorbeigehen musste.

Er griff sie am Arm und hielt sie fest. »Hast du mich nicht verstanden? Ich sagte, ich bin bereit, dich zurückzunehmen.«

Sie musste sich zusammenreißen, um beim Anblick seines genervten Gesichts nicht laut loszulachen. Hatte er wirklich erwartet, dass sie so einfach zu ihm zurückkehren würde? Weswegen? Aufgrund des Geldes? Er war wirklich ein Arschloch. Wie hatte sie das nur nie sehen können? Wie hatte sie nur jemals mit einem Mann wie ihm zusammen sein können?

Ich war jung und leicht zu beeindrucken, weil ich nichts über Beziehungen wusste. Mein ganzes Leben hatte sich nur um den Eiskunstlauf gedreht. Und danach auch um ihn.

Sie hatte mindestens genauso viel Energie darin investiert, Rick zu gefallen, wie sie es mit den Punktrichtern beim Sport gemacht hatte, und in dem gesamten Prozess hatte sie wirklich alles verloren, was sie war oder hätte sein können. Sie hatte *sich selbst* verloren, jegliche Identität, die sich aus ihren eigenen Ideen und Erfahrungen hätte entwickeln können. Weil sie das Eislaufen liebte, hatte es ihr nichts ausgemacht, die Kampfrichter zu beeindrucken. Bei Rick hatte sie die Wahl gehabt, doch sie war davon überzeugt gewesen, dass sie ihn liebte, und sie hatte sich dafür verziehen, dumm gewesen zu sein. Leider schien er jedoch nicht zu verstehen, dass sie nun erwachsen geworden war.

Sie schüttelte seinen Arm ab. Als er versuchte, sie erneut festzuhalten, zeigte Homer seine Zähne. Dem verängstigten Gesicht von Rick nach zu urteilen nahm sie an, dass der Hund ihn warnend anknurrte.

Sie klopfte sich auf den Oberschenkel und Homer kam zu ihr. An ihrer Seite verließ er gemeinsam mit ihr die Eishalle und Tessa ließ ein für alle Mal ihre Vergangenheit hinter sich. Ihre Beziehung zu Micah war vielleicht nicht von Dauer und würde in der näheren Zukunft enden, doch sie hatte erkannt, dass sie lieber fünf Minuten mit Micah Sinclair verbringen als ein Leben in der Hölle mit jemandem erleben würde, dem sie eigentlich vollkommen egal war.

Rick folgte ihr und stapfte wütend durch die Tür, die sie für ihn offenhielt. Als er nach draußen getreten war, schloss sie die Tür hinter ihm, um die Halle abzuschließen.

Bei Tageslicht sah sie, dass er außer sich vor Wut war. »Du machst einen großen Fehler, Tessa! Einige Frauen würden über Leichen gehen, damit ich sie heirate.«

»Wenn ich deine Ehefrau wäre, könnte es gut sein, dass ich *dich umbringen* würde«, schoss sie zurück. »Du bist ein kontrollierender, herablassender Wichser, der Frauen wie Dreck behandelt! Gott sein Dank bin ich nicht mehr die gleiche Frau, die ich damals war!« Sie winkte ab. Sie war fertig mit ihm. »Geh und finde eine Frau, die die gleichen Dinge schätzt wie du. Ich tue das nicht mehr.«

Sie ging mit Homer in Richtung ihres Wagens und rief ihm über die Schulter hinweg zu: »Übrigens, ich bin immer noch gehörlos, aber ich bin definitiv nicht behindert. Ich habe nur verstanden, dass ich immer noch eislaufen kann, mit oder ohne mein Gehör. Und jetzt fahr zurück nach Boston. Hier in Maine gibt es für dich nichts zu holen.«

In einer größeren Stadt würde er sehr viel mehr Glück haben, ein anderes gutgläubiges Mädchen zu finden. Tessa hatte bereits Mitleid mit jeder Frau, die mit ihm zusammen sein würde.

Sie sah sich nicht noch einmal um, als sie wegfuhr, aber sie lächelte, als Homer ihre Wange leckte und sich danach auf dem Beifahrersitz zusammenrollte.

Später erhielt sie eine Nachricht von Julian, in der er ihr mitteilte, dass er in Kürze landen würde und Xander im Schlepptau hatte. Er fragte, ob sie vielleicht zu Evans Gästehaus fahren könnte, um dafür zu sorgen, dass sich kein Alkohol und keine Medikamente in dem Anwesen befanden.

Tessa setzte sich sofort in Bewegung und nahm Homer mit. Als sie die letzte Flasche Bier weggeschüttet hatte, fragte sie sich, was wohl aus Micahs Bruder werden würde.

Sie brachte seufzend den Müll raus und warf ihn in den Abfallbehälter. Sie hatte sichergestellt, dass das Gästehaus nun frei von jeglichen Substanzen war, die Xander wieder rückfällig werden lassen könnten.

Sie musste zugeben, dass sie Mitleid mit Micahs jüngstem Bruder hatte. Er war in einer Zeit für sie dagewesen, als sie wirklich einen freundlichen Menschen gebraucht hatte. Damals war er ein Mensch gewesen, der auf eine vollkommen Fremde zugegangen war und dafür gesorgt hatte, dass ihr nichts zustieß. Verstand er überhaupt, dass er jetzt dabei war, seine Familie auseinanderzureißen?

Was für ein Mensch war aus ihm geworden?

Sie hatte gesaugt, Staub gewischt und so gut aufgeräumt, wie es ihr in der kurzen Zeit möglich gewesen war. Weil sie sonst nichts anderes zu tun hatte, setzte sie Kaffee auf.

Nur Sekunden später kam Homer in die Küche gelaufen, um ihr etwas zu signalisieren, und sie folgte ihm zur Eingangstür.

»Ist jemand gekommen?«, fragte sie den Hund, obwohl sie bereits wusste, dass die Tür der Ort war, an dem er Geräusche gehört hatte.

Sie schob den Riegel zurück, drückte die Türklinke herunter und zog die Tür auf. Draußen standen zwei Männer auf der obersten Treppenstufe. Als sie Julian erkannte, trat sie einen Schritt zurück und versuchte, nicht auf den Kerl zu starren, den Julian am Kragen seiner schwarzen Lederjacke festhielt. Julian schob Xander durch das Haus und in die Küche, wo er ihn auf einen der Stühle schubste, die am Tisch standen.

»Ich muss duschen«, verkündete Julian schlecht gelaunt. »Dieses kleine Arschloch hat eine Dose Cola über mir ausgeschüttet, die ich ihm angeboten habe, als er sagte, er wolle etwas zu trinken haben.«

Mit einer Reisetasche über der Schulter stapfte Julian in Richtung Badezimmer.

Sie drehte Xander den Rücken zu und beschäftigte sich damit, zwei Tassen Kaffee zuzubereiten, und stellte ebenfalls Milch und Zucker auf den Tisch, weil sie keine Ahnung hatte, wie die beiden ihren Kaffee tranken. Sie wusste nicht einmal, ob sie Kaffee überhaupt *mochten*.

Wenn sie nicht gewusst hätte, dass dies derselbe Xander ist, den sie während einer einzelnen Rettungsaktion und einer Autofahrt zu schätzen gelernt hatte, hätte sie ihn niemals wiedererkannt. Er trug einen zotteligen Bart, der einmal geschnitten werden sollte, längeres Haar und sie bemerkte, obwohl sie nur einen kurzen Blick auf sein Gesicht erhaschen konnte, dass er Narben hatte. Darüber hinaus war er dünn, viel zu dünn.

Tessa stellte eine Tasse mit einem Löffel vor ihn auf den Tisch, nahm die zweite und setzte sich ihm gegenüber hin. Sie goss etwas Milch in ihren Kaffee und fragte dann: »Wie geht es dir, Xander? Erinnerst du dich an mich?«

Seine Hand bewegte sich ein wenig und umklammerte die Kaffeetasse.

»Bitte wirf sie nicht nach mir. Der Kaffee ist heiß«, erinnerte sie ihn.

Tessa fiel auf, dass seine Hände leicht zitterten. Seine Augen waren leblos, als er die Tasse anstarrte und vermutlich darüber nachdachte, ob er seinem Ärger Luft machen sollte oder nicht, indem er sie als Wurfgeschoss benutzte.

»Wenn du keinen Kaffee magst, dann kann ich dir auch etwas anderes bringen«, bot sie ihm an.

»Ich. Will. Verdammt. Noch. Mal. Etwas. Trinken.«

Hätte er nicht so deutlich gesprochen, dann hätte Tessa wegen seiner Gesichtsbehaarung vermutlich Schwierigkeiten gehabt, ihn zu verstehen. »Du hast bereits ein Getränk. Im ganzen Haus befindet sich kein einziger Tropfen Alkohol. Wir haben Limonade, aber die hast du ja bereits sehr unhöflich abgelehnt. Oder eben der Kaffee, der vor dir steht.«

»Du bist das gehörlose Mädel, das ich vor einigen Jahren getroffen habe?«

Sie nickte. »Ja.«

»Du kannst immer noch nicht hören?«

Tessa schüttelte den Kopf. »Nein.«

»Gut.« Er nahm die Tasse und warf sie gegen den Kühlschrank, wo sie zerbrach. »Ich bin froh, dass du das nicht gehört hast.«

Tessa schrie vor Schreck auf, als sie sah, wie der Kaffee mit den Scherben der Tasse auf dem Boden lag und die dunkle Flüssigkeit an den Schränken und dem Kühlschrank herunterlief.

Sie stand auf und stemmte die Hände in die Hüften. »Und was genau war jetzt der Zweck dieser Sache?«

»Sofern du mir kein richtiges Getränk oder eine Nutte besorgen kannst, lass mich verdammt nochmal in Ruhe! Und im Moment will ich nur zwei Dinge. Kaffee gehört nicht dazu.«

Tessa hockte sich hin und begann, die Scherben von den Fliesen aufzuheben. »Was zum Teufel ist nur mit dir los?«

»Ich bin ein Wichser«, sagte er achselzuckend.

»Du warst mal ganz anders.« Sie sah zu ihm auf.

»Das ist schon sehr lange her.«

Während Tessa das Chaos beseitigte, sagte Xander kein Wort. Als sie die Scherben in den Mülleiner werfen wollte, schnitt sie sich in den Finger.

»Verdammt!«, rief sie, als sie sah, wie das Blut aus dem Schnitt ihre Hand hinunterlief.

Xander stand auf, nahm sanft ihre Hand und reinigte die Wunde unter dem Wasserhahn der Spüle. Der Schnitt war nicht sehr tief und die Blutung stoppte beinahe sofort. Er führte sie zurück zu ihrem

Stuhl und drückte ihr auf die Schultern, um ihr zu bedeuten, dass sie sich setzen sollte.

Sie sah ihm dabei zu, wie er den Rest des Kaffees aufwischte und sich dann wieder hinsetzte.

Homer, der alles von der Küchentür aus beobachtet hatte, ging zu Xander, beschnüffelte ihn und legte plötzlich seinen Kopf in seinen Schoß.

Tessa hielt den Atem an und hoffte, dass Xander sich nicht so sehr verändert hatte, dass er einen unschuldigen Hund wegstoßen oder treten würde. Als sie sah, wie Micahs jüngster Bruder seine Hand auf Homers Kopf legte und anfing, ihn geistesabwesend zu streicheln, atmete sie wieder aus.

»Du weißt ganz genau, dass du deinen Brüdern wehtust. Wolltest du wirklich sterben oder war es nur ein Unfall?« Tessa war zu dem Entschluss gekommen, dass sie nichts zu verlieren hatte, also fragte sie. Xander konnte einen weiteren Wutanfall bekommen, doch er hatte bereits keine Munition mehr, denn sie hatte ihre Hand fest um ihre eigene Tasse geschlossen und Milch und Zucker weggeräumt, während er den Kaffee aufgewischt hatte.

Er ignorierte ihre Frage und sackte auf dem Stuhl in sich zusammen, als würde er es vorziehen, an jedem anderen Ort zu sein, nur nicht hier. »Ich werde nicht nüchtern bleiben, falls es das ist, was ihr euch erhofft. Warum können mich alle nicht einfach nur in Ruhe lassen?«

»Weil sie dich lieben«, sagte Tessa ernst. »Du bist ihr Bruder. Sag mir nicht, dass du nicht das Gleiche tun würdest.« Sie hielt kurz inne, dann sagte sie: »Ich habe einmal versucht, mich umzubringen. Nachdem ich zurück nach Hause gekommen war. Meine Eltern waren gestorben und ich hatte wirklich alles verloren, was ich geliebt hatte.«

Er sah sie mit etwas Interesse an. »Warum lebst du dann noch?«

»Ich hatte meine Meinung geändert, bevor es zu spät war. Ich hatte an meinen Bruder gedacht, meinen einzigen noch lebenden Verwandten, und ich wollte ihn nicht alleine lassen und ihm Schuldgefühle aufbürden, weil er mich nicht hatte retten können.

Das würde geschehen, wenn du sterben würdest. Keiner deiner Brüder würde sich das jemals verzeihen.«

»Ich versuche nicht, mir das Leben zu nehmen, okay? Ich muss nur entfliehen. Alkohol und Pillen helfen dabei.«

»Nein, das tun sie nicht. Irgendwann werden sie dich umbringen«, gab Tessa zurück.

»Dann will ich vielleicht doch sterben. Verdammt nochmal! Ich wünschte, ihr würdet mich alle einfach nur zufrieden lassen! Meine Brüder hätten immer noch sich und unsere Cousins. Sie brauchen mich nicht.«

Tessa spürte, dass von Xander etwas Düsteres ausging. »Ich kann nicht sagen, dass ich weiß, wie du dich fühlst. Es muss fürchterlich gewesen sein, dabei zuzusehen, wie deine Eltern gestorben sind. Aber irgendwann wird es auch wieder aufwärts gehen. Das verspreche ich dir.« Beim Anblick des Mannes, der aus Xander geworden war, zog sich ihr Herz zusammen.

»Meine Brüder wissen längst nicht alles, weil ich ein gottverdammter Feigling bin, und sie werden es auch nie erfahren. Und am Ende meines beschissenen Tunnels gibt es kein Licht. Die Dunkelheit ist unendlich.«

»Und du ziehst Micah und Julian mit dir herunter«, informierte Tessa ihn. »Wusstest du, dass Micahs Kopfschmerzen zurückgekehrt sind, vermutlich ausgelöst durch Stress? Kannst du es nicht wenigstens versuchen?«, bettelte sie.

»Ich werde versagen«, erklärte Xander, als würde es ihm nichts ausmachen. »Ohne meine Pillen oder meinen Alkohol kommen die Albträume zu mir, ganz egal ob ich wach bin oder schlafe.«

»Du kannst das überwinden«, sagte Tessa in dem verzweifelten Versuch, den alten Xander zu erreichen, den sie vor langer Zeit in ihr Herz geschlossen hatte. Er existierte noch immer. Er musste einfach noch da sein.

»Nein, das kann ich nicht.« Er stand auf. »Ich gehe schlafen. Sag Julian, dass ich kein verdammtes Kindermädchen brauche.«

Tessa wusste, dass Xander einen Aufpasser bekommen würde, ob er ihn wollte oder nicht. Julian würde mit ihm hierbleiben.

»Vielleicht solltest du versuchen, ihnen alles zu erzählen –«

Xander blitzte sie an, als er sprach: »Ich brauche nicht zu reden. Ich will mich berauschen. Bring mir also entweder eine willige Frau oder etwas zu trinken ⊠ oder halt endlich das Maul!«

Sie hörte auf zu sprechen, weil er davon marschierte. Er hatte Recht. Wenn er seine unterschwelligen Probleme nicht löste, würde die Entziehungskur wieder in einem Rückfall enden.

Ihr lief eine Träne die Wange hinunter und sie fragte sich, was nur mit Xander passiert sein mochte, dass er so bitter und wütend geworden war. Vielleicht wollte er einfach nur vergessen, was er in der Nacht, in der seine Eltern ermordet worden waren, gesehen hatte, doch diese Geschichte beinhaltete noch mehr. So viel hatte er wenigstens zugegeben.

Homer kam zu ihr und legte seinen Kopf auf ihren Schoß, wo Tessa sein weiches Fell kraulte und sich fragte, was oder wer zu Xander durchdringen konnte.

Sie wusste nun, dass sie es nicht war.

Denn leider hatte sie soeben kläglich versagt.

Kapitel 18

»Er wird dir das Herz brechen. Wenn er genug von dir hat, wird er gehen und dich keines Blickes mehr würdigen«, sagte Liam zu Tessa, als die beiden am nächsten Abend an einem der wackeligen Tische im *Sullivan's Steak and Seafood* saßen.

Tessa war für eine ihrer Kellnerinnen eingesprungen, die ihren freien Abend gehabt hatte. Micah hatte ihr gesagt, dass er am nächsten Morgen zu Hause sein würde, und sie konnte es kaum erwarten, ihn wiederzusehen.

Tief in ihrem Inneren wusste sie, dass ihr Bruder Recht hatte. Sie *würde* dafür bezahlen, dass sie sich dem Verlangen nach Micah hingegeben hatte. Doch sogar jetzt würde sie die Erfahrungen, die sie gemacht hatte, nicht eintauschen wollen, wenn das bedeutete, dass sie dadurch den Schmerz verhindern könnte. »Das wird mein Problem sein und ich werde es lösen«, teilte sie ihrem Bruder stur mit.

Liam zuckte mit den Schultern und nahm einen Schluck von dem Bier, das vor ihm stand. »Ich will nicht, dass du verletzt wirst.«

Ihr Herz schmerzte, als sie ihren einsamen Bruder ansah. »Du kannst mich nicht vor allem beschützen, Liam. Ich bin fast achtundzwanzig Jahre alt. Ich mag Micah und er ist seit Rick der erste Mann, mit dem ich gern Zeit verbringen will.«

»Er ist der erste Mann, dem du eine Chance dazu gegeben hast«, sagte Liam.

Tessa schüttelte den Kopf. »Er ist der Einzige, den ich wollte.« In dem verzweifelten Versuch, das Thema zu wechseln, sagte sie zu ihm: »Ich habe endlich auf mein Bankkonto gesehen. Liam, irgendjemandem muss ein Fehler unterlaufen sein. Wo kommt all das Geld her? Gehört es dir?«

»Nein. Das Geld gehört dir. Tessa, Mom und Dad waren alles anderes als arm. Als Grandma und Grandpa gestorben sind, haben sie Geld und das Restaurant von ihnen erhalten. Darüber hinaus machen wir hier einen ordentlichen Gewinn. Das Geld auf deinem Konto ist die Hälfte deines Erbes und dein Anteil am Profit des Restaurants. Sobald ich das Haus verkaufe, erhältst du auch davon, was dir zusteht.«

»Aber auf meinem Konto befindet sich fast eine Million Dollar. Das kann unmöglich stimmen. Ich habe beinahe einen Herzinfarkt bekommen, als ich heute nachgesehen habe.«

Liam zog eine Augenbraue hoch. »Das hast du jetzt erst bemerkt? Tessa, wir haben das gemeinsame Konto mit dem Erbe und den Geschäftsgewinnen sein Jahren! Wie hatte dir das nicht auffallen können?«

»Ich habe nicht nachgesehen. Ich wollte nicht nachsehen.«

»Warum nicht, um alles in der Welt?«

»Ich weiß nicht.« Sie seufzte. »Ach, was soll's! Sicher weiß ich es. Ich glaube, ich habe nach einer Ausrede gesucht, um es mit den Implantaten nicht noch einmal versuchen zu müssen. Ich wollte, dass du das Erbe von Mom und Dad für dich behältst. Es war mir egal, wie viel es ist. Keiner von ihnen hat jemals über Geld gesprochen. Ich hatte glauben wollen, dass wir das Geld nicht haben und dass das, was wir besitzen, in die Renovierung des Restaurants investiert werden muss.«

»Ich habe bereits Geld dafür zur Seite gelegt, Tessa. Ich habe einen Teil unserer Gewinne gespart und im Sommer einen Kostenvoranschlag eingeholt. Wir können es bezahlen. Ich brauche nur den Zeitpunkt abzuwarten, wenn das Geschäft ruhiger wird, damit wir uns an die Arbeit machen können.« Er zögerte, bevor er fragte: »*Willst* du es noch einmal versuchen? Du hast ziemlich deutlich gemacht, dass es für dich außer Frage steht. Ich habe gedacht, dass du das Risiko nicht eingehen möchtest. Um ganz ehrlich zu sein könnte ich dir nicht sagen, ob ich es noch einmal versuchen würde, wenn ich all das durchgemacht hätte, das dir in den letzten sechs Jahren passiert ist.«

»Ich könnte mir eventuell vorstellen, es noch einmal zu wagen«, sagte sie etwas unsicher. »Sarah ist mit einer Ärztin in New York befreundet, die eine der besten des Landes bei dieser Art von Eingriffen ist. Wenn ich dort bin, würde ich sie zumindest gern treffen. Was mir passiert ist, kommt nicht sehr häufig vor. Ich muss die Chance nutzen, um zumindest alle Fakten herauszufinden.«

Liam erhob sich, nahm seine Schwester in die Arme und drehte sich mit ihr um sich selbst. Als er sie wieder auf dem Boden absetzte, sah er sehr glücklich und aufgeregt aus. »Das ist meine tapfere Schwester! Ich würde es großartig finden, wenn du es probieren würdest.«

Sie drückte ihn fest an sich. »Ich hatte Angst, Liam. Ich hatte eine sehr lange Zeit Angst vor vielen verschiedenen Dingen.«

Er hielt sie an den Schultern fest. »Und jetzt hast du keine Angst mehr?«

»Das würde ich nicht sagen«, antwortete sie trocken. »Aber ich werde nicht mehr zulassen, dass meine Ängste mein Leben kontrollieren. Wenn ich es nicht versuche, werde ich nie erfahren, ob ich meinen Gehörsinn nicht hätte wiedererlangen können.«

»Du bist sehr tapfer, Tessa. Verdammt, du bist eine der mutigsten Frauen, die ich kenne! Wenn es um deinen Männergeschmack geht, bin ich mir zwar nicht ganz so sicher, aber du bist mit den Dingen immer besser umgegangen, als ich dazu in der Lage gewesen wäre.«

Sie legte eine Hand auf Liams Schulter. Liams Unterstützung und die Art und Weise, wie er immer an ihrer Seite gewesen war, ließen ihr die Tränen in die Augen steigen. Sie würde ihm nichts von den Zeiten erzählen, in denen sie sich schwach gefühlt hatte und ihre Welt pechschwarz gewesen war. Er brauchte es nicht zu wissen, denn sie hatte die Vergangenheit endlich hinter sich gelassen. Tessa wollte nach vorn blicken und sie wollte, dass Liam dasselbe tat.

Sie lächelte ihn durch ihren Tränenschleier an. »Du bist der beste Bruder, den sich eine Frau wünschen kann. Du hast bei allem, das mir widerfahren ist, an meiner Seite mitgelitten. Es wird Zeit, dass wir glücklich werden, Liam, und es wird Zeit, dass du das Gefühl loswirst, in irgendeiner Form für die Tragödien der Vergangenheit verantwortlich zu sein.«

»Aber was, wenn –«

Sie hielt ihm schnell mit einer Hand den Mund zu. »Kein Aber mehr, für keinen von uns! Bitte. Wir haben ein gutes Leben. Und ich bin ganz plötzlich Millionärin geworden!« Sie kicherte, als sie ihre Hand von Liams Mund nahm. »Mein Erspartes anzusehen hat sich angefühlt, als hätte ich im Lotto gewonnen.«

»Hast du wirklich geglaubt, du müsstest all diese anderen Jobs annehmen?«

Sie zuckte mit den Schultern. »Ich denke schon, aber nur weil ich es glauben wollte. Davon abgesehen wird mir langweilig, wenn du mir nicht erlaubst, öfter im Restaurant zu arbeiten.«

»Das würde jemanden den Job kosten«, warnte er sie.

»Ich weiß. Deswegen suche ich mir andere Tätigkeiten. Sogar jetzt, wo ich reich bin, werde ich immer noch nach diesen Nebenjobs suchen. Aber ich ziehe nicht wieder nach Hause«, sagte sie. »Ich bin zu alt, um mit meinem Bruder zusammenzuleben. Es ist fast das Gleiche, wie immer noch bei den Eltern zu wohnen. Ich bin unabhängig und komme sehr gut alleine zurecht.«

Wenn sie wollte, konnte sie sich sogar ihr eigenes Haus bauen, zur Immobilienbesitzerin werden. Von dem Schock, herausgefunden zu haben, dass sie tatsächlich so viel Geld besaß, war ihr noch immer ganz schwindelig.

»Du wirst immer meine kleine Schwester sein«, sagte Liam und zog sie zum Spaß an ihrem Pferdeschwanz.

Tessa lachte. Sie konnte damit umgehen, dass Liam der beschützerische, große Bruder war. Womit sie jedoch nicht umgehen konnte waren seine Schuldgefühle und seine übertriebene Fürsorge.

»Das heißt dann wohl, dass mein Bruder ein noch besserer Fang ist als ich gedacht hatte«, sagte Tessa nachdenklich.

Liam runzelte die Stirn. »Versuche gar nicht erst, mich noch einmal zu verkuppeln.«

»Aber du hast genauso viel Geld wie ich, richtig?«

Er grinste sie an. »Mehr. Ich habe dir doch erzählt, dass ich in der Anfangszeit meiner Karriere ein paar Produkte entwickelt habe. Einige von ihnen habe ich verkauft und erhalte seitdem ziemlich gute Lizenzgebühren. Darüber hinaus werde ich für meine Arbeit als Berater ebenfalls sehr gut bezahlt. Auf meinem Gebiet bin ich der Beste.«

»Dann bist du also reich?«, fragte Tessa geradeheraus und starrte ihren Bruder ungläubig an.

»Nicht so reich wie die *Sinclairs*, aber ja, ich muss mir um Geld keine Sorgen machen. Meine Güte, warum hast du mich das nicht schon eher gefragt?«, wollte Liam frustriert wissen.

»Ich glaube, ich war einfach nicht dazu bereit, der Realität ins Auge zu blicken«, gab sie zu. »Vielleicht war ich einfach nur zufrieden damit zu arbeiten, wenn ich die Gelegenheit dazu bekommen habe, und mich davon zu überzeugen, dass es mir gut geht mit der Situation.«

»Es *geht* dir gut«, sagte Liam. »Mehr als gut.«

»Das war aber nicht immer so. Es ging mir wirklich nicht gut. Ich hatte Angst, aber in der kleinen Welt, in der ich nicht viel tun konnte, habe ich mich sicher gefühlt.« Dort wo sie Grenzen gesehen hatte, hatte sie sich sicher gefühlt.

»Du wirst also nicht mit gebrochenem Herzen dastehen, wenn dieser Sinclair dir den Rücken zukehrt?«

Sie dachte einen Moment lang nach. »Ich *werde* traurig sein. Vielleicht wird es mir sogar eine Zeitlang schlecht gehen. Aber ich würde die Zeit mit Micah gegen nichts auf der Welt eintauschen wollen. Er ist der Grund, dass ich wieder auf dem Eis stehe, der Grund, warum ich es noch einmal versuche. Er ist der Grund, warum ich jetzt so viel mehr will als ich vorher hatte.«

»Du bist in ihn verliebt«, stellte Liam nüchtern fest.

Sie nickte und die Tränen liefen ihr die Wangen hinunter.

Liam nahm seine kleine Schwester in die Arme und zog sie ganz nahe an sich heran. Dann gab er ihr einen Kuss auf den Kopf. »Wenn er dir wehtut, bringe ich ihn um.«

Tessa konnte ihn nicht hören; sie weinte einfach nur weiter.

Später in derselben Nacht wachte Tessa von Homers Körper auf, der gegen ihren gerollt war, weil die Matratze auf der anderen Seite heruntergedrückt wurde.

Tessa sprang aus dem Bett und schaltete ihre Nachttischlampe an. Ihr Herz klopfte vor Schreck wie wild, trotzdem musste sie lachen.

Micah lag mit dem Gesicht nach unten auf dem Bett und Homer saß mit gekränktem, unglücklichem Ausdruck neben ihm.

Tessa bewunderte in aller Ruhe Micahs nackten Körper und sah dabei zu, wie sich sein knackiger Hintern und die muskulösen Oberarme anspannten, als er sich langsam auf Händen und Knien abstützte, sich herumdrehte und sich mit dem Rücken an das Kopfende des Bettes lehnte.

Mann und Hund sahen einander an, bevor Micah fragte: »Der Hund schläft auf meiner Seite des Bettes?«

»Nun, du warst nicht hier«, antwortete sie logisch. »Und er mag das Bett.«

»Ich mag es auch«, sagte Micah unzufrieden.

Sie biss sich auf die Lippe, um nicht loszulachen. Dann fragte sie: »Warum bist du hier? Ich hatte dich erst morgen früh erwartet.«

Er grinste sie an. »Ich habe mich entschlossen, jetzt *kommen* zu müssen. Ich habe dich vermisst. Ich wusste, dass ich sowieso nicht schlafen würde, also bin ich kurzerhand gleich zurückgeflogen.«

Ihr Körper schmolz dahin und flüssige Hitze breitete sich zwischen ihren Schenkeln aus. Micah saß auf ihrem Bett, müde, aber sexy, und sie wollte ihn berühren … genau jetzt.

Sie klopfte sich auf ihren nackten Oberschenkel und Homer stand sofort auf und sprang zu Boden. Als sie geistesabwesend sein seidiges Fell am Kopf streichelte, fiel ihr auf, dass sie selbst auch nur sehr spärlich bekleidet war. Das Nachthemd, das sie trug, reichte ihr nur bis zur Mitte der Oberschenkel und der dazugehörige Slip war nicht gerade etwas, das man sich unter dem Begriff Unterwäsche vorstellte. Es war vielmehr ein Stringtanga, der gerade einmal ihre Muschi bedeckte, ihren Hintern jedoch hervorschauen ließ.

Nachdem Tessa zurück ins Bett geklettert war, schlang sie ihre Arme um Micahs Hals und dieser erwiderte sofort die Umarmung. Sie legte ihren Kopf auf seine Brust und eine wohlige Wärme erfüllte ihre Seele, als sie gemeinsam dort lagen und das Gefühl des jeweils anderen genossen.

»Oh Gott, ich bin so froh, dass ich zurückgekommen bin«, sagte Micah und hob ihren Kopf etwas an, damit sie ihn sehen konnte. »Ich glaube nicht, dass ich es ausgehalten hätte, wenn ich bis morgen hätte warten müssen.«

Ihr Herz setzte kurz aus, nur um dann wieder zu beschleunigen, als sie den lüsternen Blick in seinen Augen sah. »Ich habe dich auch vermisst. Wie war die Inspektion?«

»Es gab hier und da einige kleine Fehler, andernfalls wäre ich schon gestern wieder da gewesen. Aber jetzt bin ich fertig.«

Sie leckte sich über die Lippen, denn ihr Mund war plötzlich ganz trocken. Dieser Mann war so warm und einladend. Ihr Körper verzehrte sich nach ihm, doch ihr Kopf sagte ihr, dass sie Schlaf brauchten. »Du bist sicher müde.«

»*So* müde nun auch wieder nicht«, sagte er. »Ich war sauer, denn ich wollte eigentlich nur mir dir zusammen sein.«

»Vermutlich habe ich mehr Schlaf gehabt als du, also leg dich hin und lass mich die Arbeit machen.« Er hatte versprochen, ihr die Kontrolle zu überlassen, und sie hatte vor, dieses Angebot anzunehmen. »Du hast es versprochen.«

»Baby, ich will jetzt einfach nur so schnell wie möglich in dir sein.« Sein Gesicht war dunkel vor Verlangen.

»Das wirst du auch, lass mich nur machen.« Tessa wollte das Gleiche, sehnte sich danach.

Er rutschte hinunter, sodass sein Kopf auf dem Kissen lag, und sah sie dabei die ganze Zeit an. »Jetzt«, forderte er und streichelte mit einer Hand über ihren Bauch, bevor er ihre feuchte Muschi durch den dünnen Slip berührte. »Bist du schon schön nass für mich, meine süße Tessa?«

Nass war gar kein Ausdruck; sie war verzweifelt. »Ja!«

Ungeduldig, weil sie es nicht erwarten konnte, seinen Körper an ihrem zu spüren, zog sie sich ihr Nachthemd über den Kopf und warf es auf den Boden.

Homer bewegte sich, als das Kleidungsstück neben ihm landete. Der Hund stand auf und tapste aus dem Schlafzimmer, um einen Schlafplatz im Wohnzimmer zu finden.

Als Tessa sich ihres knappen Slips entledigte, fuhr sich Micah frustriert mit der Hand durchs Haar. »Ich brauche das hier. Ich brauche dich so sehr, dass ich nicht klar denken kann!«

Die glühende Hitze in seinen Augen brachte ihre Muschi dazu, sich beinahe schon schmerzhaft zusammenzuziehen, als sie sich rittlings auf ihn setzte und ihre heiße Feuchtigkeit seine muskulösen Bauchmuskeln berührte.

»Oh Gott! Ich auch«, sagte sie. »Ich bin so froh, dass du hier bist.«

Wie sollte sie erklären, dass sie sich in seiner Gegenwart ausgehungert fühlte, dass ihr Körper und ihre Seele sich danach sehnten, in ihn hineinzukriechen und nie mehr herauszukommen?

Micah hatte diese Wirkung auf sie wie kein anderer Mann jemals zuvor.

Nicht in der Lage, sich noch länger zurückzuhalten, senkte sie ihren Kopf und küsste ihn.

Kapitel 19

Micah bezweifelte stark, dass er sehr lange durchhalten
würde. Tessa hatte ihn Tag und Nacht überallhin verfolgt
Wenn er nicht davon träumte, sich in ihr zu befinden,
dann dachte er daran.

Ja, er hatte sich Sorgen um sie gemacht, während er in New York
war, doch mehr als das wollte er sie einfach nur wieder *sehen*, wieder
berühren.

Es tröstete ihn nur wenig, dass sie jetzt einen Hund besaß, der
ihr Gesellschaft leisten konnte. *Er* wollte an ihrer Seite sein. *Er*
wollte mit ihr zusammen sein. Verdammt, er war beinahe schon
eifersüchtig auf einen verdammten Hund, nur weil dieser das Bett
mit ihr geteilt hatte, als er nicht da war.

Er krallte sich in ihr Haar und zog ihren Mund noch näher an
seinen heran. Die Intimität befriedigte ihn, doch nachdem er sie
die letzten Tage so sehr vermisst hatte, war das immer noch nicht
genug. Er konnte ihre aufgeheizte Muschi an seinem Bauch spüren
und ihn ritt eine unkontrollierbare Besessenheit, endlich tief in sie
einzudringen.

Er zog gerade fest genug an ihrem Haar, um die Umarmung zu lösen und sie zu warnen: »Wenn ich nicht innerhalb der nächsten drei Sekunden in dir bin, werde ich es selbst tun.«

Warum zum Teufel habe ich ihr nur versprochen, dass sie die Kontrolle übernehmen darf? Gut, sie sieht unfassbar scharf aus, wie sie auf mir sitzt und ihre Hüften kreisen lässt, und ihre Locken umranden ihr wunderschönes Gesicht mit dem bedürftigen Blick so perfekt, dass ich fast wahnsinnig werde.

Er nahm eine Hand aus ihrem Haar und sagte fordernd: »Eins!« Er hielt einen Finger in die Höhe.

»Du hast es versprochen«, sagte sie, als sie sich aufsetzte und langsam seinen Körper herunterglitt. Dabei hinterließ sie eine Spur ihrer Erregung auf seinem Bauch.

Auch seine andere Hand löste sich aus ihren seidigen Locken und ergriff sofort eine ihrer üppigen Brüste. Er atmete hörbar ein, als er bemerkte, wie hart ihre Brustwarzen bereits waren.

»Zwei!« Er hielt einen weiteren Finger hoch, der sich zu dem ersten gesellte.

»Warte! Ich bin das nicht gewöhnt! Ich habe so was noch nie zuvor gemacht«, sagte sie ängstlich.

Mein Gott! Sie hatte noch nie einen Mann zum Orgasmus geritten?

Da fiel Micah auf, dass er ihr bisher nie die Möglichkeit dazu gegeben hatte. Er war immerzu verrückt nach ihr und übernahm immer sofort die Kontrolle, ohne ihr auch nur den Hauch einer Chance zu geben, ihn zu reiten. Offensichtlich hatte ihr Ex ihr auch nicht die Gelegenheit gegeben, einmal die Initiative zu ergreifen.

Er versuchte, den Gedanken aus seinem Kopf zu vertreiben, dass ein anderer Mann Tessa berühren könnte. Es machte ihn zu verrückt.

Sein Kiefer spannte sich an, als Tessa seinen steinharten Schwanz ergriff.

»Zweieinhalb!« Er erhob nicht noch einen weiteren Finger.

Tessa wirkte nervös und Micah wusste, dass er warten musste, weil sich seine Lehrstunde am Ende auszahlen würde.

Mit beiden Händen ergriff er ihre Hüften. »Lass dich langsam auf mich herunter und führe meinen Schwanz in dich ein«, sagte er mit vor Erregung rauer Stimme. Er drückte ihre Hüften nach unten und presste sich gleichzeitig gegen sie.

Ihm entfuhr ein lautes Stöhnen, als er spürte, wie sich ihre Muskeln eng um ihn schlossen. Er schob sich tiefer … und immer tiefer.

»Drei!«, rief er erleichtert und befriedigt zugleich, als ihre feuchte Muschi ihn endlich vollständig in sich aufgenommen hatte und er bis zur Schwanzwurzel in ihr steckte, genau dort, wo er sein musste.

Er war bereits schweißnass und seine Kontrolle hing an einem seidenen Faden. »Reite mich, Baby!«, wies er sie an. »Los!«

»Wie denn?«, fragte sie unsicher und bewegte experimentierfreudig ihre Hüften. »Mein Gott, du bist so tief in mir!«

Micah liebte es, sie tief zu vögeln, und er fühlte sich komplett aufgenommen. »Wie immer du es magst. Beweg dich einfach nur.«

Der Schweiß glitzerte ihm auf der Stirn, während er auf die baldige Erlösung hoffte. Dennoch würde er nicht vor ihr kommen. Die Damen kamen immer zuerst.

»Bist du mein Pferd?«, fragte sie mit einem verführerischen Lächeln. »Ich fange an, mich wie eine Reiterin zu fühlen.«

»Ich bin alles, was du dir von mir wünschst«, gestand er heiser, während er ihre Hüften festhielt, sich zurückzog und in sie hineinstieß.

»Oh!«, entfuhr es ihr. Tessas Kopf fiel zurück und ein sexy Stöhnen entschlüpfte ihrem Mund.

»Ich habe noch nie ein Pferd geritten«, sagte sie keuchend, berührte ihre Brüste und zwirbelte ihre Brustwarzen. Langsam hob sie ihren Po und senkte ihn wieder auf seinen Schwanz hinab.

»Ja, Süße! Bereite dir Lust«, ermutigte Micah sie, auch wenn er wusste, dass sie seine Worte nicht sehen würde. Er befand sich im völligen Lustrausch und beobachtete die sinnliche Kreatur auf sich mit einer Kombination aus Ehrfurcht und wildem Verlangen.

Sie bewegte sich anmutig und ihr Körper fiel in den Rhythmus seiner Aufwärtsstöße. Wieder und wieder vereinigte sie sich mit ihm, bis sie immer schneller wurde und ihn an den Rand des Wahnsinns brachte. Seine Hoden zogen sich zusammen, sein Körper schrie nach Erlösung, doch er hielt sich so gut er konnte zurück und beobachtete weiter, wie Tessas Hände über ihre Brüste wanderten. Mit jedem Zusammentreffen ihrer Körper stöhnte sie auf und schien absolut verloren in ihrer eigenen Lustfantasie zu sein.

»Das ist so gut, Micah. Es fühlt sich so gut an!« Ihr Kopf fiel wieder nach vorn und ihre langen Locken bedeckten ihr Gesicht, als sie endlich damit aufhörte, ihre Brustwarzen zu stimulieren und ihre Hände auf seinen Schultern ablegte. »Ich muss zum Orgasmus kommen!«

Sowohl Micahs Herz als auch seine Hand reagierten auf ihre Aussage. Ohne seine Stöße zu unterbrechen, zwang er eine Hand zwischen ihre Körper und fand ihre Klitoris, über die er genauso kräftig streichelte, wie Tessa es jetzt brauchte.

»Oh Gott, ja! Bitte«, wimmerte sie.

Er spürte, wie ihr Körper sich anspannte und ihre Muskeln sich um seinen Schwanz verengten, ganz so, als trüge er einen zu engen Handschuh.

Er strich ihr achtlos die Haare aus dem Gesicht, damit er sie ansehen konnte.

Ihr Ausdruck war eine Mischung aus Schmerz und Ekstase. So sah sie immer aus, wenn sie kurz vor dem Höhepunkt stand. Als er ihren Lustschrei hörte, konnte auch er sich nicht mehr zurückhalten.

»Micah!«

Mit seinem Namen auf ihren Lippen ergab sich Tessa dem Orgasmus und schickte auch Micah in den Wirbel der Lust. Er stieß ein letztes Mal hart nach oben und ergoss sich in ihre zuckende Muschi. Seine Hände krallten sich an ihrem Hintern fest und er stöhnte laut auf, als er mit einer Kraft in ihr explodierte, die seine gesamte Welt aus den Angeln hob.

Sie sank erschöpft auf ihm zusammen und er genoss den Kontakt ihrer beiden verschwitzten Körper. Er streichelte ihr über das Haar, während sie keuchend ihren Kopf auf seine Brust legte, die sich schnell hob und wieder senkte.

Mein! Diese Frau ist meine andere Hälfte. Der Teil, der immer gefehlt hat.

Er hatte zwar gedacht, dass Beatrice mehr als nur ein wenig verrückt war, doch von allen Menschen auf der Welt war *sie* es gewesen, die herausgefunden hatte, wer zu ihm passte und welche Frau ihn komplettieren würde.

Und wie es das Schicksal wollte, lag genau diese Frau auf Micah und es gab keinen Ort, an dem Micah lieber wäre, als unter ihr zu liegen und ihren Körper an seinen zu drücken. In seinem Geist, seinem Körper und seiner Seele herrschte absoluter Frieden.

Tessa bewegte sich und versuchte, von ihm hinunter zu gleiten.

»Ich bin schwer«, murmelte sie.

Er drehte ihren Kopf zu seinem Gesicht und forderte: »Bleib und küss mich!«

Sie runzelte die Stirn, bewegte sich jedoch nicht. »Du gibst immer noch die Anweisungen? Ich dachte, ich sei jetzt der Boss.«

Tessa hatte ja keine Ahnung, dass sie in der Tat seine Achillesferse war, seine größte Schwäche und doch die Quelle, aus der er seine Kraft schöpfte. Er befand sich nicht gerade in einer komfortablen Position, doch er gewöhnte sich daran. Er würde ihr alles geben, was sie wollte, wenn sie ihn nur endlich küsste. »Tu es!«, befahl er heiser.

Während sie ihren Kopf etwas senkte, lächelte sie ihn an. »Gut. Aber nur weil ich es will.«

Als Micah die Wärme ihres Atems auf seinen Lippen spürte und sie ihm den süßesten Kuss gab, den er je bekommen hatte, begann sein Herz laut in seiner Brust zu klopfen.

»Okay?«, fragte sie, als sie sich aufrichtete.

»Ja.« Er nickte und zog sie zurück an sich.

Was mache ich nur mit ihr? Was passiert, wenn ich sie nicht davon überzeugen kann, dass das zwischen uns für immer Bestand hat?

Er lauschte ihrem Atem, der gleichmäßiger wurde, als sie auf seiner Brust einschlief. Auch ihm fielen die Augen zu und er schlang seine Arme fest um sie, bevor er sich dem Schlaf ergab.

Als er langsam abdriftete, realisierte Micah, dass es für ihn kein »Wenn« gab und er auch nicht über das Ende dieser Beziehung nachdachte. Er brauchte Tessa, wie er den nächsten Atemzug brauchte. Es durfte einfach nicht schiefgehen.

Zum ersten Mal in seinem Leben hatte er die Frau gefunden, ohne die er sich sein Leben nicht mehr vorstellen konnte, und er hatte nicht die Absicht, sie wieder gehen zu lassen.

Schließlich wurde Micah von einem traumlosen Schlaf eingehüllt, der nicht einmal dadurch unterbrochen wurde, dass Homer zurück ins Schlafzimmer kam, auf das Bett sprang und es sich mit einem zufriedenen Hundeseufzer auf dem freien Platz neben den beiden gemütlich machte.

»Ich habe herausgefunden, dass ich reich bin«, sagte Tessa am nächsten Morgen aufgeregt, als sie mit Micah beim Frühstück saß.

Micah blickte überrascht von seinem Teller auf. »Was? Es kam mir vor, als hättest du gesagt, du seist reich.«

Sie lächelte ihn an. »Gut, ich bin nicht so reich wie du, aber ich habe Geld.«

Er hörte aufmerksam zu, als Tessa ihm erzählte, wie viel Geld sie auf ihrem Konto entdeckt und dass sie tags zuvor mit Liam gesprochen hatte.

»Ich habe mich dazu entschlossen, es noch einmal mit den Implantaten zu versuchen, Micah«, sagte sie leise. »Ich weiß jetzt ganz sicher, dass ich das nötige Geld besitze. Ich gehe die Sache realistisch an und es gibt für mich keinen Grund, es nicht noch einmal zu probieren.«

Er hatte vorgehabt, sämtliche ihrer Kosten zu übernehmen, die für die Implantate anfallen würden, wenn es wirklich das war, was sie wollte, und es fraß ein klein wenig an ihm, dass sie es vermutlich nicht zulassen würde. Jetzt, da sie wusste, dass sie das Geld besaß, würde sie das Angebot, das er ihr unterbreiten wollte, ganz sicher nicht annehmen.

»Wann?«, fragte er vorsichtig.

»Sarah kennt eine befreundete Ärztin in New York. Sie hat für mich einen Termin bei ihr vereinbart, wenn ich dort bin. Ich werde mit ihr sprechen, um herauszufinden, ob mir ein erneuter Eingriff überhaupt empfohlen wird.«

»Ich kann keinen Grund finden, warum etwas dagegen spräche. Wenn du vorher schon eine geeignete Kandidatin warst, würde ich denken, dass du es immer noch bist.« Er freute sich, dass Tessa die Kraft gefunden hatte, den Implantaten eine zweite Chance zu geben, doch jetzt war *er* plötzlich nervös.

Weil sie in der Vergangenheit so viele Enttäuschungen hatte verarbeiten und so viele tragische Situationen hatte überwinden müssen, wollte er auf keinen Fall, dass sie noch einmal verletzt wurde oder traurig sein würde. Er tröstete sich damit, dass er ab jetzt und in der Zukunft für sie da sein würde, sollte der Schmerz jemals einen Weg zurück in ihr Leben finden. Micah kannte Tessa und sah ein, dass sie es versuchen musste.

»Ich bin nervös, aber ich werde zufrieden sein, egal was geschieht. Nicht zu wissen, was hätte passieren können, wäre schlimmer als zu wissen, dass es nicht funktioniert«, erklärte Tessa.

Micah musste zugeben, dass er es genauso sah. Er bewunderte immer noch ihren Mut, der nach all den schlimmen Dingen, die ihr widerfahren waren, immer noch präsent war.

Er nahm ihre Hand und drückte sie. »Es wird klappen, Tessa.«

Sie drückte sie zurück. »Auch wenn es das nicht tut, wird es mir gut gehen.«

»Ich werde mit dir kommen.« Es war kein wirkliches Angebot; es war eine Feststellung. Er würde an ihrer Seite sein.

»Der Termin wird nach der Veranstaltung stattfinden. Ich dachte, dass du dich vielleicht wieder um deine Arbeit kümmern musst«, sagte sie zögernd.

»Ich habe die ganze Zeit gearbeitet«, brummte er. »Auch wenn ich nicht in der Firma bin, arbeite ich trotzdem. Ich kann dich begleiten.«

Endlich nickte sie. »Das würde mir gefallen. Vor allem, weil ich davon ausgegangen bin, dass du nicht nach Amesport zurückkehren würdest.«

»Wer hat gesagt, dass ich nicht zurückkomme?«, fragte er aufgebracht. »Ich versuche, vor dem Wintereinbruch so viele Häuser wie möglich zu bauen. Außerdem müssen Julian und ich uns um Xander kümmern. In Massachusetts gibt es eine Entzugsklinik mit einer fantastischen Erfolgsquote. Ich hoffe, wir können ihn davon überzeugen, dorthin zu gehen, bevor wir nach New York fliegen. Wenn nicht, dann bin ich mir nicht sicher, wie es weitergehen soll.«

Scheiße! Sein verdammtes Herz blutete und Tessa schrieb ihn *jetzt* bereits ab?

»Julian sagte, er würde das mit Xander schon regeln. Und ich hatte angenommen, dass du einfach jemandem die Kontrolle übertragen würdest, wo du doch so viele Männer hast, die an den Häusern arbeiten«, entgegnete Tessa leise.

Er musste zugeben, dass es für ihn ein Leichtes wäre, das zu tun. Doch das würde bedeuten, dass er nicht mehr mit Tessa zusammen sein könnte, und er hatte nicht vorgehabt, die Worte »Auf Wiedersehen« zu ihr zu sagen. Niemals. Er hatte es ihr nur noch nicht mitgeteilt.

Er zog seine Hand zurück und fragte sich, ob sie vielleicht *wollte*, dass er in New York bleibt. »Ich habe noch nicht genau geplant, wie es weitergeht.«

»Micah, bitte fühle dich meinetwegen nicht verpflichtet hierzubleiben, weil du dir Sorgen darum machst, mich eventuell zu verletzen. Du hast sehr viel für mich getan, hast mich dazu gebracht, meine Komfortzone zu verlassen und neue Dinge auszuprobieren. Als das zwischen uns angefangen hat, wusste ich, worauf ich mich einlasse. Ich wusste, dass es nicht für ewig sein würde. Ich kann auf mich selbst aufpassen, das habe ich zuvor auch schon getan. Du brauchst meinetwegen nicht hierzubleiben.«

Er starrte sie an und sah die Reue in ihrem Gesicht. Verdammt nochmal, machte *sie* gerade Schluss mit *ihm*? Wie ironisch, dass er sich darum gesorgt hatte, sie zu verletzen, als er nach New York hatte fliegen müssen. »Was ist mit der Vorstellung?«

Sie knetete nervös ihre Hände und ignorierte das Essen auf ihrem Teller. »Ich werde dich dort brauchen, doch wenn du jemand anderen einarbeiten willst, damit er die Aufgabe übernimmt –«

»Ich mache es«, sagte er emotionslos und stand auf. Er brachte es nicht fertig, mit ihr am Tisch zu sitzen in dem Wissen, dass sie ihn loswerden wollte.

»Danke«, sagte sie mit zitternder Stimme und erhob sich ebenfalls.

Er hob eine Hand. »Keine große Sache. Ich hatte sowieso vor, dort zu sein. Schließlich ist es meine Wohltätigkeitsorganisation.«

Micah würde seinen Schmerz vergraben. Wenn Tessa nicht das Gleiche für ihn empfand wie er für sie, dann wusste er nicht, was er ihr jetzt noch sagen sollte. Sie brauchte ihn nicht mehr. Für ihn hatten sich die Regeln geändert. Für sie waren sie offensichtlich gleich geblieben.

Er musste raus, weg von ihr, und zwar schnell. »Ich muss gehen.«

»Willst du heute nicht laufen? Oder trainieren?«

Er schüttelte den Kopf. »Wie du bereits gesagt hast, ich habe viel zu tun. Und du brauchst mich nicht mehr.« Er deutete auf das Sofa. »Während ich in New York war, habe ich einige Dinge für dich abgeholt. Ich dachte, du könntest sie vielleicht brauchen.«

Micah wartete nicht auf ihre Antwort. Stattdessen murmelte er die Worte, die er eigentlich nie hatte sagen wollen: »Auf Wiedersehen, Tessa.«

Er nahm seine Schlüssel vom Tisch, drehte ihr den Rücken zu, trat durch die Eingangstür nach draußen und ging zu seinem Wagen.

Er wusste, dass er sich zum Idioten machen würde, wenn er sich auch nur einmal umdrehte, also stieg er in sein Fahrzeug und blickte nicht mehr zurück.

Kapitel 20

Eine Woche später war Tessa kein bisschen weniger deprimiert, als sie es in dem Moment gewesen war, in dem Micah gegangen war und sie zurückgelassen hatte.

»Ernsthaft? Du hast ihm einfach gesagt, dass du ihn nicht mehr brauchst?«, fragte Randi ungläubig. Sie saß mit Tessa im Wohnzimmer des Hauses, das sie gemeinsam mit ihrem Mann Evan bewohnte, und gebärdete die Worte für sie.

Tessa war froh, ihre Freundin wieder an ihrer Seite zu haben, doch Randi hatte versucht, sie nach Informationen auszuhorchen, seit sie und Evan vor einigen Tagen zurückgekommen waren.

»Ich habe nicht mit ihm Schluss gemacht, Randi, ich *musste* ihn gehen lassen. Ich wusste ganz genau, dass Micah nicht für immer bei mir bleiben würde, und ich habe das Gefühl bekommen, dass er nur meinetwegen nach Amesport zurückgekehrt ist. Ich habe angefangen, mich zu sehr an ihn zu gewöhnen; die Sache mit uns ist zu intensiv geworden. Ich hatte Angst, ihn anzuflehen, für immer bei mir zu bleiben, wenn ich ihn nicht wissen lasse, dass ich ohne ihn zurechtkomme. Aber das kann ich ihm nicht antun. Er hat so viel für mich getan.«

Jetzt kannte Randi die gesamte Geschichte, alles, was passiert war, seit Micah sie nackt in der Dusche überrascht hatte.

Randi sah sie zweifelnd an. »Und? Geht es dir gut?«

Tessas Augen füllten sich mit Tränen. Seit Micah Amesport vor einigen Tagen den Rücken gekehrt hatte und nach New York zurückgekehrt war, passierte das ständig.

Nach einem Treffen, bei dem die gesamte Familie in der Stadt anwesend gewesen war, hatte Xander sich widerwillig dazu bereit erklärt, sich in der Entzugsklinik behandeln zu lassen. Micah und Julian waren mit ihm geflogen, um sicherzugehen, dass es ihm gut ging, bevor sie beide wieder an ihre eigentlichen Wohnorte zurückgekehrt waren. Tessa fragte sich, wie lange Xanders Entzug wohl dauern würde. Es war mehr als wahrscheinlich, dass Xander unter dem Druck seiner Familienmitglieder eingebrochen war, aber zumindest hatte er einen ersten Schritt in die richtige Richtung getan.

»Nein«, gestand sie. »Es geht mir nicht gut. Ich fühle mich, als wäre mein Herz in so viele Teile zersprungen, dass ich es nie wieder zusammensetzen kann. Wie konnte ich nur so dumm sein und glauben, ich könnte mit jemandem wie Micah einfach nur eine Affäre haben? Wie konnte ich nur so dumm sein zu glauben, dass ich nicht absolut am Boden zerstört sein würde, wenn er mich verlassen würde? Mir war bewusst, dass es wehtun würde, aber der Schmerz ist viel schlimmer, als ich ihn mir vorgestellt hatte.«

»Und wie dämlich war er zu denken, dass er eine Frau wie dich einfach so vögeln könnte?«, schoss Randi zurück. »Evan hat ihn heute in New York getroffen. Ich weiß nicht, ob es dich tröstet, aber er verkraftet diese Geschichte auch nicht sehr gut. Evan hat gesagt, dass er schrecklich aussieht und seine Trauer in einer Flasche Scotch ertränkt. Für mich klingt das nicht danach, als sei irgendjemand von euch auf das vorbereitet gewesen, was passiert ist.«

»Evan hat Micah getroffen?«, fragte Tessa und verschluckte sich beinahe.

Randi nickte. »Er ist über Nacht nach New York geflogen. Ich habe mich entschlossen, zu Hause zu bleiben, weil ich wegen der Pläne für die neue Schule so viel zu tun habe. Manchmal denke ich mir, ich hätte einfach mit Evan mitgehen sollen. Wir schicken uns alle halbe Stunde eine Nachricht. Nach unserem langen gemeinsamen Urlaub könnte man meinen, wir würden uns auf die Nerven gehen, weil wir so gut wie nie getrennt voneinander waren.«

»So ist es wohl, wenn man wirklich zusammengehört«, sagte Tessa düster.

»Evan hat gesagt, dass Micah dich liebt, Tessa«, verriet Randi leise. Tessa schüttelte heftig den Kopf. »Das tut er nicht. Er wusste, dass es nicht für immer sein würde, und –«

»Die Dinge ändern sich«, unterbrach Randi sie. »Genauso wie du niemals erwartet hattest, dich in ihn zu verlieben, hatte er es am Anfang auch nicht realisiert.«

»Aber er … ist gegangen.« Tessa hatte Angst, sich Hoffnungen darauf zu machen, dass Micah auch nur einen kleinen Teil der gleichen Liebe für sie empfand, die sie für ihn in ihrem Herzen trug.

»Du hast ihm gesagt, dass du ihn nicht mehr brauchst. Du hast ihm gesagt, dass er gehen kann. Wie hätte er darauf reagieren sollen? Hätte er dir seine Liebe gestehen sollen, nachdem du ihn bereits weggeschickt hattest?« Randi machte eine kurze Pause, dann fügte sie hinzu: »Ich verstehe, dass es offensichtlich zu einem Missverständnis zwischen euch gekommen ist. Ich werde aber das Gefühl nicht los, dass Micah sich gedacht hat, du würdest wollen, dass er verschwindet. Genau das hat Evan mir erzählt.«

»Oh Gott! So habe ich das doch nicht gemeint. Ich wusste nur, dass ich ihm die Möglichkeit geben muss zu gehen, oder ich hätte vielleicht etwas Dummes getan.« Tessa seufzte nervös.

War es wirklich möglich, dass Micah sie bloß falsch verstanden hatte? »Ich will ihn auf gar keinen Fall verletzen, Randi«, schluchzte Tessa und dicke Tränen liefen ihre Wangen herunter. »Ihn zu treffen hat mein Leben verändert.«

»Das weiß ich doch«, antwortete Randi und reichte Tessa eine Schachtel mit Taschentüchern.

Tessa zog einige heraus und wischte sich die Tränen ab. »Vielleicht kann ich in New York mit ihm sprechen. Er wird bei der Vorstellung anwesend sein.«

»Du willst eure Beziehung bei einer großen Veranstaltung wie dieser diskutieren?«

Tessa zuckte mit den Schultern. »Habe ich eine andere Wahl? Ich kann ja wohl kaum nach New York fliegen und mich ihm an den Hals werfen. Ich weiß nicht einmal, wo er wohnt, und ich bezweifele stark, dass ich überhaupt Einlass bekäme.«

Randi streckte ihre Hand aus und legte sie unterstützend auf Tessas Arm. »Warum kannst du nicht nach New York fliegen? Ich weiß, wo er wohnt. Du musst den Portier nur darum bitten, dich zu seinem Penthouse zu bringen, und schon bist du drin.«

»Vielleicht sollte ich ihm einfach nur eine Nachricht schreiben –«

»Auf keinen Fall! Micah wird dir nicht die Wahrheit sagen … das garantiere ich dir. Er ist ein arroganter, stolzer Sinclair. Du wirst ihn persönlich aufsuchen müssen und du wirst ebenso bestimmt mit ihm sein müssen, damit er dir die Wahrheit sagt. Einer von euch beiden muss das Risiko eingehen, abgewiesen zu werden, wenn ihr am Ende die Belohnung haben wollt.«

Tessa zeigte auf sich. »Ich?«

»Nun, da deine Zurückweisung das Problem gewesen ist, würde ich sagen ja. Du wirst vermutlich diesen Schritt wagen müssen. Micah denkt, dass du ihn loswerden wolltest. Ich bezweifele, dass er noch einmal etwas wagen würde, bevor er nicht irgendeine Sicherheit hat. Männer sind in solchen Dingen etwas komisch.« Randi hielt kurz inne, dann fügte sie hinzu: »Wenn wir verletzt sind, verhalten wir uns dämlich, Tessa, besonders wenn es um einen Menschen geht, den wir so sehr lieben, dass wir den Schmerz nicht aushalten. Evan und ich hätten uns wegen eines dummen Missverständnisses beinahe verloren. Ich war so verletzt, dass ich alles vergessen habe, sogar wie viel er mir bedeutet. Sieh zu, dass dir das nicht passiert.«

»Was, wenn er mich immer noch zurückweist?«, fragte Tessa nervös.

»Ist er es wert?«, fragte Randi.

»Oh ja«, sagte Tessa schnell. Micah war ein Mann, der es wert war, alles für ihn zu riskieren. »Ich glaube, es ist schlimmer, nicht zu wissen, ob es funktioniert hätte, als am Ende doch aufgeben zu müssen, weil wir diese Sache zwischen uns nicht klären können. Ich habe herausgefunden, dass ich nicht sehr gut darin bin, mit Unsicherheiten zu leben.«

In Tessas Kopf drehte sich noch immer alles, wenn sie an die Möglichkeit dachte, dass sie Micah tatsächlich etwas bedeuten könnte. Wenn sie sich an ihr letztes Gespräch erinnerte, konnte es gut sein, dass er sich abgewiesen gefühlt hatte. Sie war es gewesen, die mit dem Thema angefangen hatte, dass er gehen konnte, dabei hatte er nie gesagt, dass er gehen wollte. Er hatte einfach nur zugestimmt und sein Verhalten hatte sich verändert, als sie ihn dazu ermutigt hatte, das zu tun, von dem sie gedacht hatte, dass es sei, was er eigentlich tun will.

Er hatte ihr zwei Geschenke hinterlassen. Eines von ihnen war das schönste und großartigste Eiskunstlaufkostüm gewesen, das sie jemals gesehen hatte. Eine der besten Näherinnen im Land, die auf das Fertigen von Eiskunstlaufkleidung spezialisiert war, hatte es von Hand genäht. Um es pünktlich geliefert zu bekommen, musste Micah es in dem Moment in Auftrag gegeben haben, in dem sie zugesagt hatte, bei der Veranstaltung aufzutreten. Sie hatte keinen Zweifel, dass er heimlich an ihren Kleidungsstücken Maß genommen hatte, denn das Kostüm saß perfekt. Es war kirschrot und mit goldenen Stickereien verziert. Es war elegant, ohne zu kitschig zu wirken.

Das zweite seiner Geschenke trug sie noch immer und hatte es, seit sie das Schmuckkästchen geöffnet hatte, nicht wieder abgelegt. Das goldene Bettelarmband mit passenden Anhängern war kein gewöhnliches Schmuckstück. Jeder goldene Anhänger hatte eine Bedeutung und war Symbol für etwas, das sie zusammen erlebt hatten: ein Schlittschuh, ein Flugzeug, ein Fallschirm, ein Hund, der aussah wie Homer, und ein Wanderschuh. Doch da waren noch zwei andere Anhänger, von denen sie nicht genau wusste, wie sie diese einordnen sollte. Es handelte sich um ein filigranes Herz und eine goldene Rose. Das Armband und die Anhänger waren exzellent gearbeitet und es erweckte in ihr die Erinnerungen an all die Dinge, die sie mit Micah erlebt hatte. Sie hatte es einfach nicht ablegen können. Tief in ihrem Herzen wusste sie, dass sie es ihm zurücksenden sollte. Es musste furchtbar teuer gewesen sein, denn es bestand aus reinem Gold und zwischen den Anhängern befanden sich kleine Diamanten. Doch sie war sich nicht sicher gewesen, wohin sie es hätte senden sollen. Außerdem hatte sie sich sofort in das Armband verliebt, als sie es in dem mit rotem Samt ausgelegten Kästchen gesehen hatte.

»Jared bereitet gerade sein Flugzeug vor. Du kannst direkt zum Flughafen fahren«, sagte Randi aufgeregt, nachdem sie das Gespräch auf ihrem Mobiltelefon beendet hatte.

»Ich habe keine meiner Sachen bei mir.« Tessa wohnte noch immer in Micahs Haus, Randis altem Zuhause, doch sie war fieberhaft auf der Suche nach einer neuen Wohnung.

»Ich packe dir einige meiner Sachen ein. Dort kannst du einkaufen gehen. Du weißt ja jetzt, dass du reich bist. Außerdem wirst du in New York sein!«, teilte Randi ihr mit Nachdruck mit.

»Meine Schlittschuhe und mein Kostüm«, protestierte Tessa. »Für den Fall, dass ich nicht zurückkommen will.«

»Schon erledigt. Ich werde alles abholen und zu Micahs Penthouse schicken lassen«, bot Randi an.

»Danke«, sagte Tessa und erhob sich.

Sie wartete im Wohnzimmer und lief nervös auf und ab, während Randi einen Koffer mit den notwendigsten Dingen zusammenpackte. Die beiden hatten zwar nicht die exakt gleiche Kleidergröße, doch sie lagen nahe genug beieinander.

Geistesabwesend spielte sie mit dem Bettelarmband, das Micah ihr geschenkt hatte, und legte ihren Finger auf den Herzanhänger. Was hatte er ihr nur sagen wollen, als er ein Herz und eine Rose hinzugefügt hatte?

»Oh Gott, wie dumm ich gewesen bin!«, schluchzte sie, denn mit einem Mal erkannte sie, dass Micah gehofft hatte, diese beiden Dinge würden ihre gemeinsame Zukunft sein.

Sie war in Panik verfallen, weil sie wusste, dass sie sich Hals über Kopf in Micah verliebt hatte. In einem Moment der Unsicherheit hatte sie ihn gehen lassen, obwohl er nie davon gesprochen hatte, ihre Beziehung beenden zu wollen. Sie war es gewesen, die Angst vor der Zurückweisung gehabt hatte. Sie hatte gedacht, sie würde sich den Herzschmerz und die Scham ersparen, indem sie die Verbindung löste, damit Micah so frei sein konnte, wie sie gedacht hatte, dass er es sein will.

Und indem sie ihm das gegeben hatte, von dem sie angenommen hatte, dass er es wollte, hatte sie ihn vor den Kopf gestoßen.

»Hier«, sagte Randi, als sie zurück ins Wohnzimmer kam. Sie hielt genau vor Tessa an und riss diese aus ihren Gedanken. »Damit wirst du zurechtkommen, bis du Gelegenheit hast, einkaufen zu gehen.«

Tessa wartete, bis Randi den Koffer abgestellt hatte, dann nahm sie ihre Freundin in die Arme und drückte sie fest an sich. »Danke!«

Randi erwiderte die Umarmung, bevor sie einen Schritt zurücktrat, damit Tessa ihr Gesicht sehen konnte. »Du hast so viel durchgemacht. Du weißt, ich würde dies nicht tun, wenn ich mir nicht sicher wäre, dass du ihm etwas bedeutest«, sagte Randi mit einem nachdenklichen Gesichtsausdruck. »Evan und Micah stehen sich ziemlich nahe und ich vertraue Evan.«

»Ich glaube, er könnte Recht haben«, gab Tessa zu. »Ich bin diejenige, die sich Sorgen darum gemacht hat, verletzt zu werden. Ich habe ihn verjagt. Auch wenn es nicht funktioniert, ich muss es versuchen.«

»Vergiss nicht, dass Beatrice bis jetzt bei allen Sinclairs richtiggelegen hat«, neckte Randi sie. »Und ich glaube nicht, dass sie sich jetzt zum ersten Mal irren wird.«

»Soll ich dir sagen, was ich an ihm liebe, Randi?« Sie liebte fast alles an Micah, doch eine Sache liebte sie besonders.

»Was?«

»Er liebt mich genau so, wie ich bin. Er sieht mich nicht als behindert an. Es spielt für ihn keine Rolle, dass ich gehörlos bin. Für ihn ist das nur ein Teil von mir und er macht es zu keinem Problem. Das hat er nie. Er durchschaut mich immer sofort. Es kommt mir vor, als könnte er mich wirklich *sehen*. Ich glaube nur, dass er mich nicht angesehen hat, als wir das letzte Mal miteinander gesprochen haben.«

»Oh Tessa! Wir lieben dich *alle* ganz genau so, wie du bist. Du kannst nicht hören, aber du bist immer noch … du. Ich kenne dich, seit du ein kleines Mädchen warst. Deine Gehörlosigkeit hat nicht den Menschen verändert, der du hier bist.« Randi legte sich ihre Hand auf die Brust.

»Ich weiß. Aber Micah hat mir gezeigt, dass meine Ängste nur Ängste sind. Dass sie mich nicht definieren, dass meine Gehörlosigkeit mich nicht definiert. Ich glaube, bis ich ihn getroffen habe, war mir das nicht klar. Ich weiß endlich, wer ich bin, und ich glaube nicht, dass ich mich jemals wirklich gekannt habe, bis er mich dazu aufgefordert hat, es herauszufinden.« Tessa war noch immer nicht gänzlich ohne Angst, besonders seit sie sich mit Micah in solch eine verzwickte Lage gebracht hatte. Doch sie war fest entschlossen, sich ihrer Furcht zu stellen und die Situation zu bereinigen.

»Dann sag ihm das. Sag ihm genau, wie du dich fühlst. Wenn er damit nicht umgehen kann, dann ist er nicht der Mann, für den wir ihn halten«, sagte Randi und drückte sanft Tessas Arm. »Möchtest du, dass ich Evan bitte, in New York auf dich zu warten? Ich habe ihm geschrieben, als ich den Koffer für dich gepackt habe. Er schickt seinen Wagen zum Flughafen, um dich abholen zu lassen und zu Micahs Penthouse zu bringen, aber ich weiß, dass es ihm nichts ausmachen würde, dich durch seine Anwesenheit moralisch zu unterstützen.«

Tessa dachte einen Moment lang nach, dann schüttelte sie langsam ihren Kopf. Es war verlockend, sich von Evan begleiten zu lassen, ihn als Ablenkung oder Vermittler dabeizuhaben. »Dies ist etwas, das ich alleine tun muss.«

»Schreib mir eine Nachricht«, sagte Randi ernst. »Ich will wissen, dass du angekommen bist und dass es dir gut geht.«

Sie nickte Randi zu, nahm ihre Handtasche und zog den Teleskopgriff des Koffers aus, um ihn hinter sich herziehen zu können.

Als sie sich auf den Oberschenkel klopfte, stand Homer von seinem Platz in der Zimmerecke auf und setzte sich neben sie.

»Ich möchte Homer mitnehmen«, sagte Tessa entschlossen.

»Kein Problem. Wenn ich Lily mit nach Asien nehmen kann, dann kann Homer auch mit dir nach New York fliegen. Davon einmal abgesehen erhält er überall Zutritt, weil er ein Assistenzhund ist.«

Glücklicherweise hatte Tessa Homer seine Hundejacke angezogen, bevor sie das Haus verlassen hatte, weil sie auf dem Weg zu Randi noch einige Zwischenstopps hatte einlegen wollen. Sie hatte ihm seine Spezialkleidung angelegt, die ihn als Assistenzhund auswies. Tessa umarmte Randi ein letztes Mal und war dankbar für all die Menschen, die sie ihre Freunde nennen durfte.

»Ich werde Liam schreiben, wenn ich im Flugzeug sitze. Er wird nicht sehr erfreut sein. Er weiß nur, dass Micah nach New York zurückgekehrt ist, aber er glaubt mir nicht, dass ich es war, die das Ganze beendet hat.«

Randi grinste. »Ich lasse mir eine Ausrede für dich einfallen.«

Tessa lächelte ihre Freundin an und erinnerte sich an all die Zeiten in ihrer Kindheit, als sie für die jeweils andere gelogen hatten. »Du hast etwas gut bei mir«, sagte sie automatisch und nutzte denselben Satz, den sie als Kinder auch immer gesagt hatten.

»Ich werde darauf zurückkommen.« Es war die Standardantwort, die sie immer schon gegeben hatten.

»Ich liebe dich, Randi. So sehr. Danke, dass du immer an meiner Seite bist.« Tessa fing an zu lernen, dass sie keine Gelegenheit verstreichen lassen wollte, um den Menschen, die ihr wichtig waren, zu sagen, wie sie sich fühlte. Randi war immer für sie dagewesen, ganz egal ob Tessa es gewollt hatte oder nicht. Sie war ihre einzige Freundin, die Tessas Ängste damals ernst genommen und ihr in ihren dunkelsten Zeiten beigestanden hatte. Wie dankte man einem Menschen für so etwas?

»Ich liebe dich wie die Schwester, die ich nie hatte, Tessa. Und das werde ich auch immer tun.« Mit Tränen in den Augen umarmte Randi sie und trat dann einen Schritt zurück. »Und jetzt geh und rücke deinem sturen Sinclair den Kopf zurecht! Lass dich nicht mit einem *Nein* abspeisen. Wenn es nötig ist, verführe ihn einfach«, witzelte Randi.

»Vielleicht mache ich das zuerst«, antwortete Tessa und zwinkerte ihrer Freundin zu, bevor sie entschlossen zur Tür schritt.

Als sie Randis Haus verließ, hatte sie Schmetterlinge im Bauch, doch sie würde sich jetzt von nichts mehr aufhalten lassen. Wenn die Möglichkeit bestand, dass sie Micah verletzt hatte, dann würde sie es herausfinden. *Ihre* Gefühle waren jetzt zweitrangig.

Tessa konnte mit ihrem Schmerz leben, aber die Wahrscheinlichkeit, dass sie diejenige war, die Micah seinen Schmerz zugefügt hatte, war mehr, als sie ertragen konnte.

Kapitel 21

Wenn Tessa mit ihren Gedanken nicht ganz woanders gewesen wäre, hätte sie die luxuriöse Ausstattung von Jareds Privatflugzeug vermutlich ehrfurchtsvoller betrachtet. Doch sie musste zugeben, dass es sehr edel war und jeden Komfort bot, den sie sich vorstellen konnte.

Wenn sie dazu imstande wäre, klar zu denken, hätte sie Homer vermutlich auch nicht auf einem der mit Samt bezogenen Sitze Platz nehmen lassen, weil er seine Hundehaare überall zurückließ. Die Flugbegleiterin hatte ihr versichert, dass es kein Problem sein und sie sich um die Reinigung kümmern würde, doch Tessa arbeitete als Reinigungskraft und sie hasste es, wenn andere Menschen ihr zusätzliche Arbeit bereiteten.

Leider funktionierte ihr normales Sozialverhalten gerade jedoch nicht, weshalb sie einfach nur nickte und sich auf den Weg zu dem Wagen machte, den Evan ihr geschickt hatte und der sie zu Micahs Adresse bringen würde.

Dort angekommen stand sie mit Homer, der geduldig neben ihr saß, auf dem Bürgersteig und ihre Fingerknöchel traten bereits weiß hervor, weil sie den Koffergriff so fest umklammerte.

Ich muss ihm eine Nachricht schreiben.

Sie blickte hinauf und immer weiter hinauf, bis sie den Kopf ganz in den Nacken legen musste, doch sie konnte immer noch nicht sehen, wo sich Micah sein Zuhause errichtet hatte. Das riesige moderne Gebäude besaß mehr Stockwerke, als sie von hier unten überhaupt erkennen konnte.

Ich kann nicht für immer hier stehen bleiben.

Die Sonne ging bereits unter und sie wurde von Menschen angerempelt, die aus allen möglichen Richtungen kamen. Sie stellte sich in eine Ecke des Gebäudes, um dem Menschenstrom zu entkommen, und zog ihr Mobiltelefon aus der Handtasche.

Entschlossen schickte sie die Nachricht ab.

Tessa: Ich muss mit dir sprechen. Bitte antworte mir.

Sie drückte auf »Senden« und wartete. Nach einigen angespannten Minuten erhielt sie eine Antwort.

Micah: Ich bin in New York und wir haben uns bereits verabschiedet. Was gibt es noch zu besprechen?

Tessa: Ich habe mich nie von dir verabschiedet und ich habe jede Menge zu sagen. Kann ich bitte raufkommen?

Micah: Du bist hier?

Tessa: Ja.

Micah: Du bist alleine nach New York gekommen?

Tessa: Nein. Homer ist bei mir.

Micah: Also alleine! Bleib wo du bist! Beweg dich nicht vom Fleck!

Tessa lächelte und spürte, wie ihr Mut plötzlich zurückkehrte, als sie realisierte, dass er sich um sie sorgte, weil sie ohne Begleitung angereist war.

Sie fühlte, wie jemand leicht ihren Arm berührte, und sah in das Gesicht eines tadellos gekleideten Portiers neben sich. »Miss Sullivan?«, fragte er höflich.

»Ja.«

»Mr. Sinclair hat mich gebeten, Sie hereinzubringen.«

Tessa folgte ihm und Homer trottete hinter ihr her.

Sie wurde zu einem, wie sie vermutete, privaten Aufzug geführt und trat hinein. Der Portier drückte auf einen der Knöpfe, hob höflich die Hand und sagte: »Einen angenehmen Abend, gnädige Frau.«

»Ihnen auch«, hauchte sie aufgeregt, bevor sich die Aufzugtüren schlossen.

Während der Fahrstuhl seinen Aufstieg begann, beobachtete sie die Zahlen, die jedes Mal aufleuchteten, wenn sie ein weiteres Stockwerk passierte. Nervös trat sie von einem Fuß auf den anderen. Der Aufzug hielt nicht an, damit andere Menschen zusteigen konnten, also nahm sie an, dass dies der direkte Weg zum Dachgeschoss war. Als der Lift mit einem kleinen Ruck endlich anhielt, wurde ihr flau im Magen.

Die Türen öffneten sich mit einem zischenden Geräusch und direkt dahinter bot sich ihr der beste Anblick, den sie seit langer Zeit gehabt hatte.

Micah!

Das einzig Schlechte daran war, dass er wütend aussah. Richtig wütend.

»Was zum Teufel machst du hier? Bis zur Veranstaltung ist es noch eine Woche und darüber hinaus solltest du nicht alleine nach New York reisen!« Er griff sich erst ihren Koffer, dann ihre Hand und zog sie hinter sich den Flur entlang, bis sie an der Tür angekommen waren, die zu seinem Penthouse führte.

Er trug einen Dreitagebart, der eventuell auch ein Viertagebart sein konnte. Er war barfuß und trug eine alte Jeans und ein T-Shirt, das aussah, als wäre es bereits zu oft gewaschen worden. Von seinem normalen Humor war nichts zu erkennen, als er sie in seine Wohnung zog und mit Nachdruck die Tür hinter ihr schloss.

»Sprich!«, forderte er sie auf, als er vor ihr stand. »Du hast mir etwas zu sagen, also sprich, damit ich deinen Hintern wieder in mein Flugzeug setzen und dafür sorgen kann, dass du sicher nach Hause kommst.«

Sie machte einen Schritt zur Seite und betrat die riesige Wohnung. Das Wohnzimmer befand sich direkt vor ihr, also zog sie ihre leichte Jacke aus und setzte sich auf das Sofa.

Homer wedelte aufgeregt mit dem Schwanz und stupste Micah mit der Schnauze an, um von ihm gestreichelt zu werden. Geistesabwesend tätschelte Micah dem Hund den Kopf, bevor er zum Sofa ging und daneben stehenblieb. »Hast du es bequem?« Sein Gesichtsausdruck war misstrauisch und er wirkte immer noch sauer.

»Ja, vielen Dank«, antwortete sie höflich und vorsichtig.

»Was willst du, Tessa?«

Sie hielt ihren Arm hoch. »Was hat das Armband zu bedeuten?«

»Das ist nun wirklich nicht mehr wichtig.«

»Mir ist es wichtig«, widersprach sie.

»Warum?«

»Weil ich dich liebe«, platzte sie heraus und ihr Herz klopfte wie wild, als sie den Arm wieder herunternahm. »Ich liebe dich so sehr, dass ich nicht essen oder schlafen kann. Jede Minute, die du nicht bei mir bist, vermisse ich dich noch mehr. Ich hatte gehofft, dass der Herzanhänger an dem Armband etwas bedeuten würde, vielleicht dass du eines Tages mein Herz besitzen wolltest. Ich bin hierhergekommen, um dir zu sagen, dass mein Herz dir bereits gehört. Und das bereits seit wir uns zum ersten Mal begegnet sind.«

Der Blick auf seinem Gesicht war düster und abweisend. »Du wolltest, dass ich verschwinde.«

Sie schüttelte den Kopf. »Nein, das wollte ich nicht. Ich dachte, du wolltest gehen, und ich habe dich nicht zurückhalten wollen. Als zwischen uns alles angefangen hat, wussten wir beide, dass dies nur eine Affäre sein würde, dass wir die Zeit miteinander genießen müssten, ohne uns zu sehr an den jeweils anderen zu gewöhnen.

F. A. Scott

Ich kannte alle diese Regeln, doch ich wusste auch, dass ich dich angefleht hätte, für immer bei mir zu bleiben, wenn du noch länger geblieben wärst, und dann hättest du dich schlecht gefühlt, weil du mich hättest verlassen müssen. Ich wollte nie, dass du gehst.«

»Mein Gott, Tessa. Das ist mir alles zu viel!« Er drehte sich um und ging zu seiner Bar, um sich einen Scotch einzuschenken.

Gib nicht auf! Gib nicht auf!

Jetzt würde es keine Missverständnisse mehr geben. Wenn er sie abweisen würde, so würde er es ohne Wenn und Aber tun.

Sie erhob sich und begann, ihre Kleidung auszuziehen. Schnell entledigte sie sich ihrer Schuhe, der Yogahose und Unterwäsche, dann zog sie sich ihr T-Shirt über den Kopf und warf es auf den immer größer werdenden Berg an Kleidungsstücken auf dem weichen Teppich. Als Letztes zog sie ihren BH aus und stand nun komplett nackt in seinem Wohnzimmer.

Als er sich endlich umdrehte, ließ er das Glas vor Schreck und Erstaunen zu Boden fallen. »Was zum Teufel tust du da?«

»Ich bin bereit, dich zu verführen«, warnte sie ihn. »Doch eigentlich stehe ich hier vor dir, genau so, wie ich bin. Wenn du mich nicht in deinem Leben haben willst, dann sag es mir ins Gesicht, bring mich dazu zu gehen.« Sie holte tief Luft, bewegte sich jedoch nicht. »Ich setze gerade alles auf eine Karte, Micah. Ich liebe dich mehr, als ich mir jemals vorstellen konnte, einen Mann zu lieben. Du machst mich stark, wenn ich mich schwach fühle. Du akzeptierst mich so, wie ich bin. Du machst mich zu einem besseren Menschen. Mein Herz *gehört* dir. Nimm mich oder lass mich zurück. Du hast die Wahl. Ich habe mich bereits für *dich* entschieden und meinen Schmerz, meinen Stolz und meine Angst überwunden.«

Sie sah, wie sein großer Körper erzitterte und dann auf sie zukam, ohne in die Scherben am Boden zu treten. Als er sie erreicht hatte, nahm er ihren Kopf in seine Hände. »Du bist so viel tapferer als ich. Ich bin ohne eine Erklärung abgehauen, weil ich es nicht fertiggebracht habe. Ich hätte zurückgehen und dir sagen sollen, wie ich mich fühle, aber ich war am Boden zerstört und zu besorgt um mein eigenes Herz. Verdammt, ja, ich liebe dich! Ich liebe dich mehr, als es gesund ist, jemanden zu lieben. Jeder Teil von mir sehnt sich nach dir, Tessa: mein Herz, mein Körper und meine Seele. Kannst du damit umgehen? So wie ich für dich empfinde, werde ich kein Mann sein, der einfach zu lieben ist.«

Sie nickte, so gut sie konnte, weil er noch immer ihren Kopf festhielt. »Natürlich kann ich das. Ich liebe dich auf die gleiche Weise.«

»Wie zum Teufel konnte das nur geschehen? Du wirst mich nie mehr verlassen«, forderte er.

»Du hast mich verlassen«, erinnerte sie ihn.

»Das stimmt, aber es wird nie mehr passieren, denn ich habe nicht vor, dich wieder gehen zu lassen. Das Herz an dem Armband war nicht dein Herz, es war meines. Ich hatte gehofft, du würdest verstehen, dass du mein Herz in deinen Händen hältst.«

»Und die Rose?«

»Das wirst du schon bald herausfinden.«

»Ich liebe dich«, flüsterte sie und ihr versagte die Stimme, als sie in seine wilden Augen blickte.

»Ich liebe dich auch, meine Süße. Du gehörst mir. Du warst immer dazu bestimmt, mir zu gehören. Ich kann es hier spüren.« Er bewegte eine Hand von ihrem Kopf weg und legte sie sich auf die Brust.

»Es tut mir so leid, dass ich dich verletzt habe«, schluchzte Tessa und ihre Gefühle waren völlig außer Kontrolle.

»Bitte weine nicht, Tessa.«

»Ich kann nichts dafür.« Sie schluckte und versuchte, ihre freudigen Schluchzer zu unterdrücken.

»Ich glaube, wir brauchen etwas Ablenkung.« Er hob sie hoch und warf sie sich über die Schulter, dann trug er sie in sein riesiges Schlafzimmer, das sich ein Stockwerk tiefer befand.

Er legte sie vorsichtig auf das Bett und schloss die Tür. Tessa beobachtete ihn ehrfürchtig dabei, wie er seine Kleidung auszog. Als er sich sein altes T-Shirt über den Kopf streifte und sie sah, wie jeder einzelne Muskel in seinem Oberkörper sich anspannte, wurde ihr heiß zwischen den Schenkeln.

Während er sein T-Shirt auf den Boden fallen ließ, sagte er: »Du hättest nicht den Weg auf dich nehmen müssen.« Er wies mit dem Kopf zu einer Reisetasche, die unter dem Schlafzimmerfenster stand. »Ich wäre morgen früh zurück nach Maine gekommen. Ich wollte dich ebenfalls verführen. Ich war bereit, alles dafür zu tun, damit du bei mir bleibst.«

Tessas Herz schlug schneller. »Du wärst meinetwegen zurückgeflogen?«

»Ja. Ich habe versucht, es mir auszureden, doch ich habe gewusst, dass ich einknicken würde.«

»Ich bin froh, dass ich hergekommen bin. Ich wollte dir sagen, wie sehr ich dich liebe.«

»Ich bin verdammt froh, dass du es getan hast. Ich glaube nicht, dass ich mich noch weiter zu den Fantasien von uns beiden selbst befriedigen kann. Es hilft nicht wirklich.« Er öffnete die Knöpfe seiner Jeans und zog sie zusammen mit seinen Boxershorts aus. »Ich brauche die Realität.«

Tessa seufzte, als Micah in all seiner Pracht vor ihr stand. Sie öffnete die Arme und streckte sie zu ihm aus. »Komm her. Ich brauche dich so sehr.«

Er ging zum Bett und kroch mit dunklen, besessenen Augen wie ein Raubtier zu ihr.

Dieses Mal würde er offensichtlich die Kontrolle haben, doch Tessa war das recht. Ihrer beider Lust war kurz davor, sie aufzufressen.

Er hob ihren Körper an und legte sie wieder ab, sodass sich ihr Kopf auf dem Kissen befand. Dann spreizte er ihre Beine und positionierte sich dazwischen. »Baby, ich will es dir besorgen. Richtig hart.«

Bevor sie wiedersprechen konnte, war er mit seinem Kopf bereits zwischen ihren Schenkeln abgetaucht und seine flinke Zunge machte sich ungestüm daran, ihre Spalte zu erkunden. Tessa stöhnte überrascht auf. Er verschlang sie, als hätte er seit Wochen keine Nahrung mehr zu sich genommen, und vereinnahmte sie vollkommen, mit Mund, Nase und Zunge.

»Micah. Lieber Gott, ja, bitte! Fick mich jetzt!« Sie wollte ihn unbedingt tief in sich spüren.

Er ignorierte ihr Betteln und fuhr damit fort, sie zu lecken, bis Tessa sich auf dem Bett herumwarf und ihre Hände sich in das seidige Laken krallten.

Schnell schob er zwei Finger in ihre nasse Muschi und fingerte sie in dem gleichen Rhythmus, in dem er plante, sie in Kürze mit seinem Schwanz zu ficken.

Tessa ergriff sein Haar und zog ihn gewaltsam näher, tiefer, während ihr gesamter Körper vor Ekstase erbebte. Dies war kein sanfter Orgasmus, der da herannahte; es war eine Sturmflut in Form von aufgestauter Lust, die sie Tag und Nacht verfolgt hatte, seit sie Micah zum letzten Mal gesehen hatte.

Plötzlich hob er seinen Kopf und legte sich auf sie. »Beim nächsten Mal, Baby. Jetzt werden wir gemeinsam kommen.«

Ihr Körper war heiß und frustriert und sie schlang ihre Beine um seine Hüften, während er sich tief in sie hineinschob und ihr dabei ein Stöhnen entlockte.

»Du gehörst mir, Tessa. Sag es!«, befahl er und sein Gesicht war vor wildem Verlangen ganz angespannt.

»Ich gehöre dir. Ich werde immer dir gehören, Micah.« Sie keuchte, während er in ihre feuchte Muschi hineinstieß, als sei er besessen.

»Oh Gott, du fühlst dich so verdammt gut an, meine Süße«, sagte er, bevor sie küsste und ihre Lippen mit der gleichen Leidenschaft vereinnahmte, die er auch dem Rest ihres Körpers zuteilwerden ließ.

Ihre Zungen kämpften miteinander, während ihre Körper dem Orgasmus entgegen steuerten. Tessa erwiderte jeden Zungenschlag und drückte ihm bei jedem seiner Stöße ihre Hüfte ungeduldig entgegen.

Sie fühlte sich vereinnahmt, erobert, geliebt.

»Micah. Ich kann nicht mehr!« Ihr bevorstehender Orgasmus war so heftig, dass er bereits durch ihren Bauch und ihre Muschi fuhr.

»Halt dich nicht zurück. Lass los! Ich bin hier und fange dich auf, wenn du fällst«, antwortete Micah. Er fuhr mit seiner Zunge über ihren Hals und biss sie schließlich fest genug, um eine rote Stelle zu hinterlassen.

Tessa wand sich unter dem lustvollen Schmerz seines Bisses, der so fest war, dass sie sich sicher war, er würde sich später dafür entschuldigen. Doch während sie miteinander schliefen, schien diese Wildheit völlig normal zu sein.

Ihre Fingernägel gruben sich in seinen Rücken und Tessa überkam die gleiche Wildheit wie Micah, als sie von ihrem Höhepunkt durchgeschüttelt wurde. Sie schrie den gesamten Orgasmus heraus und beobachtete Micahs Gesicht, der sich nach einigen weiteren Stößen auch endlich warm in sie ergoss.

Er rollte sich auf die Seite, zog sie in seine Arme und hielt sie fest, beschützte sie.

»Ich liebe dich.« Die Worte kamen einfach so aus ihrem Mund, während sie das wohlige Gefühl genoss, das der Orgasmus in ihr hinterlassen hatte.

Micah küsste sie zärtlich, bevor er antwortete: »Ich liebe dich auch.« Danach küsste er sie auf die Stirn.

Körperlich und geistig vollkommen erschöpft waren sie nur wenige Augenblicke später bereits eingeschlafen.

Tessa seufzte, als sie sich dem Schlaf hingab und wusste, dass ihr Leben nie wieder so sein würde wie vorher.

Es würde sehr viel besser sein.

Kapitel 22

»Du siehst wunderschön aus, Baby. Bist du aufgeregt?«
Tessa zupfte an dem Eislaufkostüm herum,
das sie trug. Es war das eleganteste Outfit, das sie
jemals besessen hatte. Das Rot war kräftig und die goldenen
Verzierungen gaben dem Ganzen ein klassisches Aussehen. Ihre
Lieblingsschlittschuhe in hellbraun komplettierten das Ensemble.

Sie lächelte Micah an. »Komischerweise überhaupt nicht. Die
Atmosphäre hier fühlt sich ganz normal an.« Sie hielt an und besah
sich ihr Armband. »Ich frage mich, ob ich es abnehmen soll.«

Das Schmuckstück war filigran und würde sie bei ihrer Kür nicht
stören. Doch sie wollte es auf keinen Fall verlieren.

»Behalte es an. Es hat einen Sicherheitsverschluss, doch wenn es
sich trotzdem lösen sollte, kaufe ich dir ein anderes.«

Weil sie das beruhigende Gefühl liebte, etwas zu tragen, das Micah
ihr gegeben hatte, nahm sie es nicht ab. Dennoch war sie bei dem
Gedanken daran, es zu verlieren, nicht ganz so locker wie er. »Es
ist fast Zeit.«

Zuvor in der Woche hatte Micah es geschafft, Tessa Eiszeit in
derselben Halle zu verschaffen, in der sie sich jetzt befanden. Dies
hatte ihr die Möglichkeit gegeben, ihre Routine wieder und wieder

zu üben. Sie befand sich keinesfalls auf dem gleichen Niveau, das sie zu Zeiten ihres Olympiasieges vor fast zehn Jahren innehatte, doch sie war für eine Eiskunstläuferin auch bereits ziemlich alt und hatte ihre besten Jahre hinter sich. Sie lächelte, denn sie wusste, dass sie für eine alternde Eiskunstläuferin immer noch eine gute Vorstellung liefern konnte.

Die letzten Tage hatten nicht nur aus Training bestanden. Als sie es endlich aus dem Bett geschafft hatten, hatte Micah ihr die Sehenswürdigkeiten gezeigt: das Empire State Building, die Freiheitsstatue und das 9/11 Memorial waren ihre ersten Stationen gewesen und Micah hatte scherzhaft gesagt, dass er sich mehr wie ein Tourist fühlte als ein New Yorker. Sie hatte sich von ihm mit Junkfood von seinen Lieblingslokalen füttern lassen; am besten hatten ihr die Hotdogs von einem Straßenverkäufer geschmeckt.

Diese Woche war auf so viele verschiedene Arten magisch gewesen. Sie hatte nicht nur ihre Reise nach New York in vollen Zügen genossen, sie war außerdem dazu in der Lage gewesen, all diese Erlebnisse mit Micah zu teilen.

»Bist du bereit?«, fragte er und sah nervöser aus als sie es war.

Sie ergriff seine Hand, nickte und ging mit ihm zum Ausgang des kleinen Raumes, in dem sie sich vorbereitet hatte.

Als sie sich der Zone näherten, in der sie auf ihren Auftritt warten würde, konnte sie den Jubel der Massen zwar nicht hören, doch sie wusste, dass es in der Halle vermutlich sehr laut sein würde. Die Menschen schrien von den Tribünen und erhoben sich jedes Mal aufgeregt von ihren Sitzen, wenn einem Läufer ein Sprung gelungen war.

Tessa entfernte die Kufenschoner von ihren Schlittschuhen und lächelte, als sie sah, dass so viele ihrer Freunde in der ersten Reihe saßen. Sie beugte sich herunter und umarmte jeden einzelnen von ihnen. Alle Sinclairs waren mit ihren Ehefrauen gekommen. Jason und Hope saßen ebenfalls in der ersten Reihe, direkt neben ihrem Bruder Liam. Leider war der Platz neben ihm leer, obwohl Tessa wusste, dass Micah ihrem Bruder zwei Eintrittskarten gegeben hatte.

Beatrice und Elsie saßen links und rechts von Julian und Micahs Bruder hatte somit keine andere Wahl, als den alten Damen sein Gehör zu schenken.

»Beatrice, ich glaube, Sie können diese hier jetzt wiederhaben«, sagte Micah zu der älteren Frau, als Tessa sie fest an sich drückte.

Beatrice blinzelte ihn überrascht an und streckte ihre Hand aus, um sich von ihm zwei Apachentränen hineinlegen zu lassen. »Oh ja! Es sieht wirklich so aus, als würdet ihr sie nicht mehr brauchen.« Sie zwinkerte Micah wissend zu und er lächelte sie an.

Ohne zu zögern, reichte Beatrice einen der Steine an Julian weiter und lehnte sich dann zur anderen Seite, um Kristin den anderen Stein zu geben. »Ich glaube, jetzt sind sie in den richtigen Händen.«

Tessa sah zu Micah und bemerkte dann den erschrockenen Ausdruck auf den Gesichtern von Julian und Kristin, die versuchten, Beatrice die Steine zurückzugeben. Weil sich die alte Dame aber vehement weigerte, steckten beide schließlich ihre Steine in die Tasche, ohne einander anzusehen.

Julian und … Kristin?

Tessa fand, dass sie ein ziemlich unwahrscheinliches Paar waren, wo sie sich doch nicht einmal gut verstanden, aber dann auch wieder nicht ungewöhnlicher als sie und Micah. Sie hatte gelernt, Beatrices Weisheit zu akzeptieren, ohne sie weiter infrage zu stellen. Tatsächlich hatte sie jedoch gehofft, dass die ältere Dame einen der Steine an Liam weitergeben würde, doch sie vermutete, dass seine Zeit einfach noch nicht gekommen war.

Bevor sie zu der Tür ging, die auf das Eis hinausführte, atmete sie tief durch.

»Es wird alles gut gehen, Tessa«, sagte Micah und zog ihren Kopf vorsichtig an dem französischen Zopf zurück, der ihr vor noch nicht allzu langer Zeit geflochten worden war.

Er küsste sie und bemühte sich dabei, weder ihr Haar noch ihr Make-up zu ruinieren.

Als sich ihre Lippen trennten, antwortete sie: »Das weiß ich. Alles, was ich tue, jede Bewegung während der Kür wird für dich sein.«

Dieser Lauf würde eine Feier des Glücks sein, das sie mit Micah gefunden hatte. Die beiden hatten zwar noch nicht alles bis ins Detail geplant, doch das würde schon noch folgen.

»Das ist dein Zeichen, Süße!« Micah nickte in Richtung Eis.

Sie wusste, dass gerade ihr Name aufgerufen worden war, und trat auf die glatte Oberfläche, wo sie eine Aufwärmrunde lief, bevor sie sich mit dem Gesicht zu Micah gerichtet positionierte.

Sie brauchte nur auf sein Startsignal zu warten.

Ich liebe dich. Er formte die Worte mit dem Mund, bevor er ihr das Zeichen gab.

Es schien so merkwürdig, dass ihre Welt absolut still war, wo sie doch wusste, dass ihr Millionen von Menschen in der Halle und an den Fernsehschirmen zusahen. Die Veranstaltung war ausverkauft und dennoch konnte sie nicht hören, wie die Zuschauer auf den Rängen jubelten oder ihre Aktionen beklatschten.

Ihre Seele war mit einem Mal ganz friedlich, während sie das Gefühl genoss, in flüssigen Bewegungen über das Eis zu gleiten. Gleich würde ihre erste Sprungkombination folgen.

Sie landete die beiden Sprünge hintereinander fehlerfrei und mühelos und sie wurde mit jedem Schritt, der ihr problemlos gelang, selbstbewusster.

Mit einem Auge immer auf Micah gerichtet wusste sie, dass sie im Takt der Musik lief. Sie behielt sogar immer noch den Rhythmus, als sie etwas schneller wurde und einige freche, einstudierte Hüpfer zum Besten gab.

Ihre gesamte Kür absolvierte sie mit einer Freude und einem Glücksgefühl, das sie noch niemals zuvor erlebt hatte, und versuchte, ihre Emotionen mittels ihrer Körpersprache zum Ausdruck zu bringen.

Ich habe einen Mann, der mich liebt, genau so, wie ich bin.

Diese Erkenntnis machte sie so frei und leicht, dass sie das Gefühl hatte, sie würde fliegen. Sie setzte zu ihrem letzten Sprung an und landete auch diesen mit Leichtigkeit und Perfektion.

Sie keuchte und war außer Atem, als sie ihren Lauf mit ihrer üblichen ausdrucksstarken Schlusspose beendete und diese einige

Sekunden hielt, bevor sie die Hände vor das Gesicht schlug und anfing zu weinen.

Ich habe es geschafft! Ich bin die Kür fehlerfrei gelaufen!

Mit den Händen immer noch vor dem Gesicht drehte sie eine kleine Runde. Dann zwang sie sich, ihre Hände herunterzunehmen, und winkte dem Publikum zu, das ihr stehende Ovationen bot, auch wenn diese in Tessas Kopf geräuschlos waren.

Die Luft in der Halle vibrierte vor Freude und Aufregung. Sie konnte es zwar nicht hören, doch sie konnte es *fühlen*.

Tessa erschrak, als ein Körper gegen ihren rammte. Sie drehte sich schnell um und sah, dass es Micah war. Er hatte seine Schlittschuhe an und hielt einen riesigen Strauß Rosen im Arm.

»Die sind für dich«, teilte er ihr mit und legte mit Ausnahme von einer alle vor ihr auf das Eis. »Diese hier ist von mir.«

Noch immer mit Tränen in den Augen streckte sie lächelnd die Hand aus, doch sie sah nicht, dass etwas an der Blume befestigt war, als sie sie ihm abnahm. Erst als sie die Rose in der Hand hielt, bemerkte sie es. Gleichzeitig ging Micah auf dem Eis auf die Knie und blickte zu ihr auf.

Er begann zu gebärden und betonte jedes einzelne Wort, das er sagte.

Ich. Liebe. Dich. Du hast dich mir vollständig offenbart und nun tue ich das Gleiche. Bitte erlöse mich von meiner Qual und heirate mich. Bleib für immer bei mir. Ich verspreche dir, dass ich immer an deiner Seite sein werde, ganz egal was die Zukunft für uns bereithält.

Ihr Blick wanderte von ihm zu der Rose in ihrer Hand. Da sah sie endlich, dass sich an dem Blumenstängel ein wunderschöner Diamantring befand.

Tessa blickte ihn zärtlich an. Sie wusste, dass er soeben alles riskiert hatte, indem er ihr vor allen diesen Menschen seine Liebe gestanden und sein Herz in ihre Hände gelegt hatte. Er war bereit, sich ihr genauso verletzlich zu zeigen, wie sie es bei ihm getan hatte. Er tat es nur auf eine andere Weise.

»Oh mein Gott!« Tessa bedeckte ihr Gesicht und fing wieder an
zu weinen. Ihr Herz schlug vor Aufregung wie ein Presslufthammer
und ihre Nerven lagen so blank, dass es ihr einfach nicht gelang,
ihre Tränen zurückzuhalten.

»Weine nicht, Tessa.« Micah erhob sich, während er gebärdete.

Sie ließ die Arme sinken und sah ihn ungläubig an. »Du willst
mich wirklich heiraten?«

Er grinste. »Ja, das will ich wirklich.« Er nickte in Richtung des
Publikums. »Ich glaube, die Menschen haben erst jetzt realisiert, dass
du gehörlos bist. Es ist so laut hier, dass ich kein Wort verstehen kann.«

»Willkommen in meiner Welt«, antwortete sie und strahlte über
das ganze Gesicht.

Micah nahm die Rose, zog den Ring ab und hielt ihn ihr hin.
»Also, ich mache mich hier gerade komplett zum Idioten. Willst du
mich nun heiraten oder nicht?«

Ihre Hand zitterte, als sie sie ihm hinstreckte. »Wie kann ich
denn Nein sagen? Mir sehen gerade Millionen von Menschen zu«,
neckte sie ihn.

»Sag nicht Ja, weil du denkst, dass du es musst. Sag nur Ja, wenn
du es genauso sehr willst wie ich«, antwortete Micah ernst.

»Dann ja. Ja! Ja! Ja! Ja!«, teilte sie ihm glücklich mit. »Ich will für
immer mit dir zusammenbleiben. Ich kann mir mein Leben ohne
dich nicht vorstellen.«

»Ich will mir mein Leben ohne dich nicht vorstellen, Tessa«, sagte
Micah und steckte ihr den Diamantring an den Finger.

Sie bewunderte ihn einen Augenblick lang. Es war ein
wunderschöner Platinring mit einem großen Diamanten und einigen
kleineren Steinen, die im Kreis um ihn herum gearbeitet waren.

Tessa nahm die Rose und warf sich ihrem neuen Verlobten in die
Arme. Dieser Mann war so stark und mächtig und doch gleichzeitig
so verletzlich. »Ich liebe dich«, sagte sie und drückte ihn fest an sich.

Er hob ihr Kinn und sah sie an. Seine Augen waren eine stürmische
See voller Emotionen, als er seine Arme um ihre Hüfte schlang.
»Dein Publikum würde gern einen Kuss sehen.«

»Dann enttäuschen wir es mal nicht«, murmelte sie und blickte ihn verliebt an.

Er beugte sich hinunter und küsste sie an Ort und Stelle vor Millionen von Menschen, doch das schien ihn nicht zu interessieren. Er küsste sie so lange, bis sie erneut außer Atem war und ihr das Herz aus der Brust zu springen drohte.

Als er sie endlich freigab, wies er sie an: »Wink deinem Publikum, meine Süße. Die Menschen flippen völlig aus. Sie sind alle verrückt nach dir, besonders jetzt, wo sie wissen, dass du trotz dieser Herausforderung wie ein Engel gelaufen bist. Du warst fantastisch!«

Sie drehte sich nach allen Seiten und winkte dem Publikum aufgeregt mit einem ekstatischen Gesichtsausdruck zu, den sie nicht verstecken konnte, selbst wenn sie es gewollt hätte.

Junge Eisläufer kamen, um die Blumen einzusammeln, die von den Fans auf das Eis geworfen worden waren. Micah nahm währenddessen ihre Hand und glitt mit ihr langsam zum Ausgang.

Er hielt ihr die Tür auf, damit sie als Erstes vom Eis gehen konnte. Beinahe wäre sie mit der nächsten Läuferin zusammengestoßen.

»Oh, es tut mir leid«, murmelte sie und sah bei ihrer Entschuldigung nach oben.

Sie zuckte zusammen, als sie Rick erblickte, der hinter Shannon stand, einer ihrer ehemaligen Konkurrentinnen und einer Frau, die sie noch nie hatte leiden können, weil sie den anderen Eiskunstläuferinnen gegenüber immer schon grausam gewesen war. Shannon hatte bei denselben Olympischen Spielen wie Tessa eine Medaille gewonnen; sie holte damals Bronze.

»Theresa«, bemerkte die dunkelhaarige Frau. »Du könntest besser aufpassen, wo du hintrittst.«

»Ach, Liebling. Sei ihr nicht böse. Sie ist behindert«, sagte Rick herablassend.

Micah schob sich an Tessa vorbei und baute sich vor Rick auf. »Halt dein dreckiges Maul oder du wirst dich in nur wenigen Sekunden mit solchen Schmerzen auf dem Boden wiederfinden, dass du dir wünschtest, du wärst tot.«

Tessa stellte sich neben Micah. »Lass es.« Sie nahm seine Hand. »Er ist es nicht wert.«

»Du scheinst ja keine sehr großen Ansprüche zu haben, was, Sinclair?«, fragte Rick trocken.

Micah trat einen schnellen Schritt nach vorn und ergriff Rick am Kragen seines Polohemdes. »Um ehrlich zu sein glaube ich, dass sie viel zu gut für mich ist, aber aus irgendeinem Grund will sie mich trotzdem heiraten«, knurrte Micah ihn an. »Sieh zu, dass du von meiner Veranstaltung verschwindest!«

»Ich habe eine Eintrittskarte. Ich bin hierhergekommen, um meiner neuen Freundin beim Eislaufen zuzusehen«, protestierte Rick.

Als ihr Name aufgerufen wurde, ignorierte Shannon die beiden Männer und trat aufs Eis. Doch als sie sich der Mitte der Eisfläche näherte, stolperte sie plötzlich und landete bereits auf dem Hintern, noch bevor sie mit ihrer Vorführung begonnen hatte.

Tessa biss sich auf die Lippe, um nicht loszulachen.

Ist es so schlimm, dass ich mich über einen Sturz meiner alten Teamkollegin freue?

Mit einem unsicheren Blick rappelte sich Shannon wieder auf und Tessa entschloss sich dazu, sich nicht weiter dafür zu interessieren, ob sie ein guter oder schlechter Mensch war. Sie grinste.

In dem Augenblick holte Micah aus, schlug Rick mit der Faust ins Gesicht und sah dabei zu, wie er zu Boden ging. »Hier. Jetzt seid ihr beide auf den Arsch gefallen, du und deine Freundin«, sagte Micah zufrieden. »Das Karma kann einem manchmal echt den Tag versauen«, fügte er locker hinzu. »Viel Spaß bei der Show. Ich habe bereits alles gesehen, was mich interessiert.«

Tessa folgte Micah zurück zu dem Vorbereitungsraum, in dem sie sich vor ihrem Lauf aufgehalten hatten. Er schob sie hinein und schloss die Tür hinter sich.

Binnen weniger Sekunden hatte Micah sie umgedreht und gegen die Tür gedrückt. »Wie zum Teufel hast du es nur mit diesem Arschloch ausgehalten?«

Tessa musste zugeben, dass sie jetzt auch nicht mehr wusste, warum sie so lange mit Rick zusammengeblieben war. »Vielleicht weil er alles war, das ich jemals gekannt habe«, sagte sie atemlos und sah in die Augen des Mannes, der bald für immer an ihrer Seite sein würde. »Damals habe ich noch nicht gewusst, was Liebe ist.«

»Und denkst du, dass du es jetzt weißt?«, fragte er vorsichtig.

»Ja. Ein Mann, der mich immer schön finden wird, ganz egal was passiert. Ein Mann, der mich herausfordert und mich nicht behandelt, als wäre ich anders oder hätte begrenzte Möglichkeiten. Ein Mann, der dazu bereit ist, mir seine verletzliche Seite zu zeigen, auch wenn es für einen starken Mann eine sehr unbequeme Position ist.« Tessa seufzte. »Das alles bist du für mich, mein Liebster.«

Mit weiterhin ernstem Gesichtsausdruck lehnte er seine Stirn gegen ihre und verharrte dort einen Moment lang, bevor er seinen Kopf wieder anhob.

»Du *bist* schön. Aber du *bist* anders – anders als jede Frau, die ich jemals gekannt habe. Heute Abend warst du einfach großartig, Tessa. Nicht großartig *angesichts der Tatsache, dass du gehörlos bist*. Du warst *einfach nur* großartig.«

Ihr Herz raste, als er sie mit einem liebevollen Blick ansah, einem Blick, von dem sie hoffte, dass er nie mehr vergehen würde. Sie sagte: »Ich würde gern wissen, warum du genau zu dem Zeitpunkt in mein Leben getreten bist, als ich dich am meisten gebraucht habe. Gerade als ich bereit war.«

Er grinste. »Weil der Stein von Beatrice uns den Weg geebnet hat?«, fragte er.

»Vielleicht. Ich kann beinahe glauben, dass sich unsere Wege aus einem bestimmten Grund gekreuzt haben. Vielleicht war ich vorher nicht bereit. Aber jetzt bin ich es.«

Sie schlang ihre Arme um seinen Hals und zog ihn zu sich hinunter.

»Wie bereit?«, fragte er fast schon zögernd.

»Sehr bereit«, entgegnete sie mit sinnlichem Blick.

Er ergriff ihren Po und zog ihren Körper nahe an seinen heran. »Zeig es mir!«, sagte er.

Er forderte sie heraus und sie wusste, dass sie in der Klemme steckte. »Gut«, stimmte sie zu, denn seine Herausforderungen würde sie immer annehmen – schon aus dem einfachen Grund, weil sie es wollte.

Und so tat sie in diesem kleinen Raum alles, was in ihrer Macht stand, um seine Welt aus den Angeln zu heben. Sie befreite sich von sämtlichen Hemmungen, während das Adrenalin ihrer Kür und des Heiratsantrags von Micah noch immer durch ihren Körper raste.

Eine Weile später gab sich Micah – völlig befriedigt – schließlich geschlagen. Er war nun vollständig davon überzeugt, dass sie wirklich dazu bereit war, ihr Herz zu öffnen, und dafür war er verdammt dankbar.

Einige Wochen später

An einem riesigen geschmückten Tisch blickte Tessa sich um und sah, dass alle Menschen, die ihr etwas bedeuteten, anwesend waren. Micah hatte in Las Vegas heiraten wollen, sich aber später anders entschieden, weil er der Meinung war, dass sie ihre Traumhochzeit verdiente.

Er hatte jedoch nur nicht erkannt, dass *er* ihr Traum war. Die Hochzeit hatte sie nicht interessiert, solange nur ihre Freunde und Familie anwesend sein würden. Als sie Micah erst einmal davon überzeugt hatte, dass es ihr egal war, wo sie heirateten, war er nicht mehr aufzuhalten gewesen.

Sie hatten in einer der hübschesten Kirchen in Las Vegas geheiratet und an dem Hochzeitsessen, das gerade stattfand, nahmen alle Menschen teil, die sie in ihrem Leben brauchte. Liam war gekommen und saß gegenüber von Micah. Dante, Grady, Jared, Jason und Evan saßen alle neben ihren Ehefrauen und Julian hatte neben Kristin Platz genommen. Sie sahen so aus, als würden sie über irgendetwas streiten, was dieser Tage ein ziemlich normaler Anblick bei den beiden war.

Tessa seufzte und Micah drückte unter dem Tisch ihre Hand. Sie drehte sich zu ihm und sah ihn an, immer noch erstaunt, dass sie nun mit diesem wunderbaren Mann verheiratet war, der ihr Leben so sehr verändert hatte.

»Kommen dir jetzt doch Zweifel?«, neckte er sie.

Sie schüttelte den Kopf. »Nicht einmal für eine Sekunde. Ich habe nur darüber nachgedacht, dass so gut wie jeder, der mir wichtig ist, hier an diesem Tisch sitzt.«

Micahs Gesicht nahm einen ernsten Ausdruck an. »Mir geht es genauso.«

»Es tut mir so leid, dass Xander nicht hier sein kann«, sagte sie leise. Micahs Bruder befand sich glücklicherweise noch immer in der Entzugsklinik.

»Mir tut es nicht leid. Ich bin verdammt froh, dass er seinen Entzug durchzieht. Hoffentlich bleibt es auch so. Das ist das beste Hochzeitsgeschenk, das er mir machen konnte.« Er zögerte einen Moment, dann fragte er: »Bist du wegen deiner Reise nach New York schon aufgeregt?«

Tessa würde mit Micah nach New York zurückkehren, um ihren Implantats-Eingriff vornehmen zu lassen. Während der Behandlung würden sie dort bleiben und Micah würde versuchen, die Hierarchien in seinem Unternehmen so umzuändern, dass die Dinge besser funktionieren würden, wenn er nicht mehr vor Ort wäre. Wenn er es gewollt hätte, wäre sie, ohne nachzudenken, bei ihm in New York geblieben. Doch weil Micah eben Micah war, hatte er ihr gesagt, dass der Wohnort zweitrangig für ihn war und Amesport ihm gut gefiel. Die Arbeiten an seinen Häusern gingen gut voran und er wollte Amesport zu seinem Zuhause machen, auch wenn er immer mal wieder geschäftlich nach New York würde reisen müssen.

Sie blickte in seine Augen und ihr Herz setzte kurz aus, als sie sah, wie besorgt er war. Ein Mann in einem Smoking sollte nicht so ernst aussehen. Besonders kein Mann wie Micah. Keiner von ihnen hatte sich umgezogen und auch sie trug noch immer das wunderschöne Hochzeitskleid, das er ihr in New York gekauft hatte.

Tessa legte eine Hand an seine Wange und sagte:»Ich habe keine Angst, Micah. Der Eingriff ist nicht gefährlich und ich weiß, dass du nicht aufhören wirst, mich zu lieben, wenn ich nicht perfekt bin oder die Implantate aus irgendeinem Grund wieder nicht funktionieren.«

»Du bist bereits perfekt«, teilte er ihr mit sturem Gesichtsausdruck mit. »Es interessiert mich nicht, ob du meine Stimme hören kannst oder nicht.«

Während sie mit einem Finger über sein Gesicht streichelte, sagte sie:»Ich kenne deine Stimme bereits. Ich höre sie jeden Tag in meinem Kopf, manchmal sogar, wenn du nicht einmal mit mir in einem Zimmer bist. Für mich existiert deine Stimme bereits. Sie ist freundlich, kräftig, manchmal arrogant, aber immer sexy.«

»Gut.« Er nickte. »Aber was passiert, wenn du wieder hören kannst und ich mich anhöre wie ein Idiot?« Er sah sie mit hochgezogener Augenbraue an.

Tessa schnaubte. »Deine Stimme kommt nicht von hier.« Sie berührte seinen Mund. »Sie kommt von hier.« Sie legte eine Hand auf sein Herz. »Und von hier.« Sie strich über seine Schläfe. »Und vielleicht ein klein wenig von hier.« Unter dem Tisch zog sie ihre Hand aus seiner und wanderte mit ihren Fingern über seinen Oberschenkel bis zu seinem Schwanz. Dort angelangt drückte sie sein bereits steifes bestes Stück und lächelte ihn gleichzeitig zuckersüß an.

»Später wirst du dafür büßen, Weib!«, warnte Micah sie.

»Oh, das hoffe ich doch«, entgegnete sie, nahm langsam ihre Hand von seinem Penis und legte sie wieder in seine.

»Ich denke, es ist an der Zeit, unsere Flitterwochen-Suite aufzusuchen.«

Tessa kicherte. »Wir haben noch nicht einmal gegessen.«

Rache!

Er warf ihr einen hungrigen Blick zu, der ganz und gar nichts mit Nahrung und alles damit zu tun hatte, *sie* zu seinem Abendessen zu machen. »In der Suite werde ich vernaschen, was immer ich will.«

Er wandte seinen Blick ab, um sich am Tisch umzusehen. Als Randi sich erhob und mit einem Löffel an ihr Champagnerglas klopfte, um für Ruhe zu sorgen, drückte Micah ihre Hand.

Tessa amüsierte es, dass für sie *alles* bereits totenstill war.

Randi strich ihr Kleid glatt und sah Tessa dann direkt an, während sie sprach und das Gesagte gleichzeitig gebärdete. »Evan und Julian wollen nichts sagen, also werde ich die Rede für die Frischvermählten halten. Tessa und ich kennen uns bereits seit Kindertagen. Weil sie für den Eiskunstlauf so hart trainiert hat, waren ihre Kindheit und Jugend alles andere als normal. Ich habe ihre Erfolge gesehen und dann ihre Verzweiflung, und es war etwas, das sie mit mehr Mut aufgefasst hat, als ich es an ihrer Stelle getan hätte. Sie ist hartnäckig, talentiert und sie verdient dieses Glück, das sie jetzt mit Micah gefunden hat. Ich habe immer bedingungslos hinter ihr gestanden und war im Gegenzug immer dankbar dafür, dass sie das Gleiche für mich getan hat, wenn ich sie gebraucht habe. Auf eine der liebsten, treuesten Freundinnen, die ich je gehabt habe! Auf Tessa und Micah! Wir alle wünschen euch alles Glück der Welt!« Randi griff nach Evans Hand, drückte sie und hob dann ihr Glas in die Höhe, wie es alle anderen am Tisch ebenfalls taten.

Julian stand auf. »Auf Micah und Tessa! Ich liebe euch beide, denn wenn nicht, wäre ich garantiert nicht hierhergeflogen, nur um danach an ein verdammtes Filmset zurückzukehren.« Er hob sein Glas und leerte es in einem Zug, während der Rest seiner Familie nur an ihren Getränken nippte.

Kristin hielt den Saum von Julians Smokingjacke fest und zog ihn zurück auf den Stuhl.

Tessa stand auf und ging um den Tisch, um Randi zu umarmen und sich bei ihr für die liebevollen Worte zu bedanken, bevor sie wieder zu ihrem Platz zurückkehrte.

»Was ist mit Julian los? Er sieht nicht gerade glücklich aus«, fragte sie Micah, als sie sich wieder hinsetzte. »Und warum diskutieren er und Kristin schon wieder? Was hat er nur gegen sie?«

Tessa befand sich nicht nahe genug, um zu sehen, über was die beiden sprachen, doch an den verärgerten Gesichtern von Julian und Kristin konnte sie ablesen, dass die beiden keine Freundlichkeiten austauschten.

»Ich habe keine Ahnung«, sagte Micah. »Ich glaube jedoch nicht, dass er sie nicht leiden kann. Ich vermute eher das Gegenteil.«

Tessa wandte ihren Blick von Micah ab und sah erneut zu Julian und Kristin herüber. Gut, Beatrice hatte ihnen die Steine gegeben, doch die beiden würden sicherlich kein Paar werden, wenn sie sich überhaupt nicht leiden konnten …

Micah legte eine Hand auf ihren Arm. »Mach dir um die beiden keine Gedanken. Sie werden das schon hinkriegen. Davon einmal abgesehen steht Julian momentan auf meiner schwarzen Liste. Er hat mir erzählt, dass er derjenige war, der der Stiftung mitgeteilt hat, wo sie dich finden kann. Es scheint, als hätte er dich erkannt, als er dich zum ersten Mal gesehen hat. Zu seiner Verteidigung muss jedoch gesagt werden, dass er nichts von dem Ende deiner Karriere gewusst hatte und dachte, er würde sowohl dir als auch der Sinclair-Stiftung einen guten Dienst erweisen. Aber ich würde ihm immer noch gern dafür in den Hintern treten, dass er deinen Wohnort preisgegeben hat.«

»Er hat mich erkannt?« Tessa war überrascht. »Ich bin ihm nicht böse. Ich bin froh. Ich schulde ihm etwas. Diese Einladung hat mir sehr viele gute Dinge beschert«, teilte sie Micah mit einem sinnlichen Lächeln mit.

Er nickte in Richtung der Teller, die vor ihnen abgestellt wurden. »Unser Abendessen ist da. Hau ordentlich rein. Es könnte sein, dass ich dich eine Zeitlang nicht aus der Suite lassen werde.«

Es hatte nur diesen einen Kommentar gebraucht und schon war Tessa während des gesamten Abendessens und beim späteren Anschnitt der Hochzeitstorte nicht mehr dazu in der Lage, die erotischen Bilder aus ihrem Kopf zu bekommen.

Sie musste lachen, als Homer während des Kuchenessens seinen Kopf unter dem Tisch hervorstreckte und sie daran erinnerte, dass er auch noch existierte. Ihr vierbeiniger Fellfreund liebte Süßigkeiten und Tessa gab ihm heimlich etwas von dem Kuchen, indem sie ihre Hand unter den Tisch streckte und ihm die Leckerei hinhielt. Homer verschlang gierig den Kuchen und leckte ihr dankbar die Finger.

Als er von ihrer Seite aufstand und sich zwischen sie und Micah platzierte, sah sie, dass ihr Ehemann genau das Gleiche tat. Die einzige Ausnahme war, dass Micah dem Hund beinahe ein ganzes Stück der Zuckerbombe gab.

Ganz egal wie sehr Micah versuchte, den harten Kerl zu spielen, sein *Herz* würde immer weich sein. Er war ein Mann, der so viele Facetten hatte wie der wunderschöne Diamant an ihrem Finger, jede von ihnen war besonders und jede machte einen Teil von ihm aus. Alle zusammen machten Micah zu dem Mann, der er jetzt war, und sie liebte jede einzelne Seite des Mannes, den sie geheiratet hatte.

Er stupste sie an und sie sah zu ihm auf, während sie ihre Gabel auf ihrem leeren Teller ablegte.

Er berührte sie leicht am Kinn und sagte: »Alle wollen einen Kuss sehen.«

Tessa blickte sich um und sah, wie alle Anwesenden mit ihren Löffeln gegen die Wassergläser schlugen und Micah aufforderten, seine neue Ehefrau zu küssen.

Das Gefühl seines warmen Atems an ihrem Gesicht und der heiße, sexy Duft, den er verströmte, als er ihr Kinn streichelte, brachten sie dazu, sich ganz nahe an ihn zu lehnen. »Ich habe meine Zuschauer noch nie enttäuschen wollen«, murmelte sie.

»Die anderen interessieren mich nicht. Küss mich!«, forderte er.

Seiner arroganten, herrschsüchtigen Art konnte sie nicht widerstehen und es war ihr auch egal.

Sie kam noch näher und küsste ihn.

Sie konnte die Jubelschreie der Gäste nicht hören, als ihre Lippen Micahs Mund berührten. Sie spürte nur das bekannte Glücksgefühl, das sie jedes Mal überkam, wenn sie sich berührten, Micahs totale Hingabe für sie beide als Ehepaar und am meisten seine Liebe. Und für Tessa war das mehr als ausreichend, um *Micahs Stimme* zu hören.

~ Ende ~

Biografie

J.S. Scott ist eine Bestsellerautorin pikanter Liebesromane. Sie ist eine begeisterte Leserin von Büchern und Literatur jeglicher Art. J.S. Scott schreibt, was sie selbst gern liest, und das sind zeitgenössische sowie paranormale erotische Liebesgeschichten. Sie handeln meistens von einem Alphamännchen und haben ein Happyend, denn so schreibt sie sie einfach am liebsten!

Besuchen Sie mich auf:
http://www.authorjsscott.com
https://www.facebook.com/J.S.ScottGermany/

Oder senden Sie eine E–Mail an:
JSScott_author@hotmail.com

Sie finden mich ebenfalls auf Twitter:
@AuthorJSScott

Bitte tragen Sie sich auf meiner E-Mail-Liste ein, um über Neuigkeiten, neue Veröffentlichungen und exklusive Textauszüge informiert zu werden: http://eepurl.com/b2DuYn

Bücher von F. A. Scott

Ein Milliardär voller Leidenschaft – Die Serie:
Entfesselte Leidenschaft (Buch 1)
Das Herz des Milliardärs:
Ein Milliardär voller Leidenschaft ~ Sam (Buch 2)
Die Erlösung des Milliardärs:
Ein Milliardär voller Leidenschaft ~ Max (Buch 3)
Der Milliardär und sein Spiel:
Ein Milliardär voller Leidenschaft ~ Kade (Buch 4)
Ein Milliardär außer Kontrolle:
Ein Milliardär voller Leidenschaft ~ Travis (Buch 5)
Ein Milliardär ohne Maske:
Ein Milliardär voller Leidenschaft ~ Jason (Buch 6)
Milliardenschwer und ungezähmt:
Ein Milliardär voller Leidenschaft ~ Tate (Buch 7)
Milliardenschwer und ungebunden:
Ein Milliardär voller Leidenschaft ~ Chloe (Buch 8)
Milliardenschwer und unerschrocken:
Ein Milliardär voller Leidenschaft ~ Zane (Buch 9)
Milliardenschwer und unerkannt:
Ein Milliardär voller Leidenschaft ~ Blake (Buch 10)
Milliardenschwer und unverhüllt:
Ein Milliardär voller Leidenschaft ~ Marcus (Buch 11)
Milliardenschwer und ungeliebt:
Ein Milliardär voller Leidenschaft ~ Jett (Buch 12)
(ab Mitte Mai 2018 erhältlich)

Obwohl die Serie »Die Walker-Brüder« zwanglos mit der Reihe »Ein Milliardär voller Leidenschaft« verbunden ist, stellt sie eine eigenständige Serie dar, die auch gelesen werden kann, ohne die Bücher von »Ein Milliardär voller Leidenschaft« zu kennen. Es handelt sich ebenfalls um eine heiße Liebesromanreihe mit Alpha-Milliardären.